心灵揭秘

中国古典名著中"小人形象"的文化心理解读

黄西慧 宋广文 著

华南理工大学出版社

·广州·

图书在版编目（CIP）数据

心灵揭秘：中国古典名著中"小人形象"的文化心理解读/黄西慧，宋广文著.—广州：华南理工大学出版社，2017.11（2021.1 重印）
ISBN 978-7-5623-5428-4

Ⅰ.①心… Ⅱ.①黄… ②宋… Ⅲ.①人物形象-古典文学研究-中国 Ⅳ.①I206.2

中国版本图书馆 CIP 数据核字（2017）第 252962 号

XINLING JIEMI——ZHONGGUO GUDIAN MINGZHU ZHONG "XIAOREN XINGXIANG" DE WENHUA XINLI JIEDU
心灵揭秘——中国古典名著中"小人形象"的文化心理解读
黄西慧 宋广文 著

出 版 人：	**卢家明**
出版发行：	华南理工大学出版社
	（广州五山华南理工大学 17 号楼，邮编 510640）
	http://www.scutpress.com.cn E-mail：scutc13@scut.edu.cn
	营销部电话：020-87113487 87111048（传真）
策划编辑：	王 磊
责任编辑：	王 倩 王 磊
印 刷 者：	广东虎彩云印刷有限公司
开 本：	787mm×960mm 1/16 印张：14.5 字数：243 千
版 次：	2017 年 11 月第 1 版 2021 年 1 月第 5 次印刷
定 价：	48.00 元

版权所有　盗版必究　印装差错　负责调换

前　言

《红楼梦》里有一副很妙的对联——"世事洞明皆学问，人情练达即文章。"在我们专门从事心理学研究之前，不管我们对文学知道多少，接触多少，理解多少，总是惊叹于作家智慧的光芒和高超的技巧：要么思接千载，视通万里；要么深刻犀利，形象生动；要么长于刻画，栩栩如生；要么见理见情，启迪思考。所以，我们会朦朦胧胧地感觉到，作家，尤其是伟大的作家，一定不单单是语言的大师，更是思想的智者。因为思想的深刻，所以才会观察得细腻，思索得精深，想象得丰富，描写得逼真。更重要的是通过文学的创作，通过文本这一中介，将作者、世界、读者等联系起来，这是一个凝聚着丰富审美经验的心理历程。学界将文学定义为"以语言为手段，形象地反映生活，表达思想感情的一种社会意识形态"不失为一种准确的概括。可以说，文学表面看上去是感性的、形象的，但在深层上却是理性的、抽象的。黑格尔曾说过："在艺术里，感性的东西是经过心灵化了的，而心灵化的东西也借感性化而显现出来。"

在专门研究了作为科学的心理学之后，我们仍经常会被作家对人的心理的洞察所折服，仍会无意识地想探求作家的创作动因与目的，仍想看看可否在文学与心理学之间找到更多的联系。2013 年，我们在内蒙古人民出版社出版了《心灵对话——文学艺术与心理治疗关系解读》，是一次颇具冒险性的尝试，因为我们不确定这样的选题是否牵强。在其前言中我们写道："文学的精神性价值无疑是多样的，其价值之一便是对于人的心理世界有着普遍的调节作用，这已是不争的事实。"在该书中，我们尝试着从专业心理学和专业心理治疗理论的角度，把散见在各家各派浩如烟海的理论中有关"文学具有一定的心理治疗作用"的有关论述,做了系统的、明确的、清晰的和条理化的整理。另外,一些基础性的心理病理理论和心理治疗理论存在以下现象,即理论的创立者本人也没能极其鲜明地把其与文学现象关联起来,后来也鲜有研究者把它应用于对文学活动的方方面面的分析,对这一领域我们也进行了摸索和创新。

再后来,我们认为,如果将文学与心理学放在更广阔的文化心理学视域中,从"人学"的角度挖掘"文学"与"心理学"的价值,是否也可以成立呢?于是我们首先选择了"小人形象"这个文化心理解读视角,试图对中国古典名著中的"小人心理"进行研究,将书名确定为《心灵揭秘——中国古典名著中"小人形象"的文化心理解读》。

由于精力的局限本书中主要涉及《史记》《红楼梦》《三国演义》和《儒林外史》等古典名著。涉及小人形象主要包括:第一,《史记》中宦海沉浮中的政治小人,如赵高、李斯、张仪、刘邦、张汤、杜周等;第二,《红楼梦》中一群膏粱锦绣中的怪胎,如贾赦、贾珍、王熙凤、薛蟠等;第三,《三国演义》中那些乱世中的道德失落者,如曹操、曹丕、董卓、吕布、华歆等;第四,《儒林外史》中科举制度下的牺牲品,如严致中、严监生、张静斋、牛玉圃、匡超人、王惠、牛浦郎等。

因为我们试图用心理学的理论对以上所列举的古典名著的文化心理意义及名著中典型"小人"进行解读,所以不得不借鉴许多心理学大师及其学派的观点,如弗洛伊德、荣格、罗洛梅、弗洛姆、阿德勒等,具体理论和观点主要有:优越情结及过度补偿、人格面具的过度膨胀、剥削倾向的人格、人道主义良知缺失、被权利情结所控制、受权威主义良知支配、自我防御机制的过度运用、反社会型人格、消极的儿童自我状态、市场取向性格、分裂性的人、阿尼姆斯过度发展、超我缺失、本我放纵及人格发展的停滞和固着等。

这是一个艰苦的心理旅程。既要找到合适的人物,又要能用某种心理学理论或观点加以分析。如果有牵强和遗漏,或者勉强和肤浅,当恳请读者谅解。

通常认为，将文学看作人学的观点始于高尔基，在20世纪50年代、80年代的中国，这个命题曾被特别重视并阐释争论过。杜书瀛认为，文学必须以人为中心，不但以人为表现和描写的对象，而且目的也是人。钱谷融于1957年8月在《文艺月报》上发表了《论"文学是人学"》，认为文学的人学内涵表现在以下几个方面：文学的任务是写人、教育人；作家对人的看法和作家的美学理想是作家世界观中的重要部分；人的角度是评价文学作品好坏的一个基本标准，也是判断各种不同创作方法的重要依据；一个作家只要写出了人的真实的个性，也就写出了他与现实的联系，写出了典型。我们非常认同钱先生的这一观点，并认为中国古典名著中的"小人"完全是根植于中国文化中的真实存在。钱先生认为，透过每一部伟大的艺术作品，我们总可以清楚地看到作品背后的艺术家本人，看到他的灵魂。这是因为，艺术创作不能缺乏由艺术家的思想感情所点燃起来的火焰。艺术形象之所以能够使我们觉得真、觉得活，之所以能够具有感染人的力量，正是艺术家用自己的整个心灵，给了他所创造的形象以生命、以感染人的力量。

杜梁曾认为，在萨特看来，不管作家写的是随笔、抨击文章、讽刺作品还是小说，不管他只谈论个人的情感还是攻击社会制度，作家作为自由人诉诸另一些人自由，他只有一个题材：自由。当作家要通过自己的作品来暴露世界时，他是为了他人，而不是为了个人乐趣而写作，所以他要求读者在这个被他揭露的世界面前担负起责任来。我们对文学名著中"小人"的文化心理解读，不过是想通过我们的浅显认识，看清楚"小人"心理与行为的原因及其危害，避免自己成为"小人"，也让大家对"小人"有所防范，以减少可能遭受的损失和打击。至于这种努力是否有效，只待时间去检验了。

有学者认为，"人学"是关于人的存在、本质及其产生、运动、发展、变化规律的新兴科学，它面向个体和世界，反思自我并提升自身，它关注人的心灵世界,追寻生命的意义,要为个体找到适合的存在方式。如果说科学是向外探究客观事物、追求普遍知识的话,那么人学主要针对主体自身,提高个人的精神境界和智慧能力。它坚持对人的本质的认识,挖掘个体与世界的内在联系,从而促进人的成长与发展,帮助人获得自由与快乐。人本主义哲学、宗教哲学、精神分析学、伦理学等,都属于人学探索的内容。

但愿我们所做的这种尝试——古典名著中"小人形象"的文化心理解读,可以成为"人学"研究的一种范式,并期待更多的学者有更多的研究成果问世。

宋广文　黄西慧

2017. 2. 26

目 录

引言：小人·小人形象·文化心理意蕴 ·· 1

第一篇 综 述

第一章 "小人"的文化心理含义 ·· 5
一、一般文化视角下的"小人"品质的经典描述 ······················· 5
二、心理学视角下的"小人"心理特征的解析 ··························· 7

第二章 "小人"的文化心理成因 ·· 13
一、小人道德问题的社会文化原因 ·· 13
二、小人道德问题的心理病理原因 ·· 26

第三章 文学名著中"小人形象"的文化心理意义 ····················· 38
一、"小人形象"的创作对作者的心理治疗意义 ······················· 40
二、"小人形象"的鉴赏对读者的心理调适意义 ······················· 42
三、"小人形象"对时代精神及文化心理走向的影响 ················ 44

第二篇 中国古典名著中"小人形象"的典型范例解读

第一章 《史记》中的小人形象——宦海沉浮中的政治小人 ········ 49
一、《史记》中的小人形象的创作医治了司马迁的心理失衡 ······ 49
二、《史记》中小人形象的心理病理学解读 ···························· 62

第二章 《三国演义》中的小人形象——乱世中的道德失落者 ···· 92
一、小人的鞭挞与乱世中民族文化心理走向的规范 ·················· 92
二、《三国演义》中小人形象的心理病理学解读 ····················· 106

· 1 ·

第三章 《红楼梦》中的小人形象——膏粱锦绣中的怪胎 ········· 144
  一、曹雪芹塑造膏粱锦绣中的男权小人的文化心理意义——为女性唱一首赞歌，为人类的心理原型阿尼玛唱一首赞歌 ········· 144
  二、《红楼梦》中小人形象的心理病理学解读 ········· 165

第四章 《儒林外史》中的小人形象——科举制度下的牺牲品 ········· 191
  一、科举小人群像的文化心理意义——是作者的心理自疗，是对集体心理失衡的纠偏和补偿 ········· 191
  二、《儒林外史》中小人形象的心理病理学解读 ········· 210

参考文献 ········· 217
后记 ········· 221

引言： 小人·小人形象·文化心理意蕴

"文学即人学"，文学从表面上看，讲述的是想象中的人世间的悲欢离合、爱恨情仇等，但文学要能真正动人，则要从人生的底本上去描写和刻画人的心灵的真实。离开了对人的心灵的深度刻画的所谓"作品"，是浅薄低俗的消遣品，而不是真正的艺术品。正如哲学家兼美学家黑格尔所说："只有从心灵生发的，仍继续在心灵土壤中长着的，受过心灵洗礼的东西，只有符合心灵的创造品，才是艺术作品。"所以真正的文学是作家用自己的心灵真实地去描写人的心灵真实的。合乎艺术的真实性原则的文学作品中蕴含着人类心灵的真实。

文学名著中的众多人物形象身上都蕴含着现实中同类人的真实的心理故事，当然，其中的"小人形象"也不例外。如此，文学作品中的"小人形象"身上蕴含着现实中"小人"心理的一切真实，所以以下篇章中有关"小人"品质的一切心理分析及"小人"的文化心理成因分析，其结论同样适用于文学作品中的"小人形象"，对此，后面我们将不再赘述。另外，文学作品中的"小人形象"比现实中的"小人"要更形象、更典型、更深刻，所以我们同样也能透过对文学作品中"小人形象"的剖析，达到更深刻地了解现实中的"小人"的目的。

的确，从古今中外的文学作品来看，文学家们所提供的人类心灵方面的知识可能比任何一个心理学家所能提供的还要丰富。文学家列夫·托尔斯泰在自己的日记中就写道："艺术的目的在于揭示、讲述用普通语言不能表达的、人的心灵的真实情况。"他的传记作家罗曼·罗兰评价他："心灵世界对他已无奥妙可言。"美学家车尔尼雪夫斯基也说道："人类心灵的知识是他（指列夫·托尔斯泰）的才华的基本力量。"不仅托尔斯泰，以名著《包法利夫人》著称于世的法国作家福楼拜也被世人评价道："一位出色的心理学家。"而在中国，如曹雪芹、鲁迅等作家对于笔下人物的心理的刻画能力，其高超、独到和深刻也已是不争的事实。

所以，当代美国批评家特里林曾经记述，当弗洛伊德在他70岁的生日庆祝会上被誉为无意识的发现者时，他放弃了这个权利，认为无论自己对系统理解无意识理论做过怎样的贡献，荣誉都应归功于那些文学大师们。弗洛伊德的话绝不是自谦，不止弗洛伊德，还有荣格等其他心理学家，他们在构建本学派的心理理论时，都曾经得到过文学艺术的助益。

我们认为，文学作品中蕴含着丰富的有关人的心理知识。

不仅如此，文学对于人的心灵的不自觉的探索和把握，其实还远远早于1879年才诞生的心理学，也远远高于心理学对人的精神世界的认识。所以无论从哪个含义上讲，同是去把握人的精神世界的文学和心理学也就有着血缘般的"渊源"。人类的文学活动都可以被看做是一种心理现象，因而，文学与心理学的关系实际上是一个合乎逻辑的必然存在，文学的任何奥妙都可以从心理学的角度予以阐释。

从以上意义来说，完全可以用心理学来分析文学现象，来分析文学中的人物形象，来分析其中的"小人形象"。文学名著中的众多人物形象身上都蕴含着真实的心理故事，文学中人物形象心理的任何奥妙也都可以从心理学的角度来进行解读，当然，其中的"小人形象"也不例外。

另外，如上所言，真正的文学是作家用自己的心灵去描写人的心灵的。文学家们所提供的人类心灵方面的知识可能比心理学家所能提供的还要丰富。唯此，文学世界里才蕴含着作家、人物形象（包括小人形象）的无数心灵的故事，唯此，也才能打动读者的心灵，并扰动和改变着读者其时的心灵故事或后来的心灵故事的"续写"。而通过这些，又对时代精神及文化心理走向产生多样而复杂的影响。

本书认为，文学名著里的众多"小人形象"与一般的人物形象一样，除了其本身所呈现的心理意蕴外，"小人形象"的创作对创作者也具有一定的心理意义，对"小人形象"的鉴赏也在扰动和改变着众多读者的心灵世界，这同时也对时代集体意识起着纠偏和整合的作用等。

总之，文学名著中"小人形象"的文化心理意蕴复杂而深远，值得我们一一解读。

第一篇 综　述

第一章 "小人"的文化心理含义

"小人"是儒家经典中的一个重要概念,在儒家经典中常将道德层面上的"小人"与"君子"相对,即指见利忘义的人,不晓"义"只通"利"的人,或只看到利益的人,正所谓"君子喻于义,小人喻于利"。类似的论述还有"君子乐得其道,小人乐得其欲",指君子以得仁义为乐,小人以满足欲望为乐;"君子上达,小人下达",意即君子向上,通达仁义,小人向下,追求名利;等等。儒学大师荀子曾总结道:"言无常信,行无常贞,唯利所在,无所不倾,若是则可谓小人矣。"我们同样认为,"喻于利"——见利忘义、唯利是图、利欲熏心等(此处的"利"是广义的,泛指名、利和欲望等)是小人的核心人格特质。

一、一般文化视角下的"小人"品质的经典描述

站在大文化心理的视角上来看,无论是现实中的"小人",还是文学作品中的"小人形象"都不只是一种人格类型,也是中国传统文化下的一种特殊文化现象。自孔子提出"君子—小人"人格类型以来,"君子"成了道德高尚者的代名词,而"小人"则指的是那些道德素质低下的人。这一概念对后世产生了深远的影响。后来关于"小人"与"君子"的定义虽众说纷纭,但更多的场合"君子"和"小人"是以品德高尚还是低劣来区分的,基本的范畴仍没超出孔子划定的圈子。所以,"小人"等同于现在的通解"品行卑微的人",即与"君子"和"仁义礼智信"等德行相悖的一种人。

不仅如此,因为小人所有的言行和筹划都专注于一个"利"字上,天下熙熙,皆为利来,天下攘攘,皆为利往,所以为追求名利和私欲,小人的低劣品德在言行上又有特定表现,对此,孔子及后世一些君子儒者(儒家经典中)有过许多论述。

小人是好"利"的，对名、利、欲是贪心的，"君子暇豫则思义，小人暇豫则思邪""君子论是非，小人计利害"；小人连学习也是因为"利"的，"君子之学也以美其耳，小人之学也以为禽犊""君子之学进于身，小人之学进于利""君子学道则爱人，小人学道则易使也"。小人们与人交往更是时时处处有利益目的，《庄子·山木》中记载了智者桑雽让孔子恍然了悟的一个"君子—小人"的道理，即"君子之交淡若水，小人之交甘若醴"，意指君子有高尚的情操，所以他们的交情淡得像水一样。这里的"淡若水"是说君子之间的感情淡泊却心地亲近，是指君子之间的交往是以天性相连的，不含任何功利之心。遇上困厄、灾祸、忧患与伤害就会相互包容，因为纯属友谊，所以长久而亲切。而小人之间的交往如美酒甘浓却容易利断义绝，因为他们把友谊建立在相互利用的基础上，含着浓重的功利之心，表面看起来"甘若醴"，如果遇上困厄、灾祸、忧患与伤害，而对方满足不了功利的需求时，就会相互抛弃，所以他们之间的交情很容易断绝，因为他们之间存在的只是利益。可见，庄子也从内心赞同"喻于利"是小人的心理本质。后来人们也常引用这句话表示品德高尚的人不以利相交，而以德相交这一深刻的含义。所以"君子与君子以同道为朋；小人与小人以同利为朋""君子扬人之善，小人讦人之恶"，君子爱赞扬给予别人，小人爱毁谤索取别人；"君子成人之美，不成人之恶。小人反是。"小人能丢弃道德原则帮别人作恶，当然为了个人利益；"君子矜人之厄，小人幸人之危"，君子看见别人处于危难之中就心生怜悯并同情相助，小人见别人处于危难之中便幸灾乐祸落井下石，只因为危难处境下的人对小人来说已无利可图；"君子以所不及尊人，小人以所不及疑人"，因为一遇到比自己强的人，小人就敏感地意识到自己的利益可能受到威胁，所以就开始打压和嫉妒；"君子好人之好，而忘己之好；小人好己之好，而忘人之好"……

小人的道德行为的卑劣直接与"利"休戚相关，"君子周而不比，小人比而不周"，君子讲团结，讲原则，小人则"利"字当头，各取所需，互相鄙夷却能团结无间，所以爱耍弄权术，拉帮结派，结党营私；"君子和而不同，小人同而不和"，君子使各种意见得到合理的一致，却不随声附和，小人为了某种利益随声附和，而不去合理地解决意见分歧；"君子求诸己，小人求诸人"，君子对自己严格，小人对他人严格，小人不会审视自己的修养，意识不到自己的不足，当然就会盯着别人的不足，一味地要求别人；"君子固穷，小人穷斯滥矣"，孔子把"君子"作为理想人格的化身，君子在穷困时仍然坚持操守，小人一旦穷困，各种"利"匮乏时就更不能节制自己了；"君子怀德，小人怀土；君子怀刑，小人怀惠"，君子所思的是道德，他的居处，必然选择在有仁德之人所居的邻里，小人怀土，土是地利，小人只选择有利可图之地，如升官发财等；君子有所行动，就想到是否合乎此类典刑，小人之行，冒险以求其幸，不思虑后果，只贪图眼前的小惠；"君子爱财取之有道，小人爱财不择手段""君子主保名节，宁死不屈，小人为目的，卑躬屈膝"；等等。类似的论述还有许多，而小人的这一切道德表现无疑都是受心中的利益和欲望所驱使。

总之，一般文化视野下，对于小人品质的描述，主要是从道德层面，对小人是怎样围绕一个"利"字而发出的道德行为进行剖析和梳理。

二、心理学视角下的"小人"心理特征的解析

以往的研究很少从心理学层面对小人的品质进行探究和梳理，在此我们做个尝试。除以上道德表现外，小人在众多心理特点和品质上，较之君子也有所不同。

（一）在认知方面

小人在对世事的认知上往往浅薄。小人因为"利"字当头，在认知和判断上往往只看到人、事之间表面的物质联系，而从来看不到人、事之间深层的、精神的、本质的联系，所以小人表面上看似精明，其实其认知往往还流于简单浅薄。"君子以心导耳目，立义以为勇，小人以耳目导心，不逊以为勇"，说的就是君子用心（此处的"心"泛指头脑和心灵）来判断世事，用心来引导眼睛和耳朵观察周围，不会单凭看到的或听到的草率行事，会用心思考，也会用心做事；而小人是用耳目来引导心的判断，小人看人看事用眼见耳听而不经过心的判断，因为小人在强烈的利欲之心的驱使下，来不及周详思考、仔细思考和深刻思考，只盯住感官上所能见到的眼前和即时利益，这就妨碍了他们用心去感受、去思考世事，所以说只会肤浅地看到表面情况，看人看事和为人处世都会流于浮躁和浅薄。

而且小人往往利益心太重，在利欲熏心的情况下还经常会做出错误的认知和判断，正所谓"利令智昏""欲令智昏"。小人在认知上不仅眼光浅，而且境界低、格局小，"君子务知大者远者，小人务知小者近者"，君子以"义"为重，努力关注远而大的事，小人以"利"为先，则一心关注近而小的事。君子或以天下为己任，有社会公德心和社会责任感；或以高远的精神追求和纯洁的人格境界为追求，所以远而大的事，是君子所关心的。而小人只关心切身利益，只看眼前利益，缺乏长远考虑，更缺乏远大志向和抱负。所以"君子有远虑，小人从迩""君子浩然之气，不胜其大；小人自满之气，不胜其小"。境界低和格局小源于小人的利益之心，而境界低和格局小又左右了小人对人对事的认知和判断，说到底也还是利益之心使然。

（二）在情感方面

首先，小人在情感倾向性方面表现为：其情绪情感的变化主要与他们的核心需要——名、利、欲是否满足有关。还是古人总结得好："君子惧失义，小人惧失利。"小人的喜怒哀乐都围绕着所得"利益"的多少、"个人得失"的变化而变化，所以小人的情绪更容易受客观外界的影响，小人们更容易"心为物役"，其情绪更容易发生变化，更容易缺乏稳定的情绪和情感。

其次，因为名利和欲望，因为"唯利是图"，因为任何人都很难一直满足他们不断攀升的利益和欲望，所以小人们很难对任何人有真诚的、稳定的、长远的和深厚的情感，"易涨易退山溪水，易反易覆小人心"。小人的心思因为只计利害，不计恩情，所以为了自家前程与富贵等利害，做人做事很轻易就会不讲任何感情，对待他人在情感上是寡情的、冷酷的，甚至是残忍的，这便是小人的典型心理。他们永远不会为了感情而损失任何利益，但为了利益却可以抛弃一切感情。作家余秋雨一针见血地指出"他们是真正的适应者，把自身的人格结构踩个粉碎之后获得了一种轻松，不管干什么事都不存在心理障碍了，人性、道德、信誉、承诺、盟誓全被彻底丢弃，朋友之谊、骨肉之情、羞耻之感、恻隐之心都可一一抛开……"小人还很懂情感经济学，很懂得情感投资，一旦见到有利可图的人，便极尽曲意逢迎之招式。但千万别被小人表面的过度热情迷住双眼，小人任何时候的所作所为都不是发自心底的真情实感，小人喜欢什么和厌恶什么绝不是因为事物本身，比如小人喜欢一朵花，绝不会是因为花的美丽和芬芳。小人对谁好对谁坏不纯属感情表达，他们只是在某人身上看到了利益，小人的热情只是一种表面的情感投资和情感游戏而已。小人一般都城府极深，善于掩饰自己的情感、情绪和真实用心。还是余秋雨总结得好："正常人的情感交往是以袒示自我的内心开始的，小人的情感游戏是以揣摩对方的需要开始的。小人往往揣摩得很准，人们很容易进入他们的陷阱，误认他们为知己。小人就是那种没有一个真正的朋友却曾有很多人把他误认为知己的人。"小人们用心研究人，只要认准你是有用的，就会对你毕恭毕敬，点头哈腰，利用一切机会巴结你，把你认作再生父母也愿意。一旦你失去利用价值，小人的态度会即刻转变，甚至霎时翻脸不认人，对你形同陌路。忙着去寻找新的靠山，忙着去投靠和巴结新的可利用的对象。所以，小人注定是寡情薄义之徒。

（三）在自我意识方面

自我意识是人格的核心，健康人格代表着人的自尊自强及恰当的自我认知。

"君子以道德轻重人，小人以势力轻重人。"小人看待自己也是如此，自卑和自信与否完全取决于自己拥有的"利"的多少，只要一时拥有了利益，就会不可一世，目空一切，趾高气扬，甚至在别人头上作威作福。"君子得位则昌，失位则良；小人得位则横，失位则丧""君子当权福民，小人仗势欺人"等警句即指此小人之心。小人得势时便飘飘然起来，失势时便自感卑微低贱，以是否拥有"势力"来"轻重"人，从不以人本身的素质——人品、能力、修养等为基点来看待人。而由于在人生的起起伏伏中，"势"又是不断变化的，人所拥有的东西当然也是不断变化的，所以，小人们不会有稳定的自我认知和恰当的自我评价。

另外，之所以"小人恶闻过而有过"，是因为小人不以人自身的人品、能力来评价和要求自身，也就从来不去反思自身素质的不足，所以从来看不到自己的缺点，也就在自我调控——"自我修身"和"自我成长"方面容易停滞不前，即"君子下学而无常师，小人耻学而羞不能"。

总之，小人常常迷失真实的自我，所谓"君子泰而不骄，小人骄而不泰"，君子安静坦然而不傲慢无礼，小人傲慢无礼而不安静坦然。我们还可以进一步引申，所谓"君子不骄"是指君子因为有自知之明，又有格局和境界，能深谋远虑，心有定力，能有心灵的勇敢，他可以泰然自若而没有骄矜之气；而小人既不自知又好自以为是，常常唯我独尊，加上缺乏道德和境界，所以处处张扬，处处表现出骄傲，甚至处处攻击。但由于小人本身素质（尤其是道德素质）的局限性，有时在现实面前又难免有些心虚，所以他们虽表面上趾高气扬，骨子里却缺乏君子气定神闲的仪态。

（四）在性格方面

利益的驱动使得小人在性格上与君子截然不同。（清）倭仁指出，"君子讷拙，小人佞巧；君子淡定，小人躁竞"，道出了与君子相比，小人最鲜明突出的性格特点：一是小人机灵、奸猾、八面玲珑、左右逢源，会察言观色，能见机行事，好投机取巧。二是小人受利益之心驱使，争强好胜，天天疲于与人争夺。"君子讷拙，小人佞巧"，也是说君子坦荡、正直，思考问题遵循常理，没有鬼祟、鬼胎，所以君子对怪异事常常表现为木讷、笨拙、发呆、迟钝；"君子之言寡而实，小人之言多而虚"，巧言和善辩本来就是小人的性格特征；"君子约言，小人先言"，君子实事求是，不浮夸，显得笨嘴拙舌，小人善用花言巧语，好夸夸其谈，所以"君子千言有一失，小人千言有一当"。总之，小人不仅巧言令色，而且心术不正，怪异、蹊跷之事在算计之中，所以常常表现为机灵、善于观察、善于领会别人（特别是与他的利益休戚相关的人）的眼神、鼻息和意图，表现得圆滑，惯于谄媚，而且虚浮不实、伪诈，好以不正当手段谋利。三是小人好与人争夺。"君子淡定，小人躁竞"，则指君子心静如水，淡泊名利、淡然、恬静，一副与世无争的样子；而小人利欲心极重，个人欲望比一般人要高，且在一切利益分割上都想比别人更胜一筹，所以总是担心有人和他争利争权争好处，疲于防范，所以表现为浮躁、烦躁、急躁、坐不安、站不稳、心神不宁。对此，（唐）孟郊就感慨过："君子山岳定，小人丝毫争。"就是说君子面对像泰山五岳一样的利益都是从容镇定的，但是小人却为了小利而争来争去、勾心斗角。谄媚逢迎、浮华弄巧、利欲心重和好争夺是小人性格的鲜明特色。

另外，从上述小人的心理特点还可看出，小人人格的内部结构是不和谐、不统一的，比如知、情、意、行各个方面是不统一的、不和谐的，表现出一定的割裂性。余秋雨就总结道："说谎和造谣是小人的生存本能……小人的天赋，就在于能熟练地把谎言和谣言编制得合乎情理。他们是一群有本事诱使伟人和庸人全都深陷进谎言和谣言迷宫而不知回返的能工巧匠。"为了获得利益，他们往往违背良心地颠倒黑白、混淆是非，违背人之常情地使用花言巧语、污蔑、陷害等手段，所以他们往往在知、情、意、行上是相脱节的，不统一的，表现为心口不一、言行不一、知行脱节，甚至相悖……

（五）在心理健康方面

从上面小人的几个心理特点上可以看出，小人在知、情、意、行上往往是相脱节的，人格内部结构是不统一的；情感多变不稳定，易受制于外物；缺乏正确的自我认知和合理的自我调控。另外，小人们"见利忘义"，只顾满足物质欲望而忽视内心精神需求，根据人本主义心理学派的观点，这会给他们内心带来空虚、无意义、无幸福感……

尤其地，小人们因为利欲熏心，通常为满足自己的需要不能顾及他人，还通常不能以建设性的方式满足自己的需要。比如，为了达成某一利益和欲望，可以随便丢弃道德、丧尽良心，完全不顾脸面，有时甚至丧失尊严和人格，并不惜利用拉帮结伙、造谣生非、颠倒黑白、混淆是非等生存手段和说谎、打压、污蔑、陷害等生存法宝来达成不可告人的目的。所以小人生性龌龊、心胸狭窄，他们整天生活在蝇营狗苟、算计、阴谋、遮掩和狡诈之中，他们欲念太多，他们斤斤计较、患得患失、忧虑恐惧，惶惶不可终日；因为心理负担很重，就常忧虑、担心，所以外貌、动作也显得忐忑不安，常是坐不定、站不稳的样子。而君子心地宽广，做事光明磊落，思想上坦率洁净，外貌动作也显得十分舒畅安定，泰然自若。此正所谓"君子坦荡荡，小人长戚戚"。坦荡之人不为事扰不为事忧，面无惧色依度而行；戚戚之人踧于事、瞻于事、形容枯槁于事，变坏于事。君子按照天地的规律要求自己，所以更舒适安宁。小人则被外物所奴役，求名逐利，常常更忧虑算计。可以看出，君子是修自身的，通过自然的规律去约束要求自己，达到天人合一的境界；小人因不修自己，而是向外求名逐利，以满足自己的私欲，"惶惶不可终日"即是其心理不健康的表现。所以，小人的心理品质和心理健康程度较之君子是要大打折扣的。总之，结合以上几个方面来看，无一不说明，小人更可能是一定程度上心理不健康的人。

　　以上即是我们从一般文化视角和心理学视角对"小人"品行及特定心理特征的解析。当然，这些心理品质与小人心理本是不可分的，是交织在一起的。它们互相作用、互相影响，有机地统一从而共同构成了小人们复杂的心理品质。

　　另外，值得一提的是，小人们的这些心理品质决定了他们总会给他人和社会带来一定的伤害，这是毋庸置疑的。但同时，"多行不义必自毙"，小人们最终往往也会因为其小人行径而得到应有的下场，这正是茫茫的天道使然。

　　所以，最后，我们要把（唐）孟郊的一句话送给小人们："多争多无寿，天道戒其盈。"愿天下的小人们，引以为戒！早日觉醒！

第二章 "小人"的文化心理成因

一、小人道德问题的社会文化原因

在本篇,与以往研究不同之处在于,虽然我们也从社会文化的各个方面——政治、经济、文化意识、教育等方面来分析影响小人道德行为选择的原因,但我们是从心理学的角度来揭秘这些社会文化因素是通过怎样的心理过程,或通过哪些特定的心理机制来影响小人的道德选择的。

(一)社会政治方面的原因

1. 社会政治的腐败以及政治统治的过分严苛和禁锢,容易引起民众的道德失范行为

事实上,当社会政治过于腐败以及政治统治过分严苛时,民众的基本需要会被严重剥夺,而基本需要严重受挫时,人们就容易过分迫切地追求基本需要的满足,而此时,更容易表现出"见利忘义"。

人本主义心理学派代表人物马斯洛把人的需要分为缺失需要和成长需要。缺失需要又称基本需要,基本需要的满足比成长需要更迫切,基本需要包括生理需要、安全需要、归属和爱的需要以及自尊需要。生理需要是个人生存的基本需要,如对吃、喝、住等的需要;安全需要包括心理上与物质上的安全保障,如不受盗窃和威胁,预防危险事故,职业有保障,有社会保险和退休基金等;归属与爱的需要,如与他人交往、爱别人和接受别人爱、成立家庭、归属等需要;尊重需要包括要求受到别人的尊重和自己具有内在的自尊心,得到赞许等需要。成长性需要则包括认知需要、审美需要和自我实现的需要等。不难理解,基本需要的满足比成长需要更迫切。

基本需要具有以下五个特点:缺少它引起疾病,有了它免于疾病,恢复它

治愈疾病，而且在某种非常复杂的、自由选择的情况下，丧失它的人宁愿寻求它，而不是寻求其他的满足。所以，人出于自我保存和自我保护的本能，也要想方设法满足这些需要。越是低级的需要，剥夺它时，越会引起疯狂的抵制和过激的反应。

马斯洛还指出，与个人动机有着密切关系的是社会环境或社会条件。在满足需要的先决条件中，马斯洛举出了这样一些先决条件：言论自由、质询自由、自卫自由、正义、诚实、公平、秩序，在不损害他人的前提下可以随心所欲等。一旦危及这些先决条件，人们就会做出类似基本需要受到威胁时的那种反应。

比如，把人逼到挣扎在贫困线上，食不果腹、衣不遮体，困顿、过劳至极限，即把民众逼到生存难以为继（生理需要严重受挫）；比如国家的不安定、无秩序，社会充满仇恨与暴力，法制的不健全，公平正义不能伸张，贫富不均，分配不公，各种制度不公正、不合理，上级对下级的专制以及人际间的冲突等对人们的安全造成极大的威胁（安全需要严重受挫）；再比如制度的不合理造成爱和被爱的权利及条件被剥夺，严酷的制度逼得人妻离子散、家破人亡时（爱的需要受挫）；或统治者为了政治目的过于打击和迫害某一类人或某些团体以至于他们被严重排挤在主流群体之外时（归属的需要受挫）；再比如使人名声受损到颜面尽失、使人一世英明扫地面临身败名裂、使大多数民众活得没有尊严时（尊重的需要不被满足）；等等。为了满足这些被剥夺的强烈需要——利益的满足，人会变得不择手段。比如大饥荒中的偷和抢，日寇侵华时大批汉奸的出现，严刑拷打下叛徒的产生等现象都部分地是由以上原因造成的。

所以，当一个时代的社会政治统治过分严苛、禁锢、黑暗和腐败，过分剥夺满足某一阶层或某一团体的最基本需要（缺失需要）的条件，或剥夺影响基本需要的满足的先决条件时，人就会在这类需要的强烈驱使下，出现疯狂的抵制和过激的反应，做出一些非道德的行为抉择。

2. 政治行为中的错误和弊端容易引发群体行为的失范

任何国家政策、路线要想推行下去，就需要号召民众来响应，需要大规模地发动民众。政策在推行和实施的过程中，其实无形中是靠众多社会心理机制来达成的，比如从众心理、社会认同、社会感染、团体心理效应以及群体极化等，而这些社会心理机制本身都既存在积极的一面也有消极的一面。所以当社会政治行为中推行的政策、路线及纲领本身存在某些漏洞、不足或缺失时，社会心理机制消极的一面必然引起群体行为的失范。

从众心理是大部分个体普遍具有的心理现象，指个体在社会群体的无形压力下，不知不觉或不由自主地与多数人保持一致的社会心理现象，通俗地说就是"随大流"。此时个人受到外界人群行为的影响，而在自己的知觉、判断、认识上表现出符合于公众舆论或多数人的行为方式。从众心理有助于国家政策的尽快推行、一定群体规范的建立、良好社会舆论及道德风尚的形成等，但同时也存在消极的"盲目从众心理"。比如缺乏分析，不作独立思考，不顾是非曲直地一概服从多数，随大流走，这当然是不可取的。而又因为从众心理使个人获得了匿名感，即在群体高度一致性的基础上，个人其实是匿名的，因此个人做事会无所顾忌，这种效应通常会在做一些违背原则的事情时出现。正是这种从众的行为，导致很多不文明行为成了一种屡禁不止的社会现象。盲目的从众心理会使民众迫于群体压力去追随错误的政策导向，即使在其中做了坏事，却因为是多数人共同去做的，个人是匿名的，所以个人不觉得应该承担相应责任。

"团体心理效应"亦如此，其指团体大多数成员存在共同情感与意志状态。也指明明做了坏事，却因为做错的人多，形成团体心理，内心没有做过坏事之后应有的负罪感。这种团体心理效应显然容易引发不良的群体行为，因为当人在做过坏事后缺乏应有的负罪感时，良心也就不能对人的行为起监督作用了。

"社会感染作用"是指个体通过语言、文字、表情、动作等其他方式引起他人相同的情绪或行为的一种信息传递过程。它首先是一种情绪的互相感染和影响，进而影响到行为。社会感染是人类社会中普遍存在的一种影响方式，它具有爆发性特点，在大群体内会产生循环感染，从而导致更强烈、更冲动的情绪爆发，乃至一些非理智的行为发生。由于民众在情绪上的这种互相感染性，当不良情绪大规模爆发时，引发的必然是大规模的非理智行为。

"社会认同原理"指出人们进行是非判断的标准之一就是看别人是怎么做的，尤其是当人们要决定什么是正确的行为时。如果人们看到别人在某种场合做某件事情，就会断定这样做是有道理的。个体在认同群体的情况下，会自愿与群体保持一致。社会认同作用使人觉得大多数人所做的就是对的，而并不管事实的对与错。

"群体极化"是指在群体中进行决策时，人们往往会比个人决策时更倾向于冒险或保守，向某一个极端偏斜，从而背离最佳决策。"群体极化"具有双重的意义。从积极的一面来看，它能促进群体意见一致，增强群体内聚力和群体行为；从消极的一面看，它能使错误的判断和决定更趋极端。"群体极化"似乎很容易在一个具有强烈群体意识的群体内产生，在这样的群体中，其成员对群体意见常做出比实际情况更一致和极端的错误决定。

另外，关于政治因素对道德选择的影响，作者余秋雨指出，还有另外一个原因，他具体论述道："我认为，小人之为物，不能仅仅看成是个人道德品质的畸形。这是一种带有巨大历史必然性的社会文化现象……体现了中国封建社会的人治和社会下层的低劣群体的微妙结合。……封建人治隐秘多变，需要有一大批特殊的人物，他们既能诡巧地遮掩隐秘又能适当地把隐秘装饰一下昭示天下，既能灵活地适应变动又能庄严地在变动中翻脸不认人，既能从心底里蔑视一切崇高又能把封建统治者的心绪和物欲洗刷成光洁的规范……"余秋雨认为，历史上众多政治小人的出现，只不过是君王、领导本身的暗影借小人身上的暗影来发作而已。

但无论如何，社会政治因素对于民众道德行为的选择是有不可忽视的影响作用的。

（二）社会经济方面的原因

马斯洛等心理学家、行为学家都认为，在发展中国家，生理需要和安全需要占主导的人数比例较大，而高级需要占主导的人数比例较小；在发达国家，则刚好相反。且一个国家民众的需要层次结构可能影响着普遍的道德水准。

社会经济发展水平影响民众整体的需要层次结构，这是因为，经济发展水平过低，影响了马斯洛所界定的人的基本需要（尤其是生理需要和安全需要）的普遍满足，从而影响了那些与人的道德更相关的高级需要的出现，从而间接地影响了民众的道德水准。以下进行具体分析。

1. 经济发展水平通过影响民众的生理需要而影响民众普遍的道德水准

如上所述，生理需要是个人生存的基本需要，是指对吃、喝、住、休息、睡眠、健康等的需要，这当然需要一定的物质条件作为保障。而经济发展水平过低的国家，民众的生存压力要更大，比如至少部分人基本的温饱以及必要的衣、食、住、行可能都保障不了。即使能勉强保证生存也需付出更多的劳动，从而导致必要的休息、娱乐、休闲、睡眠时间受影响，长此以往，生命体的健康势必会大受影响。而经济高度发展、社会福利高的国家，就有能力给民众提供更高的工资，让其生存压力更小。让民众更少劳作、有更多的保证健康的休息时间等。总之，经济发展水平过低的国家，民众基本需要中的生理需要是不能达到基本满足的。

而马斯洛又提出，基本需要在潜力相对原理的基础上按相当确定的等级排列。从这个意义上说，生理需要（它们被安排在最低的一个层次）强于安全需要，安全需要强于友爱需要，友爱的需要又强于尊重的需要，而后者又强于个人特质的需要——我们称之为自我实现的需要。另外，在多种基本需要未获满足前，首先满足迫切需要；该需要满足后，后面的需要才能变得强烈。一般来说，某一层次的需要相对满足了，才会向高层次发展，追求更高层次的需要才成为驱使行为的动力。例如，人们对于食物、安全的需要比对尊重的需要更偏执、更迫切。生理需求级别最低，所以也是最具优势的需求。马斯洛也指出，未满足生理需求的特征如下：什么都不想，只想让自己活下去，思考能力、道德观明显变得脆弱。正如春秋时期的管仲所说"仓廪实而知礼节"。人们在为起码的生命保存和生命的延续而争夺利益的时候，可能暂时会把一切"礼义廉耻"等都抛在脑后。

2. 经济发展水平通过影响民众的安全需要而影响民众普遍的道德水准

安全需求同样属于低级别的需求，其中包括对人身安全、家庭安全、生活稳定以及免遭痛苦、威胁或疾病等的需要。安全需求包括物质与精神两方面。物质安全，从宏观上看，是要国家安定有序，法制健全，以及没有可能危及人的需要的自然灾害。即要求社会环境安全，使得人的生命财产得到保护，工作职位有保障、摆脱失业的威胁，生活有保障，健康有保障，病有所医等。精神上的不安全，是指各种因素给人们心灵所造成的伤害，如家庭、学校、工作单位由于人际关系的不和谐而给人的精神带来的威胁和伤害，使人变得自卑、敏感、胆怯等。

可以推知，民众这一系列的安全感的满足，与一个国家的经济发展水平是息息相关的。经济发展水平过低的国家，首先就没有能力给民众提供安全感的物质保障，比如缺乏维护国家安定、保证法制健全的能力，抵抗大的自然灾害的能力等方面的物质保障，从而无法保障人民生命财产的安全。而富裕的国家更可能给民众提供更有保障的社会福利，社会救助系统更得力，医疗保险、退休及养老金制度可能更稳定和持续，等等。因此，经济发展水平过高的国家能从物质上给人带来更大的安全感的满足。而且，由于经济发展而带来的政治、文化发展以及民众普遍受教育水平的提高，也都会无形中为人的精神安全提供保障。

一个缺乏安全感的人，总感到自己受到身边的人和事的威胁，觉得这世界是不公平的，或认为一切事物都是危险的，认为一切事物都是"恶"的，而变得紧张、彷徨不安。此时，人最迫切的希望不是去建设性地协调与他人的关系，做到更好地去爱自己和爱他人（爱的需要），也不是努力提高自己在各种不同情境中的胜任力、实力和信心（自尊的需要），更不是有效地使自己获得地位、威信，受到别人的信赖和高度评价（他人的尊重），个体此时可能在各个方面主要被安全需要所支配，因为安全需要比爱的需要等更高级的需要更强烈。

马斯洛还指出，只有高级需要的追求与满足才具有有益于公众和社会的效果。在一定程度上，需要越高级，就越少自私。饥饿是以"我"为中心，它唯一的满足方式就是让自己得到满足，但是，对爱以及尊重的追求却必然涉及他人，而且涉及他人的满足。已得到足够的、基本的满足继而寻求爱和尊重（而不是仅仅寻找食物和安全）的人们，倾向于发展诸如忠诚、友爱以及公民意识等品质，并更好地履行各种社会责任等。

应该注意，对以上经济因素对两类基本需要的影响，以及由此引发的对于人的道德表现的影响分析，说的只是"可能"，因为古往今来，无论是在安定和平的盛世还是在颠沛流离的乱世，现实中不为五斗米折腰的高风亮节之士当然有，贫贱中不移志的也不乏其人，衣不遮体、食不果腹却醉心于某一事业（自我实现的需要）的也比比皆是；而相反，"为富不仁"的人大有人在，"富贵而淫"即个人意志为金钱和地位所迷惑的也层出不穷。可见，由经济的发展水平带来的物质的丰富程度，只是影响人的需要层次结构的因素之一，正如马斯洛和其他的行为心理学家都认为的那样，一个国家多数人的需要层次结构，是同这个国家的经济发展水平、科技发展水平、文化和人民受教育的程度直接相关的。

所以，经济发展水平也只是影响人的道德水平高低的因素之一。

（三）社会文化意识方面的原因

我们从以下两个方面来阐述这一问题。

1. 社会文化意识的某一弊端会造成整个社会集体的心理失衡，易诱发群体的小人行径

我们不妨以清代社会文化意识中的"八股取士制度"为例。

迄今，已经公认，八股取士制度是清代文化意识中的重要局限之一，因为这一科考制度是弊端重重的，其弊端主要表现在以下两个方面。第一，科考内容的局限性。八股取士制度对科考内容有严格的限定，最初主要是《四书》《五经》等儒家经典，后又以《四书》为重。而且为防止读书人"妄作主张"，规定对《四书》《五经》的理解也必须采用理学家朱熹的注释。而众所周知，以朱熹为首的理学家的一贯主张是："存天理、灭人欲。"于是科考内容便变相地转换为对朱熹的思想要旨——"存天理"的阐释，即对儒家道德规范中的"三纲五常"的具体化和详细化解释，而既然同时要"灭人欲"，所以就要求应试者不能有自己个人化的思想和见地。于是应试者们就只能一味地压抑自己真实的内心，学会说一些言不由衷的空话和套话。第二，科考形式的局限性。八股文要求必须是八个段落，要相互对仗，格式有严格要求，字数有严格限制，甚至对书法也有过分要求，等等。这使得看起来相当严肃和正统的取士制度，变成了千篇一律的文字形式，从而很大程度上限制了士子们自由的思想表达。而最后造成的尴尬结果是：应试者只要善于钻营，只要善于演习一些虚假的应试技巧，即使没有真才实学，也能成为八股取士中的成功者。总之，八股取士制度无论从内容上，还是从形式上都带有一定的虚假性，都对当时的知识分子阶层起到思想上的钳制和禁锢作用。

而就是这一虚假的应试制度，却让广大读书人趋之若鹜，因为这是士子们跻身统治阶层的唯一正统的方式。这直接造成了那个时代读书人集体的心理失衡，继而诱发大批读书人成为小人。

因为八股取士制度，无论其应试内容还是其应试形式，都要求士子们要一味地无视自己内心的真实，并且不能自由表达自己的观点和思想，而整个社会的读书人又存在对于"八股取士制度"的疯狂追逐，由此造成了士子们集体的心理失衡。这一心理失衡具体表现为：沉迷于其中的知识分子阶层越来越迷失了人的真实本性，越来越与真实的自我疏离，变得对自己和他人惯会弄虚作假，而最终走向投机取巧和虚假浮泛，继而诱发道德败坏和良知沦丧等深层道德问题，成为各式各样的现实中的小人（对此，更详细的论述可参见本书后面的第四章）。而事实也是，在当时的知识分子阶层，确实是涌现出了大批道德败坏的小人，这在古典名著《儒林外史》（集中反映当时科考士子们生活情状的讽刺小说）中有翔实的描述。

2. 当时代社会文化意识中的核心价值观没有确立，良知缺失时，对暗影的约束力量就减弱

我们知道，人性本身是有暗影的。荣格认为，每个人都有他的暗影系统，暗影是人类心理的关键原型之一。而由于暗影是人性中最坏的一面，它是邪恶、有罪、道德败坏的冲动，又是攻击、破坏、嫉妒、欺骗、谎言、仇恨、怀疑、抱怨、轻狂、偏狭、自大、卑微、私欲、虚荣、贪婪等。所以过度放任暗影则会助长人的攻击性和原始冲动，从而造成与社会的冲突和自身的病态，使人变成一个不折不扣的道德败坏者。

平时我们的恶是处在道德良知的监控之下的。良知，就是关于宇宙天地人的正确认识。在儒家看来，良知是理学家王阳明所指的一种天赋，用以分辨自己善的和恶的意向的道德意识。"良知"是伦理实践的出发点，修身的"功夫"就在于，人用自己的"良知"去拒斥自己在意志行为中的恶的意向并实施或实现自己善的意向。道德良知是核心价值观的一个组成部分。人类社会发展的历史表明，对一个民族、一个国家来说，最持久、最深层的力量是全社会共同认可的核心价值观。核心价值观，承载着一个民族、一个国家的精神追求，体现着一个社会评判是非曲直的价值标准。但一旦某一时代的核心价值观念出现混乱和迷茫，良知体系也就不能很好地确立起来。

如果整个社会的良知系统确立起来，对人的恶的行为就有很强的限制作用。弗洛伊德指出，良知对于人的本我有约束作用，当一个人做了不符合良知的事

情后，他会有自我否认甚至自我厌恶的情绪产生，而这种情绪会严重腐蚀人的心灵，使人的心灵处于自责的压力中。这类似于精神分析学派所界定的"道德性焦虑"。心理学家弗兰克也认为，良知是本能，良知是心灵的智慧，它比任何感觉都敏感，是它给予人有关生命意义的启发。良知系统确立起来后，在一个人需要承担选择的责任时，首先需要考虑的就是良知。良知包括很多内容，做人要遵守的最基本的良知就是底线伦理，及不以任何理由做伤害他人的事。守住了这个伦理底线，就是守住了选择的基本责任。

我们以元末明初的社会文化意识对人的道德品质的影响为例。

具体考察一下那个时代，在时代意识上有如下两点不容置疑。一方面，儒家文化的核心地位已经不复存在。事实上，元朝的统治者——蒙古族的文化发展远远落后于历史悠远的汉民族，但因为蒙古民族当时在军事上横扫欧亚大陆的绝对优势，导致这个民族从开国之初就没有一般文化后进民族的自卑。所以，统治者在意识上是轻视大中原的核心文化意识——儒家思想的。这表现在元朝统治者在文化意识上，是以蒙古族信奉的"佛教"为其主要意识形态。虽然他们也部分地"存国俗"，即也注意到儒家文化传统，但在当时整个意识形态上，儒家思想的文化地位很低，甚至连道教都比不上。元朝统治者对待儒家思想的这一态度，导致了自汉以来的儒家文化的主导地位已不复存在，儒家文化已不再是整个社会的核心价值观，从而，以往的"仁义礼智信"等核心价值体系已不再成为民众的道德约束。另一方面，新的社会核心价值观又没能确立。元朝疆域辽阔，横跨欧亚大陆，民族众多，文化多样，宗教信仰更是五花八门。统治者为缓和民族矛盾，对境内各种宗教信仰采取放任自流的态度，实行文化上的多元化。但正是这一多元化，对"核心价值观没能确立起来"起到了推波助澜的作用。总之，在整个元代，单就整个中原地区来说，因为统治者的原因，儒家的文化主导地位已经大幅下降，加之其他外来文化的多样冲击，整个社会的核心价值体系几近崩溃，而新的符合时代的良向的价值体系和道德观还没能确立起来。

如上所述，由于新的核心价值观没能建立起来，核心价值观中的道德良知系统，包括"是非标准、善恶标准、美丑标准、以什么为荣、以什么为耻"等理念都处在迷茫和混乱当中。一句话，在那个价值多元化而又有些混乱的时代，人们不知道应该坚守什么，应该放弃什么，稳定的、统一的良知系统是缺失的。社会失去了统一的是非标准，失去了限制人性恶的武器，约束人性暗影的力量也就大幅度减弱。果不其然，整个动荡不安的元代涌现出众多的各式小人，单是统治者阶层，就包括对外大肆扩张侵略的、对内压榨剥削的、残暴无良的、为争权夺利不惜一切手段的、贪官污吏以及腐败堕落之徒等。而普通民众阶层，因着道德坚守的迷茫和混乱，铤而走险者、趁火打劫者、见利忘义者等也比比皆是。至元末明初，元朝的统治已近百年，这一社会现象愈演愈烈，更多的小人蜂拥而起！古典名著《三国演义》就诞生在这一历史背景下，而这一作品的创作，是极有其历史、文化、心理意义的。比如其"拯救世道人心"的作用，这在本书的后面有详细论述。

总之，在社会文化意识方面，或由于民众集体无意识的片面发展，或由于时代的精神迷茫、核心价值观的缺乏而导致稳定的良知系统不能确立等，都会影响整个时代人的道德选择。而这，正是某些特定时代背景下，小人们普遍涌现的重要原因之一。

（四）教育方面的原因

此处的教育包括学校教育和家庭教育。我们认为，教育方面的原因主要在于在教育中没有很好地激发起人的高级需要。对此，教育主要在以下两个方面做得不够到位。

1. 其教育中普遍存在未能基本满足受教育者安全需要的现象，从而影响了高级需要的出现

我们知道，低级需要不满足，高级需要就不会出现。生理需要且不说，安全需要的满足有时会受到家庭和学校的影响。家庭教育有时是存在问题的，比如夫妻关系是家庭关系的核心，但如果夫妻关系不和谐、冲突不断、剑拔弩张甚至反目成仇，就会给整个家庭笼罩上一层不安全的气氛，生活在其中的孩子会感觉惶惶不可终日；又如缺乏正确教育理念的父母，对孩子的态度缺乏民主、公正和信用；再如父母对孩子压制、打骂、讽刺等，孩子也同样没有安全感的满足。在学校教育中，如果学校的整个育人氛围缺乏民主、平等、公正和秩序，如果老师对学生的态度是专制、严苛的，教育中充斥着惩罚、苛求与挖苦，同样会损害人的安全感,使受教育者变得自卑、敏感、胆怯。而家庭教育和学校教育中诸如此类的问题是普遍存在的,安全感没有满足,便会影响更高层次需要的出现。所以,有时学校教育和家庭教育本身的某些不足无疑会妨碍、影响人的高级需要的出现。

如前所述,马斯洛认为,高级需要的追求与满足具有益于公众和社会的效果。在一定程度上,需要越高级,就越少自私,人越可能是品德高尚的。因为高级需要与缺失性需要(生理的需要和安全的需要)那种直接获得性满足方式不同,高级需要的满足不能通过向外部索取而获得,要想得到友谊和爱情(爱和归属的需要),要想获得他人的尊重(尊重的需要),行为主体首先必须有所付出,有所奉献,发展性需要的满足方式是先行后获、先舍后得、先难后获。在行为主体做出了奉献和付出之后,他将获得各种形式特别是精神上的回报,得到真正的发展:不仅满足了自己的精神需要,而且提升了人格,发展和完善了自我,更全面地实现了自我的价值。

马斯洛还特别说明,比如"爱"就是一种医治心理疾病的良方,走出封闭的自我,关爱他人,帮助他人,担负应有的责任,按社会的道德行为规范办事,才能得到他人的尊重与社会的认可,才能具备吸引别人产生爱意和敬意的"资粮",也才能够满足人的发展性需要,排遣诸多心理问题,保持心理健康。一个人如果能有程度适当的"爱和归属的需要",那么,他看起来不仅更可能是有道德的,也更可能是更健康的。不仅爱和尊重的需要,自我实现的需要也是如此。马斯洛曾描述自我实现者所具有的特征中,就包含坦率、真实、具有很强的道德感等内容。自我实现的人是自由的,支配他们的因素是自身内部的主体自我选择,他已经能自觉遵循社会的伦理要求。这就启示我们,道德高尚、忘我地工作、努力造福于人类才能更好地发挥个体的潜能,全面地实现个体的价值。

由此,我们可以说,个体在心理上如果出现了高级需要,个体就将是一个更有道德的人,因为对同情、关爱、利他等美德的需要正是高级需要的核心内容,而高级需要的满足亦促进着奉献、利他等道德品质的培养,成为道德需要生长的动力。更通俗地说,人的需要层次越高,品德可能越好。

所以,其教育中普遍存在的压制和禁锢最终可能会限制受教育者高级需要的出现,也会间接影响受教育者良向的道德品质的形成。

2. 其教育中没有有意识地对高级需要加以适当教育、引导和开发，从而也影响了高级需要的出现

马斯洛认为，高级需要是较迟的个体发育的产物。任何个体一出生就表现出有生理的需要。也许，还以一种初期方式显示有安全需要。低级需要比高级需要更部位化、更可触知，也更有限度。饥和渴的躯体感与爱相比要明显得多，而爱则远比尊重更带有躯体性。另外，低级需要的满足远比高级需要的满足更可触知或更可观察。我们发现，在现实生活中，尽管欲望会不断地产生且不断地被取代、被满足，但这类欲望大多属于缺失性需要层次或发展性需要的较低层次，人们常常沉溺于物欲而不能自拔，无法觉悟什么是生命的本质需要，不能自觉地将需要层次向高处升华。因为寻求缺失性需要的满足是人的生物性本能，而寻求高级需要则出于自觉，故对于高级需要的认识常常被人们所忽略。因为，如果在后天的环境和教育中高级需要没有被有意识地加以培养，它更容易不强烈，也容易永远消失。所以人的高级需要的出现，需要各方面的教育去有意识地加以激发和培植才行。

另外，从主观上讲，高级需要不像其他需要一样迫切。它们较不容易被察觉，容易被搞错，容易由于暗示、模仿或者错误的信念和习惯而与其他需要混淆。能够辨清自己的需要，即知道自己真正想要什么，是一个重要的心理成就。而现实是，人们通常停留于物欲的满足而不去追求精神需要的满足，或者误认为物欲的满足就是人的最终需要，误以为物质生活的丰裕和穷奢极侈的享乐就能获得爱情、友情，就能得到他人和社会的尊重，获得自尊。这些人的高级需要还在心灵深处沉睡，他们无法在高级需要的驱使下明白生活的真正意义。因此，如何引导人们关注这类问题，如何引导人们追求和实现高级需要，是学校教育和家庭教育义不容辞的责任之一。

对于激发和培植人的高级需要的具体方法，马斯洛也给出了明晰的思路。他指出，那些两种需要都满足过的人们通常认为高级需要比低级需要具有更大的价值。他们愿为高级需要的满足牺牲更多东西，而且更容易忍受低级需要的丧失。例如，他们将比较容易适应禁欲生活，比较容易为了原则而抵挡危险，为了自我的实现而放弃钱财和名声。对两种需要都熟悉的人，普遍地认为自我尊重是比填满肚子更高、更有价值的主观体验。高级需要的满足能引起更合意的主观效果，即更深刻的幸福感、宁静感，以及内心生活的丰富感。安全需要的满足最多只能产生一种如释重负的感觉，无论如何它们不能产生像爱的满足那样幸福的狂热与心醉神迷，或宁静、高尚等效果。可见，不断地体验到高级需要满足的人，会是更有品德的人。

所以，在教育中如果不断地让学生体验到高级需要的满足，就是对学生进行需要层次结构的提升，同时也是提升学生品德素养的重要手段之一。比如，学校和家庭充满爱和被爱的心理氛围，每一个学生被老师和同学友好地接纳，能力被鼓励，在学习中不断地有"通过不懈地努力而获得成功的体验"，让学生在学校和家庭的不同情境、不同活动中感觉能胜任，能独立自主，获得自尊感；让学生在学校有一定地位感、感觉在同学中有威信，得到别人起码的尊重、信赖和正向评价。总之，尊重需要得到满足，就能使人对自己充满信心，对社会满腔热情，体验到自己活着的价值，就能努力使自己成为一个更"向好"、更有道德素养的人。

但现实中，我们的教育做到这些了吗？我们看到，众多的家庭教育不仅在环境上缺乏民主、尊重、平等的氛围，而且受现行的社会风气的影响，一般都缺乏更宽广的人文主义思路和情怀。很多家长认为好孩子的标志就是"考高分数，上好大学"，而且不少家长在理念上也过于急功近利，认为成功的模式就是"钱和权"，认为孩子的人生目标就是"选好的专业，找好工作"，而好专业、好工作就是容易就业的、能挣更多钱的、能升迁的……成功的标志就是"钱和权"。在这样的教育氛围和理念下，孩子的很多高级需要不仅没被开发和培植，还一定程度上受到了压抑。

现行的学校教育，最大的弊端则是缺乏多元化的教育评价机制。应试教育中充斥着"唯学习成绩""唯分数"论，除了学习、分数，人的其他方面的能力和潜质都是不被鼓励、不被看好的。许多人在这种教育体制下被裁判得体无完肤、遍体鳞伤，在学校里从没有体验过以上所描述的被接纳、被尊重、被信赖的感觉。可以不客气地说，人的许多高级需要被学校教育压制了。

总之，高级需要的出现及其作用的良好发挥，需要教育去有意识地加以培植。而如果教育不得力的话，高级需要就不能被很好地激发出来，而由高级需要的追求顺势带来的道德需要可能也就潜伏在人的心理底层，从而得不到最大限度地发挥，这在一定程度上会影响人的道德行为的选择。

通过以上分析不难看出，这些社会文化因素的影响作用在现实中其实是密不可分的，因为社会政治、经济、文化、教育各因素本身就是互相联系和互相影响的，它们有机地统一于一个社会整体中，所以，以上各社会因素对于人的道德问题的影响作用应是有机地联系在一起的。我们的区分既是人为的，也是不完备的。

当然，不同的人在相同的社会文化环境下，其道德行为的选择是因人而异、千差万别的，这启示我们，小人的道德问题可能还与一个人本身的特点有关，这可能是小人道德问题的更深层的原因，即人的个性及人格上的原因。这正是我们下面要探讨的问题。

二、小人道德问题的心理病理原因

以往的许多研究表明，小人道德问题与心理疾病互为因果，比如有学者明确指出，一方面，道德健康是心理健康的必要条件，亦即，道德不健康，心理必然不健康；道德是维护心理健康的重要屏障。另一方面，心理健康无疑是道德行为的前提和保证。小人道德不健康的背后有深刻的心理原因。我们认为，小人们在人格上的不完善、不健康状态，是小人之所以"成为小人"的深层心理原因。众多心理学流派关于"心理健康观"及"心理障碍"的理论中皆隐含着社会道德缺失的含义。下面我们来作一分析。

（一）弗洛伊德·人格结构·心理失衡·超我

从精神分析学派代表人物弗洛伊德的"三我"人格理论来看，小人的道德滑坡主要是"三我"人格结构中的超我过弱。超我所代表的道德对于人格的和谐发展，对人的良好的道德和伦理适应都是不可或缺的。超我（代表良知、完美、道德原则）的发展不良不仅造成人格不完善——心理失衡，还同时导致道德行为问题。

1. 心理失衡（人格系统不统一）的原因之一是超我发展不良

弗洛伊德提出，人格由本我、自我和超我三个系统组成。本我在人格结构中处于主导地位，由先天的本能和原始的欲望组成，按"快乐原则"行事；自我由本我派生而来，是人格中理智的、现实的成分，按"现实原则"行事；超我处于人格的顶层，是内化的"自我理想"与"良心"，按"道德原则"行事，以限制本我种种非理性的冲动。

本我作为一种原始的本能欲望要求宣泄和释放，并从中得到一种快乐和满足，自我按现实原则来满足本我的要求，超我从至善原则出发则力图通过自我去限制和压抑本我的活动。我们一般都知道，如果对本我压制过分，心理能量得不到适当宣泄和转移，就会酿成精神疾病。但殊不知，超我过分不满足也同样会导致不同程度的心理失衡。这是因为，如果超我过于弱小，那么通过自我去限制本我活动的力量不会足够强大，对不道德的、违反社会伦理的本能欲望约束就弱，在这种超我对自我的约束和要求相对宽松的状况下，自我在满足本我的要求时就很难按现实有效的原则来行动，此时的自我就不会强大，而"一个'良好适应'的人必须要有坚强的自我"，以便能够有效地在本我与现实、本我与超我之间起调节、整合作用。而超我弱势，加上由此导致的自我也不够强大，"三我"中本我的力量就占了优势。弗洛伊德认为，心理失衡是人格的三个系统的不统一造成的。这三个系统相互联系、相互作用，以动态的形式结合着，如果三个系统保持平衡，人格就正常发展，但由于三者的行动原则各不相同，所以冲突是无法避免的，而且这种冲突本身是无意识的。三个系统的平衡遭破坏时，个体的外在表现往往是产生焦虑，这种焦虑是相当痛苦的情绪体验，即心理失衡状态。人格结构发展的不平衡导致了不同程度的心理失衡。

2. 超我发展不良直接导致"社会文明和道德"的不良适应

超我是人格结构中代表理想的部分，它在个体后天的成长过程中通过内化道德规范等社会要求而形成。超我包括自我理想和良心。自我理想是在儿童心目中父母对自己的要求，来自儿童从父母处获得奖励和赞赏的经验；良心则是儿童接受惩罚性经验的结果，主要包括罪疚感、羞耻感。自我理想为道德行为确定标准，良心则负责对违反道德标准的行为提出警戒、进行惩罚。

超我发展不足的人，在实施了不符合社会道德意义的行为后，没有适度的道德性焦虑。道德性焦虑是一种因良心不安而产生的焦虑，是自我对罪疚感、羞耻感、自卑感的体验，其来源于与自我理想不相容的行为或想法，这些行为或想法因受到良心的惩罚而产生羞耻感、自卑感或罪疚感。

小人们由于人格系统中的超我发展严重不足，当心中有某种念头与自我理想不相容，或者做了任何不道德的、违反社会伦理的坏事时，不会产生适当的道德性焦虑，即不会产生良心不安感、内疚感、羞耻感、自卑感或罪感等不良体验。

可见，超我发展不良的人，在个人行为上是必然会存在道德伦理问题的。

如此看来，按照弗洛伊德的理论观点，小人的"不道德"主要是因为人格的三个系统的不统一造成的心理失衡的外在表现。

（二）荣格·健康人格·自性化·暗影的压抑或放任

分析心理学代表人物荣格的理论虽然很艰深，但其理论系统中却很简单明了地指出，人的精神的片面发展必然会导致心理失衡。而且人的心理的先天倾向中就存在一个暗影系统，暗影的爆发和反扑是精神片面发展的结果，这必然会导致道德问题。

1. 心理失衡源于精神的片面发展，暗影的压抑和放任导致精神的片面发展

荣格提出，人的精神先天地具有各种潜在的可能性。而人的天性中又有一个要趋向完整的欲望，即达到自性化，是一种一个人注定要成为的状态。自性是个人以及人类心理生活不断整合的一种共同趋向性，是导致统一性的一种先天倾向，它赋予生命以意义并维护个人心理的整合性。从更广阔的意义上说，"自性化"防止了人类在漫长的进化中精神的支离破碎，保持了人类精神的完整性。按荣格的理解，真正健康的人是实现和完成了自性化的人。但是，由于人的精神在人一生中是一个不断地自性化的过程，自性化是人格发展的最终目的，所以健康人格只是相对的，而既然自性化是人一生一个不间断的过程，所以在这一过程中，任何妨碍心灵自性化进程的因素都将导致不同程度的心理失衡。

所以，荣格进一步指出，如果一个人的生活态度过分片面，就不能给人格的各个方面以均等的机会去实现自性化，一个人的精神就不能得到健康发展，就不能取得较好的精神平衡。因为人格的某一方面一旦被忽略，这个被忽略的方面就会以一种不正常的方式表现自己，而某一系统的片面和过度发展也会造成一种偏狭的人格。

这样看来，任一心理内容的压抑或片面或过度发展都会造成心理的失衡。

在此，我们只论述与本章节主旨有关的一特定心理内容——暗影。荣格认为，每个人都有他的暗影系统，暗影是人类心理的关键原型之一。而原型是人类心灵中一些先天的倾向或可能性，人生中有多少典型情境，就有多少原型，这些经验由于不断重复而被深深地镂刻在我们的心理结构之中。但由于暗影是人的最原始的一面，是人身上固有的而自己不想要的东西，是那些永远都不愿在自己身上看到的原始的、本能的、动物性的、不光彩的一面。所以对待暗影系统，我们惯常的心理总是不自觉地去忽略它、不承认它的存在甚至采用各种方法去压制它，当然也势必存在对暗影的过度放任现象，这种或压抑或放任人格的某一方面的片面的生活态度，会不自觉地造成不同程度的心理失衡。而如此的话，暗影系统就会以一种不正常的方式表现自己。

2. 暗影的爆发和投射会导致品德问题

无论如何，任何原型都有一个显著特点，即这些可能性一旦被触发，就能以特定的形态和意义表达出来，成为我们个人的意识内容，暗影当然也不例外。所以被压抑的暗影还可能在不知不觉中突然爆发。

由于暗影是人性中最坏的一面，如前所述，它是邪恶、有罪、道德败坏的冲动，所以，突然爆发而导致的过度放任暗影会助长人的攻击性和原始冲动，从而造成与社会的冲突和自身的病态，使人变成一个不折不扣的道德败坏者。

同时，暗影也是人性中最有生命力的一面，是自发性、创造性以及生命力的原动力。过度压抑暗影不仅会使人变得平庸并丧失活力，暗影也会以一种不正常的方式表现自己。比如，较常见的是，把自己的暗影投射到他人身上。这里的"投射"是指否认自己有不可接受的欲望，反而责怪别人有这样的想法和欲望。这样的人俨然会以一个"道德的卫道士"自居，比如喜欢吹毛求疵、待人尖刻、好指责、爱批评别人等。这些行为和心理如果过度，则一定程度上也隐含着道德评价意义了。

所以，荣格又指出，如果暗影总是受到压制而孤立于意识之外，那么它就可能永远得不到纠正，应该使暗影意识化，而任何被意识到的暗影将很难控制我们于无形。如果我们认识到自己的暗影，敢于正视自己的暗影，这样不仅会对自己内心深处的问题有足够的警觉，并有可能有效处置自己的暗影，那么，暗影中那些淹没和腐蚀我们的力量将不复存在，而我们也将把握自己的自由。

我们不仅不会被自己的暗影所控制,也不会把自己的暗影投射到他人身上。

总之,荣格认为,由于人身上天生存在一个暗影系统,任何压制它、忽略它、放任它的片面生活态度都会导致人精神的片面发展,会导致心理失衡,会导致暗影的爆发和投射,会使人出现品德问题。

(三) 弗洛姆·非健康人格·非生产性取向性格·重占有

美国心理学家弗洛姆更强调社会功能在个体心理疾病上的决定作用,他提出心理健康的定义包括两个方面:一方面,从社会功能的角度看,假如一个人的行为能够符合社会的需要、参与社会再生产、完成社会所赋予他的责任,就可以成为正常和健康的人。这其中其实就隐含了心理健康的社会评价或部分道德评价意义。另一方面,从个人角度看,健康的人是指处于幸福和成长状态之中的人。弗洛姆进而论述到不同类型的人格是个人心理健康的判断标准,而他对于人格的划分也是很大程度上把人的社会功能考虑在内的。

1. 人格不健康的人就是持有重占有的生存方式,具有非生产性取向性格的人

弗洛姆将人格分成两大类,分别为重占有的生存方式和重存在的生存方式。在他看来,重占有、具有非生产性取向性格的人,就是心理不健康的人;重存在、具有生产性取向性格的人,就是心理健康的人。下面我们来看他的详细阐释。

重占有的生存方式指的是,生活的中心就是对金钱、荣誉和权力的追求。人与世界的关系是一种据为己有和占有的关系。关注的是占有对象,持这种生存方式的人要把所有的人和物都变为自己的占有物。重存在的生存方式指的是,人不占有什么,也不希求去占有什么,他心中充满欢乐,创造性地去发挥自己的能力以及与世界融为一体,是以生命的存在来决定其生活方式的人,这类人关注的是生命的存在本身,以人的潜能(爱和理性)的实现为生存的目的,这不正与"君子小人"的心理本质——"小人喻于利,君子喻于义"的阐释不谋而合吗?

重占有的生存方式的基本价值取向是对现有的存在物的占有和消费,而不是一种基于人的生命活动的创造和自我创造。重占有的生存方式和弗洛姆自己

提出的非生产型人格的含义基本一致，这种人格的人认为一切好东西都源于外界，认为自己是无法创造出好东西的，也不相信可以通过自己的努力创造从外界获得好东西，所以他们的价值取向是通过接受、剥削、囤积和市场的取向，来获得自己想要的东西，表现出人的被动爱的一面。在重占有的生存方式中，对于一个人来说，幸福就在于他能胜过别人，在于他的强力意识以及他能够侵占、掠夺他人。而重生存的生存方式的基本价值取向不是对已有的、给定的东西的占有和消费，而是人内在的创造力的发挥和本质力量的实现。这其实也正是生产型人格，即致力于与他人合作、共享和以创造性方式来生活着的人。在重生存的生存方式中，幸福就是爱、分享和奉献。

可以看出，弗洛姆的心理健康观隐含了对人的心理的社会评价或部分道德评价意义。

2. 重占有的、非生产性取向性格导致品德不良

其实，从以上弗洛姆对于心理不健康的人格的详细阐释就可以看出，重占有的、非生产性取向性格的人同时也是品德不良的人。比如，在重占有的性格中包括了以下四种非生产性取向：接受取向、剥削取向、囤积取向和市场取向。以下逐一分析他们的品行表现。

接受取向的人，特别乐于被动地接受所需要的东西，不管是物质的还是精神的，他们只有在别人的不断给予、保证、肯定和关注中才会有安全感。其实这也是一种索取，是被动的索取，同时他们从来不懂得付出和奉献。剥削取向的人，品行不良表现更为明显，他们通过强力或狡诈从别人那里夺到他需要的东西，他们只会以这种方式与别人发生联系，有强烈的占有欲和控制欲。在他们眼里每个人都是剥削的对象，因此对待每个人都根据其可利用性加以判断，因为要剥削，他们对人充满了敌意和操纵。在剥削他人、让他人被剥夺的过程中，才能缓解一下他们的焦虑和孤独。囤积取向的人，通过囤积和节俭来获得安全感，对他们而言，消费是一种威胁，他们很少付出，不仅囤积物质而且囤积感情，在与人的关系上，他们的囤积性使其和人的界限划得太清楚，因而无法与他人建立亲密关系，他们以疏远和占有的方式与人相处。任何有可能影响他们囤积的人和事都使其不安和烦恼，他们不仅不会对他人付出物质，而且也不会舍得对他人付出感情。市场取向的人，认为人的价值不是由他自身的内在

特性所构成,而是由一个不断变化着的竞争市场所决定。他所关心的不是他的内心需要和幸福,而是他的销路。他们与人的交往就是"交易"和"利益互换",一旦感到利益互换不对等,就会感觉很受伤,他们与人是以"利"相交的,所以见利忘义是他们惯常的行为。

另外,弗洛姆还指出,心理健康的重存在的、生产性取向性格的人也是具有人道主义良知的人,他们以符合良知的方式行事,这是生产性取向性格的人自我定向和自律的表现,这必然会促进社会进步和人的健康成长。而重占有的、非生产性取向性格的人则正好相反,他们在做事时不是因为良知,而是因为害怕违反权威的规范后受罚才去行事,因为他们觉得权威和规则高于一切,在权力大的人面前就情不自禁地谄媚,在权力小的人面前就不由自主地逞强,属欺软怕硬的权威主义人格者,其品行表现当然可见一斑。

从弗洛姆的理论可以相当明确地得出,心理不健康的人同时更可能是无德无品者——小人。

(四)阿德勒·生活风格·心理健康·社会兴趣

阿弗雷德·阿德勒受自身成长经历的影响,发展出自己的理论,建立了"个体心理学"。阿德勒用"追求优越""自卑与补偿""社会兴趣"等概念描述人类行为的目标与动力特征,并认为有无"社会兴趣"——一种与他人和谐相处、建立美好社会的先天需要,是衡量个体心理是否健康的主要标准。而缺乏"社会兴趣"当然会导致品德不良问题。

1. 心理疾病患者是缺乏"社会兴趣和合作能力"的人

阿德勒认为,人天生自卑,并受到环境的压抑造成抑郁之感。但人又有追求卓越和完美的倾向,且适度追求能促进个人发展,对社会有益;如果过度追求,则容易以自我为中心而忽视他人,缺乏社会兴趣。正是在对优越感的追求上,人出现了分化。有社会兴趣的人是在追求与社会利益相一致的目标中实现其对优越的向往的。如果一个人过分注重自己的优越而忽视他人和社会的需要,就会产生优越情结,这样的人往往表现出强烈的支配欲、报复心和对别人的歧视。阿德勒还认为,如果一个人在追求优越中选择了错误的或者说是违反社会利益的纯私人的目标,那么,他就有可能发展为病态的人。

在追求卓越的过程中，人们派生发展出不同的行为特征与习惯，即生活风格。而在不同的生活风格中，有无社会兴趣是生活风格正确与否以及心理健康与否的标准。"社会利益型"是正确的和有助于心理健康的生活风格，这种生活风格的人具备社会兴趣，并表现出合作和奉献精神。而心理疾病患者的一个重要特点是缺乏对他人的关注和关心，缺乏社会感而且也缺乏合作的精神与能力。一个人的社会感或者说社会兴趣以及与其他人的紧密联结感是精神健康的基础。

2. 缺乏"社会兴趣"的生活风格导致品德不良问题

"社会兴趣"本身就包含了丰富的伦理内涵。比如人在追求优越的过程中，由于缺乏社会兴趣而形成的几种错误的生活风格就明显具有不同方式的道德缺失的表现，主要表现为以下三种。

第一，"支配-统治型"。这一类型的人倾向于支配和统治别人，缺乏社会意识，很少顾及别人的利益，他们追求优越的倾向特别强烈，不惜利用或伤害别人以达到自己的目的。他们需要控制别人从而感到自己的强大和有意义。第二，"索取型"。这种类型的人相对被动，很少努力去解决他们自己的问题，他们对自己缺乏信心，而希望周围的人能满足他们的要求。喜欢依赖别人的劳动，向别人索取自己需要的一切。第三，"回避型"。这样的人缺乏必要的解决问题或危机的信心，不想面对生活中的问题，试图通过回避困难从而避免任何可能的失败。他们常常是自我关注而不关心别人，爱幻想，他们在自我幻想的世界里感受到优越。可以看出，其中的"不惜利用或伤害别人""向别人索取自己需要的一切""常常是自我关注而不关心别人"等描述不正是道德缺失的不同表现吗？

而所谓正确的生活风格，就是能将个人发展与社会责任有机结合的一种生活方式，是能将摆脱自卑的原始动机与促进社会发展和进步的实际行动有机结合的一种生活方式，这就是"社会利益型"生活风格。"社会利益型"的人能面对生活，与人合作，为社会贡献自己的力量。他们也能面对问题，试图以某种有益于社会的方式来解决问题。其中的"与人合作"就明显属于道义范畴，合作还可以派生出很多心理特质，如自制、自律、谦让、共享和关心等，而这些特质显然对人的道德品行都有促成和维护作用。

如此，在阿德勒看来，小人的"不道德"主要是因为他们在克服自卑、追求优越的过程中，形成了缺乏社会兴趣的错误的生活风格（心理不健康的状态）。

(五)艾里克森·健康人格·积极的自我同一性·同一性危机

自我心理学流派的代表人物艾里克森指出,健康人格的核心是具备积极的自我同一性。

1. 人格的不健康源于同一性危机

自我同一性是自我的一种综合功能。"自我同一性"本意是证明身份,指人对自我身份的认同和辨认。简单理解就是把自己"众多的人格"统一起来,形成一个比较稳定的人格,即个体在寻求自我的发展中,尝试着把与自己有关的各方面结合起来,形成一个自己决定、协调一致、不同于他人的独具"统一风格"的自我,对自我的确认和对有关自我发展的一些重大问题,诸如理想、职业、价值观、人生观等的思考和选择。在这一过程中必然要涉及个体的过去、现在和将来这一发展的时间维度。而自我同一性的确立,就意味着个体对自身有充分的了解,能够将自我的过去、现在和将来组合成一个有机的整体,确立自己的理想与价值观念,并对未来自我的发展作出了自己的思考。

自我同一性的基本确立大致在12～18岁的青少年时期,要解决的是人对自我身份的认同和辨认——"我是谁?我想使自己成为什么样的人?我来自哪里?我将往何处去?"由此可以看出,同一性的确立,关系到一个人的健康发展,关系到他能否更好地适应社会,能否体验到自身的价值和人生的意义。而如果此时个体积极的自我同一性没能基本确立,比如"不知道自己是谁?把自己看得过高或过低,甚至认同了不该认同的角色"等,个体便会走向同一性危机,这是一种不健康的人格状态。同一性危机有两种状态——消极的自我同一性和角色混乱。

消极的自我同一性是指个人认同了为社会所不容、所反对的危险角色。持这种同一性的个体会选择参加非社会所承认的集团,接受被社会所否定、排斥的生活方式、价值观等,从而不能在满足个人需要与满足社会需要之间寻找结合点,不能使两者和谐统一。角色混乱指不能选择生活中的角色,即经历了一段颇长时期仍未形成一种强烈的、清晰的同一感。角色混乱的青少年常常无法发现自我,使自己一直处于一种散漫的无所依附的状态之中。他们会经常受"我是什么人""我将要怎么做"等问题的束缚和困扰,从而陷入不断的心理冲突当中。

总之，处于同一性危机状态的个体，不知道自己是谁，也不知道自己将往何处去，自我就会充满焦虑、不安、痛苦、挣扎和迷茫。这显然是一种心理失衡状态。

2. 同一性危机可能会导致社会适应不良或品德不良

很显然，获得了消极的自我同一性的个体选择了社会文化所不予认可、反社会的或社会不能接纳的角色，形成了与社会要求相背离的同一性。比如，他们有自己热衷的事情，但这些事情是反社会主流文化的。他们拒绝让自己在成人社会中担任应担任的角色，甚至否定自己的同一性需要。一些青少年甚至将自己融于某一不良群体中，如黩武暴力组织、吸毒组织等，将自己从主流社会的规范中分离出来。埃里克森用同一性危机理论解释他们的行为，他指出："如果一个儿童感到他所处的环境剥夺了他在未来发展中获得自我同一性的种种可能性，他就将以令人吃惊的力量抵抗社会环境。在人类社会的丛林中，没有同一性的感觉，就没有自身的存在，所以，他宁做一个坏人，或干脆死人般地活着，也不愿做不伦不类的人，他自由地选择这一切。"即使走过了青春期，如果这种同一性危机没能解决，缺乏对自己的本质、信仰和一生重要方面的前后一致和较为完满的意识，这种没有同一性的感觉，仍然容易使他们卷入和采取某种破坏性的行为，如暴力、吸毒、攻击等，这显然是品德问题。

另外，同一性的形成标志着青年期的结束、成年期的开始。从这时起，生活的任务就是引导个体按照自我方向度过人生的其余阶段。形成了自我同一性的个体自我的各个方面能统一起来，自我不再犹疑，不再矛盾，对"自我的现在是什么，该怎么做，未来要走向哪里"都有定力，在个人的信念、理想以及个人理想与社会需要的结合等方面都有一致性和连贯性。随着自我同一性的获得，个体会形成"忠诚"的品质。埃里克森把"忠诚"定义为："不顾价值系统的必然矛盾，而坚持自己确认的同一性的能力。"即忠实于自己的信念和选择，以及忠实于自己的人际关系和责任。

角色混乱者在这些方面的表现却恰恰相反。他们对于"自己是谁、该走哪条路、该坚守什么、该追寻什么以及什么样的生活目标、职业目标和人际关系是自己想要的……"都很迷茫，所以他们会形成"不确定性"。这种"不确定性"也会表现在人际关系上,因为自我的各方面没有同一,也还没有稳固,他们自己也不知道需要什么样的牢固稳定的人际关系,所以他可能只能因为一些外在的原因和即时的利益驱动而与人建立暂时的联系,但是这些联系也会因为自我的各方面相互之间存在一些矛盾,因此与人的联系也就不具有持续性和稳定性。而一个有牢固的自我同一性的人,同一性完成了,也就实现人格独立了,尤其是精神上的独立、世界观的独立。所以他明确地知道他的自我需要什么样的人际关系,而他的自我又是稳定的,因此他从一开始基于自我的真实需要而与人建立的关系则更可能是持久的,而且只有获得了牢固自我同一性的人才是自信的,才敢于以开放、真诚、坦然的方式与另一个人建立友情或爱情等亲密关系。角色混乱者是不自信的,他们不敢对别人开放自己,所以不可能与他人建立真正的心灵亲密的关系,而缺乏心灵亲密的关系当然也不会长久。因此他们常表现为不能忠实于自己的人际关系和责任。角色混乱者在友情上更可能是见利忘义的,在爱情中更可能是见异思迁、喜新厌旧的。这种看似"重利轻义"的行为,实则是因为心中没有"义"可以坚守,没有统一的理想、信念、价值观等值得自己去坚守。

而且,角色混乱者的不良表现还包括:永远也无法做到一贯忠诚,无法兑现他的承诺,无法承担他的义务;难以承担自己的社会责任;他们是冲动的,思维缺乏条理,他们与他人的关系常常是表面的、凌乱的……这不正是人的品德方面的表现吗?

不言而喻,埃里克森的自我同一性理论中也隐含着心理健康与道德问题的必然联系。

以上就是从心理学的几大理论着眼,对于小人道德问题的心理病理原因的分析。可以看出,众多心理学流派关于"心理健康观"及"心理障碍"的理论中皆隐含着社会道德缺失的含义。即一个人如果心理不健康,则可能隐藏着道德不健康的危险。

另外,除了以上这些较集中的对于"心理健康与道德品质关系"问题的探讨之外,还有一个散见的"健康的人格中一定存在一个良知系统"的共识存在,这一共识散见在弗洛伊德、荣格、弗兰克、阿尔伯特等的理论中。

其实上文所阐述的弗洛伊德关于"人格中超我的部分"就包括良知内容,

所以在此不赘述。而按照荣格的集体无意识说，虽然存在一个暗影系统，但后来的理论者，按照其理论中阴阳平衡的理念推知，其实人的集体无意识中一定还存在着一个与之相反的成熟的良知系统。这正如弗兰克在意义治疗理论中指出的那样，良知也是人的无意识的一部分，良知也是本能，是在任何情境中都不会被削弱的部分；良知是心灵的智慧，它比任何感觉都敏感，是它给予人有关生命意义的启发，是人存在的核心和完整人格的来源。特质理论的首倡者阿尔伯特在他的理论中也提到良知是人格成长的关键因素。

可以看出，他们都不约而同地认为，良知是本能，且能维护人的心理健康。如果人无视良知的存在，随随便便地违背良知，将很难是一个心理健康的人。因为当一个人做了符合良知的事情后，会有自我赞许的情绪产生，这种情绪有益于人的心理健康。当一个人做了不符合良知的事情后，会有自我否认甚至自我厌恶的情绪产生，而这种情绪会严重腐蚀人的心灵，使人的心灵处于自责的压力中。这类似于弗洛伊德所界定的"道德性焦虑"。而且，良知系统还有助于人的持续发展，因为人类在进化过程中，如果每一个人都率性而为，社会就会出现混乱，结果就必然会影响到社会和每个人的发展。所以，一个人如果想要持续发展，就需要以一定程度的自我约束去换取社会对自己的保护，于是就产生了社会契约，在长期的社会契约中，人们就渐渐养成了一定的道德习惯，并最终发展成较为成熟的良知系统。我们都知道，能"持续发展"也是健康人格的特征之一，无视良知的人当然会出现道德问题，这毋庸置疑。

总之，一个有良知的人，才称得上是一个健康的人，而无视自己内心良知就是非健康人格的人，更多时候表现为一个缺乏道德习惯的小人。

以上是我们梳理的心理学主要的几大理论派别在其理论中的一些观点——对于心理健康问题背后可能必然隐含着道德健康问题的主要论述。其实他们也还有其他的一些理论观点来阐述这一问题，在下面的一些小人形象的心理实例分析中会有所涉及，在此不再一一呈现。

综上，我们认为，在众多心理学家看来，小人的道德问题的背后有很深层的心理病理原因，小人身上特定的人格不完善及缺失，可能是导致小人道德问题的更本质的原因，这值得我们下面运用文学形象的实例来进一步探讨。

第三章 文学名著中"小人形象"的文化心理意义

精神分析学派心理学大师弗洛伊德是最早注意到文艺的文化心理意义的心理学家，并著有此方面系统性的论著，如《弗洛伊德论美文选》。分析心理学派的心理学大师荣格也著有此类名作《心理学与文学》，此书是专门阐述文学的文化心理意义的专著。

我们认为，文学艺术蕴含着丰富的文化心理意义。参照我们已有的研究成果——《心灵对话——文学与心理治疗的关系解读》（内蒙古人民出版社，2012，以下简称《心灵对话》）来看，首先，无论是文艺理论学家还是心理学家，都趋向于认同："文学与心理治疗"的结缘是由来已久的，文学与心理治疗的关系也实是一个合乎逻辑的必然存在，文学活动具有心理治疗的精神性价值（见《心灵对话》绪论1～13页）。其中，文学创作的过程同时也是处在某种心理失衡状态下的创作者不自觉寻求新的心理平衡，自发地进行心理疏导和心理调节——心理自疗的过程（见《心灵对话》13～24页）。文学欣赏的过程是对读者已有的心灵故事进行扰动和改变的过程，同时也是处在某种心理失衡状态下的欣赏者在不自觉地寻求新的心理平衡，在欣赏中欣赏者或心灵得到净化、精神境界得到提升；或使现实生活中受到压抑的理想、抱负和愿望，获得替代性满足；或使片面发展的心理得到有机补偿等，即文学欣赏的过程也是在自发地进行心理疏导和心理调节——心理自疗的过程（见《心灵对话》205～215页）。其次，文学作品本身也蕴含着丰富的有关人的心灵的知识，也蕴含着丰富的心理治疗的元素。荣格指出，越是朦胧含蓄，越是富有象征和暗示的作品，就越能紧紧抓住读者和观众。因为这样的艺术作品是一种永恒的、不朽的、有生命的存在，它历久弥新，不为时间所湮没；因为它所象征的，是人类心灵中最古老、最深邃、最广阔无垠的东西——集体无意识中的原型。而这些东西，按照荣格的说法，又正是整个社会所缺乏，整个时代精神所背离了的人类生活的基本要素，所以它一旦被发现，就会迎合整个时代的"无意识需要"，起到纠正时代弊病、恢复社会心理平衡、有机地补偿和调节人类生活的作用。艺术（包括文学）的社会意义正在于此（见《心灵对话》6、7等页）。

另外，不言而喻，对文学的创作和欣赏主要是对其中的人物形象的创作和鉴赏。所以，本文作者认为，文学著作尤其是经过岁月和时间沉淀的经典名著，其"人物形象"的创作对创作者都有一定的心理治疗意义，对其的鉴赏也在扰动和改变着众多读者的心灵世界，同时，这些经典的人物形象也有着对整个时代的集体无意识的纠偏和整合作用等。这，即是文学名著中"人物形象"的文化心理意义。而其中的"小人形象"除了其本身所呈现的特殊的心理病理蕴含外，也同样具有与一般人物形象等同的文化心理意义。这当然包括对他们的创作，也包括对他们的鉴赏等。

在此，我们有必要再来重申一下"小人"的本质特征。如前文所一再阐述的那样，一般文化视角下的"小人"品质的核心在于——"喻于利"，即"见利忘义、唯利是图、利欲熏心"等，这也是小人的核心人格特质。另外，从前文用心理学的视角对小人的心理品质的审视来看，首先，小人们因为名利和欲望，因为"唯利是图"，也因为任何人都很难永远地满足他们不断攀升的利益和欲望，所以他们很难对任何人有真诚的、稳定的、长远的和深厚的情感。其情绪情感的变化主要与他们的核心需要——名、利、欲是否满足有关。所以，小人一定是寡情薄义之徒。其次，小人们不会有稳定的自我认知和恰当的自我评价。只要一时拥有了利益，就会不可一世，目空一切，趾高气扬，甚至在别人头上作威作福。又因为小人既不自知又好自以为是，常常唯我独尊，加上缺乏道德和境界，所以处处张扬，处处表现出骄傲，甚至处处攻击他人和社会。第三，利益的驱动使得小人在性格上机灵、奸猾、八面玲珑、左右逢源，会察言观色，能见机行事，好投机取巧。所以常常表现为善用花言巧语，善于观察，善于领会与他的利益休戚相关的人的眼神、鼻息和意图。表现得圆滑，惯于谄媚，而且虚浮不实、伪诈、心术不正，好以不正当手段谋利。第四，小人利欲心极重，个人欲望比一般人要高，且在一切利益分割上都想要比别人更胜一筹，所以总是担心有人在和他争利、争权、争好处，疲于防范，所以表现为好争斗，好算计和攻击别人。最后，小人人格的内部结构是不和谐、不统一的，比如知、情、意（包括行为）各个方面是不统一、不和谐的，表现出一定的割裂性，等等。

总之，小人们因为利欲熏心，通常为满足自己的需要而不能顾及他人，通常不能以建设性的方式满足自己的需要。比如，为了达成某一利益和欲望，他们惯会颠倒黑白、混淆是非，违背人之常情地使用花言巧语、污蔑、陷害等手段。有时甚至可以随便丢弃道德、丧尽良心，完全不顾脸面、完全丧失尊严和人格。

而恰如以上所述，经典文学名著中的"小人形象"在其心理品质上同样具有现实中小人的所有本质特征。

一、"小人形象"的创作对作者的心理治疗意义

我们认为，作家在进行文学创作时，是在进行着一种自觉或不自觉的自我心理治疗，"小人形象"的创作亦是如此。

由以上分析可见，小人是会惯常地给他人和社会造成不利和危害的。而作家无疑也是社会中的人，荣格指出，由于作家的个性使然，他们比一般人感受更深，心理波动更大，更敏感，所以，一般来说，他们对"小人们"给社会和他人造成的伤害体察得更深刻，也更易产生不平、愤懑、苦闷甚至是压抑等心理失衡状态下的情绪。

于是，具有文学天分的他们大多选择在作品中对"小人们"的丑恶行径进行辛辣的讽刺、无情的鞭挞以及赤裸裸的揭露等。如此，作家们无疑很好地调节了自己失衡的心理。

大多心理学家更是从"宣泄的作用"上深入地论述过这一心理调节作用。他们认为，艺术创作从总体上看是各种压抑的情绪情感的多样形式的宣泄，通过宣泄，作家们很好地调节了自己的心理失衡。

如精神分析学派认为，被压抑了的潜意识会产生强烈的情绪体验，要通过正常渠道宣泄，否则会变成神经症状。并认为艺术创作活动就是一种很好的宣泄渠道，创作活动可以以伪装的面目和身份表达被压抑的愿望。另外，分析心理学派的荣格也认为，情结是被意识压抑在心灵深处日积月累形成的具有本能冲动与情绪倾向的各种意念群，是一种无意识的心理纠葛，压抑的内容从意识

中分离出来，变成独立的情结，潜藏于无意识的深层，成为精神生活中盲目而自动起作用的部分，而不能得到意识的干涉和指引。情结使个体沉溺于某种情绪而不能自拔，被情结困扰是一种心理失衡状态。而通过宣泄，使人不仅从理智上承认事情的真相，而且会用全部心灵去肯定事实，并完全释放受压抑的真实感情。通过宣泄，还可以发现自己被压抑的无意识，明了造成自己焦虑和痛苦的真正问题所在，从而引导心理的自发发展。因为情结使个体沉溺于某种情绪而不能自拔，从而使具有艺术天赋的作家要在创作中倾诉和宣泄。如有心理学家认为现代作家卡夫卡的惧父情结（恋母情绪的另一表现）使得他写出了《判决》等作品。

对此，文艺学上的论述和论证也有许多。如唐代文学家韩愈论道："大凡物不得其平则鸣，人之于言也亦然，有不得已者而后言，其歌也有思，其哭也有怀。遣悲怀，舒愤懑……"清代二知道人说："蒲聊斋之孤愤，假鬼狐以发之；耐庵之孤愤，假盗贼以发之；曹雪芹之孤愤，假儿女以发之，同是一把辛酸泪也。"王国维也论道："古诗云：'谁能思不歌？谁能饥不食？'诗词者，物之不得其平而鸣者也。故欢愉之辞难工，愁苦之言易巧。"《苦闷的象征》是鲁迅先生翻译的日本著作，其作者厨川白村把文艺定义为"苦闷的象征"，他认为作家之所以从事创作，乃是因为生命力受到了压抑，由这种压抑而生的苦闷懊恼，就是文艺的根底。生命力和欲求受到强制压抑，便产生出人间的无尽苦闷，这种苦闷情绪的发泄，便是文学艺术创造的原动力。德国的尼采把母鸡下蛋的啼叫和诗人的歌唱相提并论，说都是痛苦使然。雪莱也说过："最甜美的诗歌就是那些诉说最忧伤的思想的。"高尔基也有言："我时常觉得自己像喝醉了酒一样，并体验着由于想一口气说完所有使我苦恼和使我快乐的事情而作的啰啰嗦嗦和语言粗俗的狂热，我之所以想说是为了'释去重负'。我也常有非常痛苦而紧张的时候，那时候我好像一个患歇斯底里症的人一样'骨鲠在喉'，我想狂叫。当心灵装得过满的时候，它就不可避免地会让自己的力量、痛苦、欢乐涌流出来，溢向世界和人间。"

总之，作家们的创作包括创作众多的"小人形象"，从总体上看都是"被压抑"的愿望由内向外的自然流出，或直接或间接，创作者的某种强烈的情感在作品未完成时，总是郁结在心，使自己的生理和心理都有一种不畅的感觉，产生一种强烈的让他人与自己共享某种情感和体验的冲动。这种冲动如若不能从其作品中宣泄出来，就会造成心理上的压抑和生命体内其他系统的异常。艺术家在创作时强烈的情绪情感的宣泄，当然很好地调节了身心。

无疑地，"小人形象"的创作是作家以创作行动来进行强烈的情绪情感的宣泄，以达成精神的自我调节和心理平衡的目的。

二、"小人形象"的鉴赏对读者的心理调适意义

如上所述，在"小人的文化心理含义"一章，无论是从一般文化的视角还是从心理学的视角，都可以看出小人们因为唯利是图和利欲熏心而具有以下品质：对人寡情薄义甚至无情无义、唯我独尊，好在别人头上作威作福，好攻击他人和社会，奸猾、投机取巧、伪诈、心术不正，好以不正当手段谋利，好嫉妒、争斗、倾轧，好使用污蔑、陷害等手段算计别人……

这不正是荣格所言的人性暗影的表现吗？暗影，是人的最原始的一面，是人身上固有的，而自己不想要的东西，是那些永远都不愿在自己身上看到的原始的、本能的、动物性的、不光彩的一面。

荣格认为，每个人都有他的暗影。在社会和文明的作用下，我们总是在努力地压抑着它们不让其表露，但如果暗影总是受到压制而孤立于意识之外，那么它就可能永远得不到纠正，还可能在不知不觉中突然爆发；过度放任暗影则会助长人的攻击性和原始冲动，从而造成与社会的冲突和自身的病态。所以应该使暗影意识化，而任何被意识到的暗影将很难控制我们于无形。所以，如果我们认识到自己的暗影，敢于正视自己的暗影，不仅会对自己内心深处的问题有足够的警觉，并有可能有效处置这些暗影，那么，暗影中那些淹没和腐蚀我们的力量将不复存在，而我们也将把握自己的自由。我们不仅不会被自己的暗影所控制，而且也不会把自己的暗影投射到他人身上。

作家们在作品中对于"小人形象"的创造，正是无意识地但却淋漓尽致地在向读者彰显人类心理上的这一阴暗面。无疑，这可以起到使"暗影意识化"的心理效应，从而引起读者足够的警觉，并有效处置自己的暗影。

当代作家余秋雨在其作品《小人》中，谈到在文艺作品中把小人问题"狠狠地谈下去"的作用，并建议要"像莫里哀一样把小人的行为举止、心理方式

用最普及的方法袒示于世，然后让人们略有所悟。"文中他如此阐述道：

　　想起了写《吝啬鬼》的莫里哀。他从来没有想过要根治人类身上自古以来就存在的吝啬这个老毛病，但他在剧场里把吝啬解剖得那么透彻、那么辛辣、那么具体，使人们以后再遇到吝啬或自己心底产生吝啬的时候，猛然觉得在哪里见过，于是，剧场的笑声也会在他们耳边重新响起，那么多人的笑声使他们明白人类良知水平上的是非。他们在笑声中莞尔了，正常的人性也就悄没声儿地上升了一小格。

　　……只要经历过演出剧场那畅快的笑，吝啬鬼走出剧场后至少在两三个星期内会收敛一点，不是吝啬鬼而心底有吝啬影子的人会把那个影子缩小一点，更重要的是，让一切观众重见吝啬行为时觉得似曾相识，然后能快速给以判断，这就够了。

　　的确，鉴赏作品中的"小人形象"，读者可以从中反观到人性中潜藏的原始的、本能的、动物性的一面，从而使得这些暗影被意识化，而这些被意识到的暗影将不再控制我们于无形。

　　另外，品德低下的小人们往往还是悲剧的制造者。所以，读者在鉴赏"小人形象"的同时，往往也在欣赏一出出人生和社会悲剧。早在古希腊时期，亚里士多德就提出了"悲剧净化说"，阐述了悲剧是借引起人们的怜悯与恐惧来使这种情感得到陶冶。后来的文论家们继而提出，悲剧要净化的是一种心理能量，即观众在日常生活或以往经历中所郁积的与主人公相类似的情感和愿望。悲剧净化的是观众自身的情感，这种情感平时处于潜伏状态，而在艺术欣赏中被具有同构性的艺术形象激发出来，潜伏的感情在被激发的同时即得到了宣泄、净化。美学家朱光潜先生对这一现象论述道，"悲剧比别的任何文学形式更能表现出杰出人物在生命最重要关头的最动人的生活，它比任何文学形式更能使我们感动。它唤起我们最大量的生命能量，并使之得到最充分的宣泄。宣泄过后，心灵的陶冶和提升也就随之而来。因为艺术净化的过程，是观赏者的情感和心理能量得以宣泄、缓和、化解的过程，也是他们的情感得到陶冶，精神境界得到提升的过程。"

　　格莱巴涅在论及悲剧的功用时也谈道："悲剧演完以后，他（欣赏者）得到感情的净化，因而对于人类命运以及他自己在许多事物的秩序中所占的位置，有了一个清醒的理解。他怀着美好的前景离开剧场，在精神上更加健康。"此处的"悲剧"当然也包括文学悲剧。

总之，"小人形象"的鉴赏对读者有着独特的心理调适意义。

三、"小人形象"对时代精神及文化心理走向的影响

小人一定也是时代的产物。不仅是时代中片面发展的社会集体意识给小人的存在制造了机会、留有了空间，而且，小人的心理品质及行为表现通常也是社会和时代弊病在他们身上的反映，小人是时代意识弊病的象征者和代表者。

荣格在弗洛伊德个人无意识的基础上提出了"集体无意识""原型""情结"等概念。他认为个人无意识有赖于更深一层，它并非源于个人经验，并非从后天获得，而是先天地存在的。这更深的一层即为集体无意识，即一个种族、一个时代的人或全人类都具有的无意识。而集体无意识又是由原型构成，原型主要是一些先天的知觉、情绪和行为的心理倾向定型，是人类心灵中一些先天的倾向或可能性。个人的心理失衡是由于人为了适应外部现实，同时由于种种原因，可能一种心理内容进入意识并充分获得发展，另一种与之相反的心理内容被压抑在无意识中，只能集结待命，而不能得以展现，从而使自己的精神变得单一、枯竭、分裂和破碎。压抑的内容从意识中分离出来，变成独立的情结。

荣格指出，一个时代就像一个人，它的意识观有自己的局限，所以需要补偿性的调整。作家是同样受着时代弊病压抑的人，而且他们比一般人感受更深，心理波动更大，更敏感，更易受这些时代的不足的伤害，这是作家特定的人生经历和个性使然。而每当此时，艺术家们就会涌起强烈的精神调整的愿望，这种调整通常是由集体无意识来实现的。在这一调整过程中，诗人（还有先知或领袖）接受他那个时代难以表达的愿望的引导，并且用自己的言行指出一条人人都在盲目追求和期待的成功之路。

荣格还认为，诗人和艺术家是一些不能像普通人那样认同于时代精神和历史潮流的人，他们由于对现代文明缺乏适应能力或由于对外部世界不感兴趣而沉湎于内心生活，从而在重返集体无意识的心理行程中找到了能够满足自己精神需要的东西。此时来自集体无意识中的原型，限制、影响和帮助了作家们的想象，它使艺术家的想象沿着人心中的某些固有的方向发展，并因而使他们创

造的艺术作品具有震撼人心的效果。

究其实，艺术作品之所以让我们激动，正是因为它唤起一种比我们自己的声音更强的声音——艺术家在返回集体无意识的过程中激活了某些整个时代人集体压抑着的原型（形成情结的根本原因）。一个用原型说话的人，是在同时用一千个人的声音说话。未能从原始意象中获得力量的想象难免流于肤浅，因而那些从灵感中产生的想象，由于打上了无意识原型的烙印，而具有不可思议的艺术魅力，能够在人们心中唤起强烈的共鸣。

荣格在这一点上与哲学家尼采的观点不谋而合。尼采在谈到文学时也指出："诗要排除纯粹个人的愿望、情绪。抒情诗人的自我不是经验的小我，而是本体的大我，他从存在的深渊里呼叫，象征性地表达着世界的原始情绪。"即认为"诗要表现人类的情感"，并指出这样的诗才能有广大的受众。

总之，荣格认为，好的文学作品（艺术作品）具有原型的性质，它是原始意象的体现。它对于整个时代片面发展的精神具有心理补偿的意义。正如荣格所一再阐述的那样："正是这些被艺术家召唤出的原始意象，最好地补偿了我们时代的片面和匮乏。"而通过读者对这些艺术作品的欣赏，艺术作品就发挥了它"纠正时代弊病，恢复社会心理平衡，有机地补偿和调节人类心灵生活"的作用。

从这个意义上说，优秀的艺术家常常是一个时代的先知先觉者，其作品可以纠正某一个时期的片面、反常、危险的时代意识。正如个人的意识态度的片面性可以由无意识的反应所纠正一样，艺术代表着民族和时代生活中的自我调节的活动。艺术的社会意义正在于此——它不停地致力于陶冶时代的灵魂、魔术般地召唤出这个时代最缺乏的形式，并能够在人们心中唤起强烈的共鸣。可以看出，荣格指出了艺术的原型性质和补偿功能，并认为文学活动对一个时代的人具有整体的心理治疗作用。

以上所述即是荣格的"关于艺术尤其是文学艺术的社会意义"的天才洞见。据此我们大可以类推，经典名著中的"小人形象"，通常是片面、反常、危险因素的时代意识的代言者，作者敏锐地觉察到了这一点，所以在作品中一再地对其小人行径进行无情批判和暴露，并通过小人行径与君子之行的相互映衬，作者也做到了鲜明突出地向时代人昭示——什么是美好，什么是正义，什么是高尚，什么是卑下、低俗、邪恶……如此说来，正可以起到纠正时代弊病、补偿时代意识的片面和匮乏的作用。

从这个意义上说，作品中的"小人形象"的确可以起到规范时代精神及文化心理走向的作用。

当然，"小人形象"蕴含的文化心理意义远不止于此，因为，小人形象的出现有其深刻的社会文化原因，浩如烟海的经典名著中的小人形象本身就包涵着丰富的社会文化意蕴，另外，"小人形象"本身也包含着丰富的心理病理学知识，且这些知识比心理学家所提供的更深刻、更形象。毕竟，文学对于人的心灵的不自觉的探索和把握，要远远高于心理学对人的精神世界的认识。

综上，文学名著中的"小人形象"所包含的文化心理意蕴是深远的，所以，值得我们悉心去探究。

第二篇　中国古典名著中"小人形象"的典型范例解读

第一章 《史记》中的小人形象
——宦海沉浮中的政治小人

一、《史记》中的小人形象的创作医治了司马迁的心理失衡

《史记》是一部规模宏大、体制完备的中国通史，同时也是一部非常优秀的文学作品。其作者司马迁以其"究天人之际，通古今之变，成一家之言"的史识，成就了中国第一部不朽的纪传体通史。同时，《史记》还被认为是一部优秀的文学著作，在中国文学史上也占有重要地位。鲁迅称其为"史家之绝唱，无韵之离骚"。《史记》对后世史学和文学的发展都产生了深远影响。

司马迁在《史记》中写尽了上自最高的皇帝、王侯贵族，再到将相大臣、地方长官，下至游侠、商人、医生、倡优等人物的传记，其首创的纪传体编史方法为后来历代"正史"所传承。可以说，在《史记》中，司马迁写尽了千古英雄，同时也写尽了千古小人！的确，《史记》中记叙了无数的官场小人形象，这些形象都具有特定的文化心理意义。

参照我们已有的研究（《心灵对话——文学与心理治疗的关系解读》绪论）来看，文艺理论学家和心理学家们都认为，文学创作大都是作家处于某种心理失衡的状态下进行的自发的心理调节活动，因为文学创作正是一种心理自疗的方式。

作为史学家、思想家、文学家的司马迁最早提出了"忧愤成书"的观点。他认为极度痛苦的心理失衡状态，是作家们进行文学创作的最普遍的内驱力。如司马迁在《史记》（太史公自序）中言道："夫《诗》《书》隐约者，欲遂其志之思也。"在《报任安书》中，司马迁又具体论道：

盖文王拘而演《周易》；仲尼厄而作《春秋》；屈原放逐，乃赋《离骚》；左丘失明，厥有《国语》；孙子膑脚，《兵法》修列；不韦迁蜀，世传《吕览》；

韩非囚秦，《说难》《孤愤》；《诗》三百篇，大抵圣贤发愤之所为作也。此人皆意有所郁结，不得通其道，故述往事、思来者。乃如左丘无目，孙子断足，终不可用，退而论书策，以舒其愤，思垂空文以自见。

纵观司马迁的心理历程，他本人也正是在千古《史记》"草创未就"，在自己适逢奇耻大辱——宫刑之时，将自己心中所有的"激愤"全部倾注到《史记》的创作中去，从而"忧愤成书"的。

我们认为，《史记》中众多人物形象的创作，对于当时处在心理失衡状态下的司马迁有着多方面的、重要的心理调节作用。在此，我们只分析其中的小人形象的创作对于司马迁特定的心理治疗意义。

（一）司马迁特定的心理失衡

1. 理想：光宗耀祖梦、立世扬名、不辱历史使命，实现人生的价值和尊严

司马迁的先祖在周朝时便世代掌管周史，在《史记·太史公自序》中，司马迁转述其父司马谈的话"余先周室之太史也"，其父司马谈在汉武帝时也做了太史公。司马迁的祖先虽并不十分显要，仅是掌管太史的官职，但是司马迁和他的父亲都以此为荣："幽厉之后，王道缺，礼乐衰，孔子修旧起废，论《诗》《书》，作《春秋》，则学者至今则之。"其父以"孔子作《春秋》"的意义来鞭策自己和儿子，可见，在他们的心目中，修史是一项崇高的事业，他们愿意为此奉献自己一生的精力。

所以，在父亲的直接教导下，司马迁十岁便开始学习当时的古文。后来，他又跟着董仲舒学习《春秋》，跟着孔安国学习《尚书》。司马迁学习刻苦，进步非常快，极有钻研精神。20岁时，从京师长安南下漫游，足迹遍及江淮流域和中原地区，所到之处考察风俗，采集传说。这些都为日后修史大业打下坚实的基础。

父亲司马谈一直准备写一部贯通古今的史书，但天不遂人愿，汉武帝元封元年（前110），在事业未竟的壮年便病逝了。司马谈在临终前殷切地嘱托儿子司马迁："自上世尝显功名于虞夏，典天官事。后世中衰，绝于予乎？汝复为太史，则续吾祖矣……自获麟以来四百有余岁，而诸侯相兼，史记放绝。今汉兴，海内一统，明主贤君忠臣死义之士，余为太史而弗论载，废天下之史文，余甚

惧焉，汝其念哉！"意思是，自己作为太史对未完成的修史大业甚感惶恐和愧对祖先，希望司马迁继做太史，接续祖先的事业，要牢牢记住完成父亲一生未能予以论评载录的历史，尤其是《春秋》后近四百年无人记载的历史，一定要记在心上，不能断绝了祖先的修史大业，不能断绝了天下的修史传统！且父亲的临终遗言还谈道："且夫孝始于事亲，中于事君，终于立身。扬名于后世，以显父母，此孝之大者。"即希望司马迁通过扬名后世来光宗耀祖、显耀父母，认为这才是最大的孝道。

这一番谆谆嘱托极大地震动了司马迁，他看到了父亲作为一名史学家难得的使命感和责任感，他也知道父亲将自己毕生未竟的事业寄托在自己的身上。对先父的这一切嘱托，司马迁从心底是认同的。所以在《史记·太史公自序》中有这样一段文字："先人有言：'自周公卒五百岁而有孔子。孔子卒后至于今五百岁，有能绍明世，正《易经》，继《春秋》，本《诗》《书》《礼》《乐》之际？'意在斯乎！意在斯乎！小子何敢让焉。"意指上天把这一历史重任放在自己肩上了，所以自己应该义不容辞地担当起来。并进而论道："……主上明圣而德不布闻，有司之过也。且余尝掌其官，废明圣盛德不载，灭功臣世家贤大夫之业不述，堕先人所言，罪莫大焉。"认为自己曾担任太史令的职务，若弃置天子圣明盛德而不予记载，埋没功臣、世家、贤大夫的功业而不予载述，违背先父的临终遗言，罪过就实在太大了。

司马迁一直记得父亲的遗志，他决心像孔子编纂"以道义，拨乱世，反之正""学者至今则之"的《春秋》那样，写出一部同样能永垂不朽的史著，从而能不负父亲的遗命，不负家族的传承和历史的使命，从而能扬名立世、光宗耀祖、显耀父母，从而能建功立业，实现个人人生的价值和尊严。这一情怀同样阐发在司马迁的《悲士不遇赋》中："恒克己而复礼，惧志行之无闻""没世无闻，古人唯耻"。表达了自己一生唯恐志向与行为默默无闻，因为终身默默无闻，古人都当作羞耻。于是：

"卒三岁而迁为太史令，䌷史记石室金匮之书"。(《史记·太史公自序》)

"仆窃不逊，近自托于无能之辞，网罗天下放失旧闻，略考其行事，综其终始，稽其成败兴坏之纪"。(《报任安书》)

"于是论次其文"。(《史记·太史公自序》)

经过多年的精心准备，司马迁开始论述编次所得的文献和材料。

2. 现实：直言遭遇宫刑，身心受尽凌辱

就在司马迁踌躇满志，正式动手写他的伟大著作《史记》的时候，却"七年而太史公遭李陵之祸，幽于缧绁"，意指这一年司马迁先是被投进了监狱，接着又遭遇了奇耻大辱——宫刑！

这起冤案的经过是这样的：

天汉二年夏（前99），武帝派自己宠妃李夫人的哥哥、贰师将军李广利领兵讨伐匈奴，另派李广的孙子、别将李陵随从李广利押运辎重。李陵带领步卒五千人出居延，孤军深入浚稽山，与单于遭遇。匈奴以八万骑兵围攻李陵，经过八昼夜的战斗，他斩杀了一万多匈奴，但由于得不到主力部队的后援，结果弹尽粮绝，不幸被俘。

李陵兵败的消息传到长安后，武帝本希望他能战死，后听说他却投了降，愤怒万分。汉武帝询问太史令司马迁的看法，司马迁一方面安慰武帝，一方面也痛恨那些见风使舵的大臣，尽力为李陵辩护。他认为李陵平时孝顺母亲，对朋友讲信义，对人谦虚礼让，对士兵有恩信，常常奋不顾身地急国家之所急，有国士的风范。他对汉武帝说："李陵只率领五千步兵，深入匈奴，孤军奋战，杀伤了许多敌人，立下了赫赫功劳。在救兵不至、弹尽粮绝、走投无路的情况下，仍然奋勇杀敌。就是古代名将也不过如此。李陵自己虽陷于失败之中，而他杀伤匈奴之多，也足以显赫于天下了。他之所以投降于匈奴而不死，一定是想寻找适当的机会再报答汉室。"司马迁的意思似乎是贰师将军李广利没有尽到他的责任。他的直言触怒了汉武帝，汉武帝认为他是在为李陵辩护，讽刺劳师远征、战败而归的李广利，于是下令将司马迁打入大牢。

司马迁被关进监狱后不久，有传闻说李陵曾带匈奴兵攻打汉朝。汉武帝信以为真，便草率地处死了李陵的母亲、妻子和儿子。司马迁也因此事被判了死刑。据汉朝的刑法，死刑有两种减免办法：一是拿五十万钱赎罪，二是受"宫刑"。司马迁官小家贫，当然拿不出这么多钱赎罪。宫刑既残酷地摧残人体和精神，也极大地侮辱人格。万般无奈之下，司马迁想到了自杀。

但想到自己作为一名史学家肩负的使命感和责任感，想到先父毕生未竟的事业，想到先父的重重嘱托……尤其是伟大的《史记》"草创未就"，所以"适会此祸,惜其不成,是以就极刑而无愠色",最后,司马迁毅然决然地选择了宫刑。

3. 现实和理想的巨大反差造成的心理失衡

第一,司马迁的心理痛苦。

对心高气傲的司马迁来说,牢狱之灾是耻辱,宫刑是更大的耻辱!

比如在《报任安书》中,司马迁认为陷入牢狱之灾、落入狱吏之手就意味着被捆绑手脚,戴上枷锁,暴露肌肤,受到鞭打,看到狱吏就要叩头触地、就吓得不敢出气,就意味着颜面扫地,就意味着失去了"作为人"的起码尊严,就像落入陷阱而摇尾乞怜的困兽一样。

……猛虎在深山,百兽震恐,及其在阱槛之中,摇尾而求食,积威约之渐也。故士有画地为牢,势不可入;削木为吏,议不可对,定计于鲜也。今交手足,受木索,暴肌肤,受榜箠,幽于圜墙之中。当此之时,见狱吏则头抢地,视徒隶则心惕息。何者?积威约之势也。及以至是,言不辱者,所谓强颜耳,曷足贵乎!(《报任安书》)

并认为作为"士人"受刑之前就应该自杀,以免身心受尽凌辱,失去做人的起码尊严。这是司马迁真实的个人体会,他在因李陵之祸被投入牢狱后,就受尽了类似的凌辱。

"古今一体,安在其不辱也!"(《报任安书》)

紧接着又遭遇了宫刑,司马迁在《报任安书》中自陈"故祸莫憯于欲利,悲莫痛于伤心,行莫丑于辱先,诟莫大于宫刑"。意指耻辱没有比宫刑更大的。在这封书信中司马迁又再次痛切地言道:

太上,不辱先,其次不辱身,其次不辱理色,其次不辱辞令;其次诎体受辱,其次易服受辱,其次关木索、被箠楚受辱,其次剔毛发、婴金铁受辱,其次毁肌肤、断肢体受辱,最下腐刑极矣!(《报任安书》)

腐刑即是宫刑,在司马迁所处的时代,宫刑比身体被捆绑、披枷带锁被刑杖拷、剃光头发颈戴铁圈、砍断肢体毁伤肌肤等侮辱要下等,比脸面受辱、比被别人训斥或被侮辱祖先等也要下等:

昔卫灵公与雍渠同载,孔子适陈;商鞅因景监见,赵良寒心;同子参乘,袁丝变色:自古而耻之。夫中材之人,事有关于宦竖,莫不伤气,而况于慷慨之士乎?"(《报任安书》)

自古以来无论是志气昂扬的人还是才能平庸的人都以宦官为耻辱。如孔子、赵良、袁丝等。而自己遭遇宫刑，既刺伤了心灵，又侮辱了祖先。宫刑对志气昂扬的司马迁来说当然是奇耻大辱！

我们再来看司马迁对这一耻辱的痛苦感受：

"刑余之人，无所比数，非一世也，所从来远矣"。(《报任安书》)

历代对宫刑之后得到余生的人都是不齿的，并非一代如此，由来已久了。而且受过宫刑的人从此也失去了受人尊敬的资格。"若仆大质已亏缺矣，虽才怀随、和，行若由、夷，终不可以为荣，适足以见笑而自点耳。"司马迁认为即使自己怀有的才能再宝贵，所持品行再高尚，像自己这样受过宫刑的人，也不能以这些为荣了，而只能被人耻笑罢了。

况且，自己因为遭受宫刑而被世人重重耻笑，再也无脸见祖宗先人了。并痛心疾首地言道："虽累百世，垢弥甚耳！"即使再经历一百代，耻辱只会越来越深啊！"顾自以为身残处秽，动而见尤，欲益反损，是以独抑郁而无谁语。"认为自己身体已经残缺，就已经处于相当污秽耻辱的境地了，而且还只能独自愁闷，没有谁可以去诉说。

无疑，遭遇牢狱之灾和宫刑使得司马迁痛彻肺腑！

第二，司马迁的心理失衡。

（1）导致这场身心灾祸的罪魁祸首是这些小人

这些小人包括：专制昏庸的统治者、趋炎附势的官场小人、势力残暴的酷吏等。

专行独断的汉武帝是罪魁祸首之一。

司马迁原本想一心一意地尽忠汉武帝，有言为证：

仆以为戴盆何以望天，故绝宾客之知，忘室家之业，日夜思竭其不肖之才力，务一心营职，以求亲媚于主上。

司马迁很感激汉武帝的恩典，想到一心不能二用，所以断绝了与朋友的交往，忘记了家庭的事情，日夜都想竭尽自己并不是很高的能力，专心致志尽力于职守，以便能够讨好皇上。司马迁一心一意报效皇上和朝廷的决心可见一斑！而正是因为太为皇上的悲戚哀伤着想，以致触怒龙颜招致灾祸。李陵兵败的奏章传到朝廷后，皇上大受打击，一片忠孝之心的司马迁当然也忧心如焚：

陵败书闻，主上为之食不甘味，听朝不怡。大臣忧惧，不知所出。仆窃不自料其卑贱，见主上惨怆怛悼，诚欲效其款款之愚……

皇上为此吃饭不香，上朝不乐，大臣忧虑恐惧，不知道该怎么办。我私下没有考虑自己的卑贱，看到皇上不开心，便真心想献上自己的恳切忠诚。"欲以广主上之意，塞睚眦之辞"，我就按下面这个意思阐述李陵的战功：李陵虽然兵败陷身匈奴，看他的心意，是想等到合适的时机报效汉朝。事情已经无可奈何，他消灭了那么多敌军，这战功也足以显示给天下了。想用这番话宽慰皇上的心，堵塞怨恨李陵的人所说的坏话；没能完全说明，皇上不理解，认为我是有意中伤贰师将军李广利，并为李陵游说，于是就把我交付法庭，诚恳的忠心终于不能自己一一陈述。因此被定为欺君之罪，最后皇上也同意狱吏的判决。

见风使舵、趋炎附势的官场小人是罪魁祸首之二。

李陵还没有覆没的时候，曾有使者来报告战况，汉朝的公卿王侯都举杯向皇上祝贺。李陵兵败的消息传到长安后，武帝本希望他能战死，后听说他却投了降，愤怒万分，满朝文武官员察言观色，趋炎附势，几天前还纷纷称赞李陵的英勇，现在却附和汉武帝，指责李陵的罪过。

司马迁是唯一敢于坚持正义的人，他素认为李陵"然仆观其为人自奇士，事亲孝，与士信，临财廉，取予义，分别有让，恭俭下人。常思奋不顾身，以殉国家之急。其素所蓄积也，仆以为有国士之风"。意思是李陵的为人，能自守节操，能孝敬双亲，和士人交往重诚信，在钱财面前廉洁，收取和给予都以义为准则，对有差别的事肯退让，对人谦恭，甘居人后，时常想奋不顾身为国家的急难而牺牲自己，从他平素的言行表现来看，他有国士的风度。

正直的司马迁痛恨那些大臣，他们只顾保全自己和妻儿，如今见李陵出兵不利，就忘记了他所有的功劳，一味地落井下石，甚至为了讨好汉武帝，就把他的失误尽情夸大。对这些小人，司马迁确实内心里感到痛苦。而事情的真实状况是：李陵率领步兵不满五千，迎着亿万敌军与单于连续作战十多天，所杀的敌人超过了自己军队的人数，最后转战千里，箭用光了，路走绝了，救兵不到，死伤的士兵堆积如山，然而李陵一喊慰劳军队，士兵没有不奋起的，个个涕泪横流，满脸是血，吞下眼泪，再拉开空弓，冒着刀箭，向北争着和敌人拼死。所以正直的司马迁认为从李陵的言行和作战实况看，虽是古代名将，也不能超过他"李陵素与士大夫绝甘分少,能得人之死力,虽古之名将不过也"。但终因这些官场小人的舆论导向使然,司马迁直言获重罪。落难后,这帮趋炎附势的小人没有为他说一句公道话,"交游莫救视,左右亲近不为一言"。

司马迁被关进监狱以后,案子落到了当时的酷吏杜周(又一势利小人)手中,杜周严刑审讯司马迁,司马迁忍受了各种肉体和精神上的残酷折磨。面对酷吏,他始终不屈服,也不认罪。司马迁在狱中反复问自己"这是我的罪吗?这是我的罪吗?我一个做臣子的,就不能发表点意见?"不久,又有小人谣传李陵曾带匈奴兵攻打汉朝。汉武帝信以为真,便草率地处死了李陵的母亲、妻子和儿子。司马迁也因此事遭遇了宫刑。

(2)在现实世界中,司马迁的痛苦和怨恨不能宣泄,司马迁在心理上是失衡的

如前所述,弗洛伊德认为心理失衡是人格的三个系统(本我、自我、超我)的不统一造成的。本我作为一种原始的本能欲望要求宣泄和释放,并从中得到快乐和满足。自我按现实原则来行事,它负责协调本我与现实、本我与超我的矛盾和关系;超我从至善原则出发则力图通过自我去限制和压抑本我的活动。其实,真正参与冲突的还应加上第四种力量:那就是外界现实。所以,冲突本身是无法避免也是无意识的,当冲突发生、三个系统的平衡遭破坏时,个体心理就处于失衡状态。

从司马迁的自述及书信中可以看出,主要是昏庸的汉武帝和趋炎附势的官场小人造成了司马迁的身心之祸,从而使司马迁饱尝了"细致的痛苦"。在内心深处,司马迁对于这一干小人是不齿的,而且是怨恨的。

但严苛的现实是,能怨恨皇上吗?得势的官场小人得罪得起吗?而且意识上传统的"忠孝节义"观(超我)也不允许司马迁在现实中表达怨愤。这在司马迁心底形成了类似于精神分析学派所说的道德性焦虑——来源于那些与自我理想不相容的行为或想法,由于它们与超我相冲突,并因此产生自卑感、罪孽感,因而个人对此怀有极大的焦虑,于是出现压抑,于是,司马迁在"理性意识"的管理下舍弃了无意识中流露出来的不符合"超我"要求的内容。在现实中司马迁必须也确实是在压抑着怨恨的心理。如对汉武帝,只能想当然地骗骗自己,认为是自己没能完全说明,皇上不理解,"未能尽明,明主不深晓,以为

仆沮贰师，而为李陵游说。"还依然要"苟合取容"，勉强求合以博得皇上的喜欢，实在是不敢怨恨皇上！对以往的同僚，也只得是"故且从俗浮沉，与时俯仰，以通其狂惑"，即暂且随世俗浮沉，在时势中周旋，以此来抒发内心的狂乱迷惑。现实夹缝中的司马迁只能"惜其不成，是以就极刑而无愠色"，痛惜《史记》没有完成，因此受到最残酷的刑罚也没有露出怨怒之色。在严酷的现实面前，在修史大业未竟之时，司马迁只能忍气吞声，苟活于世间，还敢去得罪谁呢？

很显然，在现实生活中，司马迁的本我被超我严重压抑着，负责调节三个系统平衡的自我在现实面前也显得无能为力。此时司马迁人格的三个系统（本我、自我、超我）的平衡遭到了破坏，痛苦的焦虑情绪随之产生。

我们来看司马迁心理失衡时的痛苦体验：

是以肠一日而九回，居则忽忽若有所亡，出则不知其所往。每念斯耻，汗未尝不发背沾衣也。身直为闺阁之臣……

愁肠呀每天都千回百转，在家里恍恍忽忽若有所失，外出也不知道要到哪里去。每当想到这种耻辱，没有不汗流浃背沾湿衣裳的。自己简直就是个宦官！

（二）《史记》·小人形象的创作·心理治疗过程

我们知道，生命机体是以整体活动的方式来维持其生存所必需的条件平衡，这在有机体的生理系统是如此，在人的精神系统也是如此。平衡，既是生理的需要，也是精神的需要。失衡，意味着不正常，不舒服。心理失衡后，精神系统会进行自发调节，常人会以各种各样的有利方式进行自我调节，而具有艺术天赋的人则往往以创作的行动来进行精神的自我调节。

所以说，艺术创作是创作者们在心理失衡状态下追求平衡的自发活动。我们以往的研究认为，文学创作的过程同时也是处在某种心理失衡状态下的创作者不自觉寻求新的心理平衡，自发地进行心理疏导和心理调节——心理自疗的过程。（见《心灵对话》绪论）

而《史记》的创作，对正处于心理失衡状态下的司马迁具有同样的心理治疗意义，司马迁在这部既是通史又是文学作品的著作中进行了自发的心理治疗。

对此心理自疗过程，弗洛伊德的阐释如下：被压抑了的潜意识会产生强烈的情绪体验，要通过正常渠道宣泄，否则会变成神经症状。但如果在现实世界中不能宣泄，那艺术创作活动就是一种很好的宣泄渠道，创作活动可以以伪装的面目和身份表达被压抑的愿望。艺术家是以创作行动来进行强烈的情绪情感的宣泄，以达成精神的自我调节和心理平衡的。通过宣泄，艺术家们很好地调节了自己的心理失衡。

司马迁在《史记》的创作中正是一直在"不自觉"地宣泄着强烈的怨愤情绪，看看他对笔下的形形色色小人的无情的谴责、讽刺和鞭挞吧：

小人中不乏统治者，比如刘邦，他虽是汉朝的开国皇帝，却有着卑鄙无耻的无赖个性，楚汉相争期间，在生死关头刘邦为了保自己的命竟几次将自己的亲生儿女推下车而弃之不顾。"楚骑追汉王，汉王急，推堕孝惠、鲁元车下，滕公常下收载之。如是者三。"幸亏滕公又几次力主拉上车，兄妹二人才得以活命；另一次，当项羽抓走了他的父亲并要挟杀其父时，刘邦完全不顾父亲的死活，还向项羽放言"分一杯父亲的肉汤"也无妨；等到坐稳天下后，对小时候被父亲责骂的小事还耿耿于怀，非得在群臣面前羞辱父亲一番才罢休。还有夏桀的荒淫骄横，帝辛的沉湎无道，幽王、厉王的昏暴淫乱，穆公死后以活人殉葬的惨无人道，献公的宠爱骊姬，造成五世之乱；吴王夫差偏听偏信佞臣之言而误国，秦始皇统治的暴虐无道，楚怀王不辨忠奸的丑恶行径……

小人中不乏王侯、将相、大臣等，比如张仪，他虽凭借三寸不烂之舌打破六国合纵相亲的联盟，二次拜秦国相位，帮助秦国建立了霸业，但司马迁却描述他是个不折不扣的小人，属当时三晋之地那类权宜机变的人物，和苏秦一样都是真正险诈的人，他们靠邪妄之言东诓西骗、耍阴谋、玩花招、挑拨离间，都属品行鄙劣之人；还有春秋时楚国的费无忌，为个人私欲，不择手段地讨好巴结楚平王，无端制造大是非、大混乱，成为楚国灭亡的罪魁祸首；吴国的太宰伯嚭见利忘义、公报私仇，使得夫差亡了国；秦二世的中丞相赵高指鹿为马、坏事做绝、祸国殃民；始皇时的丞相李斯功绩卓著但却关键时刻失去操守，听信奸佞邪说从而堕入为虎作伥、随意附和、阿谀奉承之流；心肠狠毒的吕雉，先杀害赵隐王，又囚杀赵幽王刘友，给大汉稳固的政权带来很大的颤动……

小人中不乏佞臣，如文帝时的邓通没有什么才能，因为偶然的机会得到皇帝的宠爱，官至大夫，富奢至极，唯一能做的事就是谄媚皇上而已，谄媚功夫达到了厚颜无耻、登峰造极的地步。有一次文帝得了痈疽病，邓通为文帝吮吸脓血。文帝心中不高兴，从容地问邓通说："天下谁最爱我呢？"邓通说："应该没有谁比得上太子更爱你的了。"言行如此极尽谄谀而只为笼络皇上和太子；还有汉武帝时的韩嫣和李延年，他们同样无才无德，却善承上意，察言观色，专以谄媚事主，甚至不惜丧失人格，而在世人面前却恃宠骄横，行径丑恶、灵魂肮脏……

小人中不乏酷吏，比如汉武帝当时重用的张汤，"汤为人多诈，舞智以御人。始为小吏，乾没，与长安富贾田甲、鱼翁叔王属交私"。这里描写的是张汤为小吏时好用计谋以制服人的情况。张汤得势后，与赵禹一起制定了各种残酷的法令，其中有一条叫"腹诽之法"，即不管有罪与否，只要被指控为对朝廷心存不满，就可以据此治罪。张汤不仅善于巧立法令名目，而且还会迎合汉武帝的心意去处置犯人。在他的主持下，往往一个案件会使无数人家受到牵连，以致杀人如麻，视人命如草芥。直接加害司马迁的酷吏杜周，上奏的事情从来都合乎皇上的心意，处事慎重，决断迟缓，外表宽松，内心深刻切骨。治理政事仿效张汤，善于窥测皇上的意图。皇上想要排挤的，就趁机加以陷害；皇上想要宽释的，就长期囚禁待审，暗中显露他的冤情。门客有人责备杜周说："为皇上公平断案，不遵循五尺法律，却专以皇上的意旨来断案。法官本来应当这样吗？"杜周说："三尺法律是怎样产生的？从前的国君认为对的就写成法律，后来的国君认为对的就记载为法令。适合当时的情况就是正确的，何必要遵循古代法律呢？"要求犯人像奏章上说的那样来招供，如不服，就用刑具拷打定案。他治理政事专好顺从上司的意旨、阿谀奉承，以少说话为重要原则但尤其残暴酷烈。还有酷吏宁成的狡猾凶残、任性使威；周阳由的暴虐残酷、骄傲放纵，他所喜爱的，如果犯了死罪，就曲解法律使那人活下来，他所憎恶的，就歪曲法令把他杀死；王温舒喜欢杀伐和施展威武，他为人谄媚，善于巴结有权势的人，若是没有权势的人，他对待他们就像对待奴仆一样，他玩弄法令条文巧言诋毁奸猾的平民，而威迫大的豪强。不值得细说的佞臣与酷吏还有更多，像蜀郡太守冯当凶暴地摧残犯人，广汉郡李贞擅自肢解百姓，东郡弥仆锯断人的脖子，天水郡骆璧椎击犯人逼供定案，河东郡褚广安杀百姓，京兆肆无忌惮、冯诩殷周凶狠,水衡都尉阎奉拷打逼迫犯人出钱买得宽恕……《酷吏列传》一共为十个残暴冷酷的官吏作传,其中汉武帝的臣子就有九人,这其实是婉转地讽刺和鞭挞了文、景、武等帝的任人失当及重用奸佞的弊端。佞臣与酷吏都是政治的必然产物,这些人的罪恶活动都被司马迁记录了下来,他便是通过描述这群小人形象,来对汉武帝时期专制统治的残酷和黑暗加以暴露和控诉的。

这些小人身上或多或少有专断的汉武帝和致司马迁于耻辱之地的那一些小人的影子。鞭挞了这么多小人,是否就发泄了对于小人的刻骨的怨气了呢?我们认为,司马迁在创作中这种情感的"不自觉"地宣泄,无疑很好地调节了他的身心,一定程度上也就维护了他的心理平衡。

(三) 小人形象的创作·升华·心理治疗作用的实现

其实,司马迁在《史记》中对千古小人的怨愤情绪的宣泄,也是现实中对小人的情绪的"升华"表达,而心理治疗作用的最终实现也是由于这一心理治疗机制,对此,弗洛伊德作过系统的阐述。

弗洛伊德是最早注意到文艺的心理治疗意义的心理学家。他著有此方面系统性的论著,如《弗洛伊德论美文选》,著名的《作家与白日梦》一文即收在此书中。如前所述,精神分析学派认为心理失衡时,个体往往会产生焦虑,这种焦虑是相当痛苦的情绪体验。此时自我便努力压抑力比多(是指由本能的冲动所构成的基本的心理能量),不让它在意识领域内活动,但自我的压抑无法使本能消除,为了减轻焦虑,个人可能采取正常的合理性的方法来控制危险,也可采用否认现实甚至歪曲现实的非理性的方法——自我防御机制,这能避免和减轻消极的情绪状态以减轻焦虑水平。当然,自我防御机制是非理性的,表现在现实中是人的无意识的非理性行为,但如果被艺术家显现在作品中,则对作者的失衡心理就起着有益的调节作用了。弗洛伊德认为,在艺术家那儿,由于具有先天的艺术家天赋,便把这一心理能量从其原发对象上转移到艺术创作中。此时艺术家主要运用的自我防御机制是"升华"。

弗洛伊德认为,从总体上概而论之,文学艺术的创作过程,就是艺术家原始冲动的"升华"过程。升华是弗洛伊德关于自我防御机制的一种,指的是改换原来的趋于与本能有关的冲动和欲望,用社会认可的思想和行为方式表达出来，一般总是把原有的冲动和欲望转向比较崇高的方向——比如科学、艺术等。

弗洛伊德对于文学的心理治疗作用是非常肯定的，并从心理的潜意识层面对此作了系统的研究和阐述。在《作家与白日梦》中，正是从"文化的禁忌和社会的压抑作用给人的心理造成的普遍性冲突"出发，去理解文学艺术的补偿作用。他把文学作品视为作家与读者的"白日梦"，视为受压抑的欲望的"代用品"和"变相满足"。并提出，文学作品除了其固有的认识作用、教育作用和娱乐作用外，还有使人获得心理补偿和心理平衡的作用。人们早就注意到，文学不仅有改造现实的作用，同时也有逃避现实的作用；而人对于现实的逃避，正是通过文学成为能够给人以某种补偿的"代用品"来完成的。通过转移与升华，以社会所允许或赞赏的形式得到一种补偿或变相的满足。文艺创作者大都是在现实中遭遇不幸或感到不满足的人，文艺创作则是他们以幻想的形式满足其愿望的一种活动。文学艺术的本质就是性本能欲望的升华，是潜意识欲望的象征性表现。艺术的升华在于艺术家主动而积极认真地创造出一个属于他自己的、明显区别于现实世界的想象性世界。在这个创造出的艺术世界里，其本能欲望得到了幻想性和隐蔽性的满足。艺术家成功地找到一种绕过现实原则所造成的挫折、压抑等的方式和道路，并且实现对挫折、压抑等的替代性补偿，最终逃脱了沦为精神病患者的厄运。

通过升华作用，可使个体改变冲动的目的和对象，而并无抑制它们的表现。文学艺术的产生就是艺术家对本能冲动加以改装而进行创作的结果。艺术家利用"自我防御机制"来对某些特别强烈的力比多欲望加以变形、化妆，通过升华，艺术家主动而积极认真地创造出一个属于他自己的、明显区别于现实世界的想象性世界。弗洛伊德还在《作家与白日梦》一文中说："一篇作品就像一场白日梦一样，是幼年时曾做过的游戏的继续，也是它的替代物。"接着他指出："一个幸福的人绝不会幻想，只有一个愿望未满足的人才会。""幻想的动力是未得到满足的愿望，每一次幻想就是一个愿望的履行。它与使人不能感到满足的现实有关联。"正是这些特定的心理上的失衡使得艺术家产生了强烈的创作冲动。他又论述道："艺术家也有一种反求于内的倾向，和神经病人相距不远。他也为太强烈的本能需要所迫使。他渴望荣誉、权势、财富、名誉和妇人的爱，但他缺乏求得这些满足的手段。因此，他和有欲望而不能满足的任何人一样，脱离现实，转移他所有的一切兴趣和力比多（心理能量），构成幻念生活中的欲望。"

所以，通过艺术创作，被压抑的力比多得到释放，使自我减轻了焦虑，并部分象征性地满足了本能欲望的表现冲动。于是艺术家通过艺术创作解除了自己的痛苦与压抑，艺术创作也就成了恢复心理平衡的手段。

司马迁也认识到通过《史记》的创作，能升华他在现实中不能表达的愿望和理想，从而能部分地医治他的心灵创伤，调节他的心理平衡，恰如他在《报任安书》中自我期许的一样：

"仆诚已著此书，藏之名山，传之其人，通邑大都。则仆偿前辱之责，虽万被戮，岂有悔哉！"

我想著成此书，并把它珍藏在名山，把它传给志同道合的人，让它在通都大邑之间流传千古。著成此书，我就可以偿还从前受辱所欠的债了，即使受到再多的侮辱，难道会后悔吗？

总之，司马迁深切自我感觉到：著成此书，就能一雪前耻！

凡百三十篇，五十二万六千五百字，为《太史公书》。序略，以拾遗补艺，成一家之言，厥协《六经》异传，整齐百家杂语，藏之名山，副在京师，俟后世圣人君子。

太史公曰：余述历黄帝以来至太初而讫，百三十篇。（《史记·太史公自序》）

最终，司马迁靠书写千古小人部分地完成了他的心理治疗。

同时，也成就了一部千古史书。

二、《史记》中小人形象的心理病理学解读

汉代史学家班固如此评价司马迁的鸿篇巨制《史记》："善叙事理，辩而不华，质而不俚，其文直，其事核，不虚美，不隐恶，故谓之实录。"这同时也是在高度评价司马迁作为史家的史德。的确，司马迁在著史时实事求是，不拘于儒家教义的约束，对史实总是细加考证，秉笔直书，对历史人物的叙述，也总是不妄加赞美，也不隐其恶行。

唯此，司马迁在《史记》中刻画的人物形象虽都是大历史背景下宦海沉浮

中的政治人物，但也都是活生生的有血有肉的复杂的现实中人，他们的性格是丰满的、立体的，具有现实和艺术上的真实性。其中的小人形象也不例外。所以，《史记》中众多小人形象在心理上具备现实中小人的心理真实性。另外，前面已经详细论述过，小人们在人格上的不完善、不健康状态，是小人之所以"成为小人"的深层心理原因。由此，完全可以用心理病理学理论来对《史记》中的典型小人形象——宦海沉浮中的政治小人逐一加以分析。

（一）千古佞宦赵高——优越情结·过度补偿

赵高是《史记》中不折不扣的"政治小人"。他最初只是秦始皇时期的一名太监，凭着聪明能干慢慢发迹起来。先是被秦始皇看上，提拔做了中车府令，并侍奉和教导公子胡亥。始皇驾崩时，为求日后飞黄腾达，赵高一手炮制了"沙丘密谋"。他阴谋串通公子胡亥、丞相李斯等，篡改始皇遗诏，逼死公子扶苏，拥立胡亥为太子。太子拥立之后，任命赵高担任郎中令，常在宫中服侍皇帝，掌握大权。赵高擅长阳奉阴违，阴谋除掉李斯后，又被拜为宰相，曾经权倾一时。赵高为人贪婪无比，阴险狠毒，在位期间，坏事做绝，祸国殃民，比如纵容二世胡亥生活奢靡而且实行残暴统治等。赵高是导致秦朝灭亡的罪魁祸首之一。

我们认为，赵高在政治修为中丑恶的小人行径与赵高心理上的不健康状态息息相关，以下是对赵高"病态"心理的分析。

第一，赵高心理上的优越情结和行为上的过度补偿。

先来考查一下赵高的身世。首先他是太监，太监是自古以来为人所不齿的，如前面司马迁所言，"诟莫大于宫刑。刑余之人，无所比数，非一世也，所从来远矣……""昔卫灵公与雍渠同载，孔子适陈；商鞅因景监见，赵良寒心；同子参乘，袁丝变色；自古而耻之……"不仅赵高，赵高的其他兄弟几人，都是生下来就被阉割而成为宦官的。所以，赵高一家人都是为人所不齿的。而且，李斯就明确对二世指摘过他的出身的低贱，他的家族是赵国王族中被疏远的亲属。他的母亲也因犯法而被处以刑罚，所以世世代代地位卑贱。

按个体心理学家阿德勒的观点，人人天生都带有自卑心理，因为我们的境况中总有不如人意的地方，所以赵高也肯定是自卑的，而且可以推知，由于器官缺陷（被阉割）和家族的社会地位，赵高在身世上比一般人更卑微，其自卑程度肯定要高于常人。阿德勒同时指出，人又是天生追求优越的，也正是这种自卑感，促使人去努力超越现状，追求优越。"克服自卑追求优越"也就成了人的天性倾向，成了整个人生的奋斗目标。由此推断，赵高在心理上比一般人更自卑，所以他更追求优越。但是，阿德勒认为追求优越的结果却有两重性。正是在对优越感的追求上，人出现了分化。有社会兴趣的人是在追求与社会利益相一致的目标中实现其对优越的向往的。它既可以激励人追求更大的成就，也使人的心理得到积极的成长。但如果由于为摆脱自卑而做的努力方向不正确，导致追求个人优越而忽视社会和他人的需要，就会产生优越情结，使人变得缺乏社会兴趣，妄自尊大起来。这样的人往往表现出强烈的支配欲、报复心和对别人的歧视。这类人在具体的追求优越的行为上一般会采取不恰当的方式或努力过度，结果不仅不能摆脱原有困境反而增添新的问题和紧张，此为过度补偿。

分析发现，赵高的小人行径是他心理上的优越情结和行为上过度补偿的结果，二者都属于病态心理。这使得赵高追求地位和权势的欲望没有止境，正如李斯所言："夫高，故贱人也，无识于理，贪欲无厌，求利不止……"

其实，人天生都有一定程度的自卑感，人天生都想克服自卑达成优越，比别人更自卑的赵高一心想变得优越，也可以说比别人更追求优越，这倒也无可厚非。但正因为追求个人优越的欲望太强烈，以至于达到了完全无视他人和社会的需要的程度。阿德勒认为，如果一个人在追求优越中选择了错误的或者说是违反社会利益的纯私人的目标，那么，他就有可能发展为病态的人。赵高即是如此。为达成个人优越，他不惜采用栽赃陷害、挑拨离间、玩弄权术、阳奉阴违、阴险毒辣等卑鄙手段，致他人和国家利益于不顾，一心只求达到位高权重！赵高过度追求优越的欲望使他成了最大的阴谋家和野心家，使他在心理上成了一个"病态"的人。

第二，赵高在心理上受困于优越情结的几个典型表现。

心理上的优越情结和行为上的过度补偿，一方面使得赵高缺乏社会意识，为摆脱自卑而做的努力方向不正确，选择了错误的或者说是违反社会利益的纯私人的目标，他追求优越的倾向又特别强烈，所以很少顾及别人的利益，并采取了不恰当的方式而且努力过度，具有强烈的支配欲、报复心和对别人的歧视，不惜利用或伤害别人以达到自己的目的。且来看他的几个典型事件。

一是沙丘密谋。秦始皇御驾外出巡游时半途暴病而死，遗诏中想立公子扶苏为太子，但经常侍奉在秦始皇左右的赵高因与公子胡亥关系密切，平常就得到胡亥的宠幸，为日后飞黄腾达，赵高铤而走险，冒天下之大不韪，游说公子胡亥，并拉拢丞相李斯一起阴谋篡改了遗诏，逼公子扶苏自尽，同时囚禁了不肯自杀的大将蒙恬。沙丘密谋得逞，胡亥被扶上太子位，立下头功的赵高果然得到了重用，升为郎中令，日夜伴在二世身边，掌握了大权。

二是谋害蒙恬、蒙毅。蒙恬、蒙毅出身将门，蒙恬做了将军，屡立战功，在外担当军事重任；始皇兼并天下后，他又率领三十万人的庞大队伍，北逐戎狄，收复黄河以南土地，修筑长城一万余里，辛辛苦苦驻守上郡十余年，威震匈奴，受到始皇的推崇和信任。蒙毅在内为始皇出谋划策，被誉为忠信大臣。但只因为始皇时期，赵高曾犯下重罪，秦王让蒙毅依照法令惩处他。蒙毅不敢枉曲法令，秉公照章办事，判处赵高死刑，剥夺其官籍。虽始皇最后出于私心赦免了他，但赵高怨恨蒙毅依法惩处他而没有袒护他，从此对蒙毅怀恨在心，早就起了杀害之心。再因蒙恬与公子扶苏属同一利益团体，沙丘密谋中就已经暂时被囚禁。赵高一方面害怕沙丘阴谋败露，一方面唯恐蒙氏再次显贵当权执政，怨恨他们一起人。所以赵高利用侍奉在二世身边的便利，无端毁谤蒙氏兄弟，搜罗他们的罪过，捏造他们的罪名，不断地检举弹劾他们。直到把立下赫赫战功、世代忠勇诚信的蒙氏兄弟置于死地才罢休。蒙氏兄弟之死不仅解了赵高心头之恨，还铲除了阻碍他野心实现的一大障碍。

三是阴谋陷害李斯。沙丘密谋中，赵高拉李斯下水，但事成之后，李斯仍然位居丞相，职位高于赵高，这在权力欲极强、野心勃勃、贪婪的赵高心里当然是不能容忍的。另外，由于赵高野心很大，一再玩弄阴谋诡计，使得胡亥大权逐渐旁落。一切大事任由赵高定夺，从而李斯也颇有微言。野心更大的赵高冥冥中感觉李斯是他往上爬的命定障碍，于是赵高逐渐萌生了除掉李斯之心。他先是多次在二世面前挑拨离间来陷害李斯，撺掇李斯在胡亥寻欢作乐时多次进谏，引起胡亥的极大反感和厌恶，后又栽赃李斯父子借沙丘密谋之功想封王，勾结"盗贼"陈胜想谋反等，并搜来大量虚假的证据，昏庸的二世胡亥最后让赵高亲自查办李斯。赵高派他的门客十多人假扮成御史、谒者、侍中，轮流往复审问李斯，李斯冤屈地招供了策划谋反的罪状，而这一整套李氏父子谋反的罪状都是赵高事先就编造的。最后李斯被判处五刑，并夷灭了三族。

四是指鹿为马。沙丘密谋得逞后，赵高为进一步讨得二世的欢心，纵容二世胡亥对自己的兄弟施以违反常情常理的残暴手段，纵容二世迫害、杀戮忠臣，纵容二世穷奢极欲，并大力修筑宫殿，对天下百姓横征暴敛，实行残酷的法令刑罚等。阳奉阴违的赵高还靠大肆玩弄权术逐渐把胡亥的权利架空，胡亥后来不再坐在朝廷上接见大臣，而是深居在宫禁之中寻欢作乐。赵高总在皇帝身边侍奉办事，一切公务都由赵高决定。李斯死后，二世任命赵高为中丞相，此时朝廷上无论大事小事都其实由赵高决定。但赵高依然贪心不足，此时就开始预谋着铲除胡亥取而代之了。赵高想要谋反，又恐怕群臣不听从他，就先设下计谋进行试验，有一天赵高带来一只鹿献给二世，竟然称它为马。二世问左右侍从说："这是鹿吧？"左右大臣有的沉默，有的故意迎合赵高说是马，有的说是鹿，赵高就在暗中假借法律陷害那些说是鹿的人。以后，大臣们更畏惧赵高了。更可笑的是，"指鹿为马"的闹剧使得二世认为自己的神经出了问题，接着在赵高的蛊惑下，二世被迫离开皇宫搬到了望夷宫，三天后就被赵高逼迫自杀。赵高的篡位阴谋眼看就要得逞，但挂上玉玺的赵高，并不被上天和身边的文武百官所赞同和跟从；他登上大殿时，大殿有好几次都像要坍塌似的。赵高自知上天不给予他皇帝之位，这才暂时罢休。但赵高仍然贼心不死，权宜之计是先假装按照道义立二世的侄子子婴为王，却私下与楚国约定，等灭掉秦宗室后他在关中称王。幸亏干练、果断的子婴及时识破赵高的阴谋，于是在斋宫杀了赵高，杀死赵高家三族，并在咸阳示众。

赵高类似的卑劣表现还有许多，在此不一一陈述。总之，纵观赵高一生，他一心想追求个人优越，为此杀死和陷害的人非常多，而且做尽祸国殃民的坏事。可以看出，由于个人野心的驱使，赵高完全无视他人、无视皇权、无视国家社稷，其野心之大使他达到了丧心病狂的程度！

心理上的优越情结使得赵高成了千古佞宦！

（二）晚节不保的秦相李斯——人格面具的过度膨胀

李斯是始皇时期最得力的丞相。他熟读六经，具有卓越的政治才能，辅佐秦始皇三十多年，功绩卓著。秦王嬴政最终能够统一天下，并统治天下三十余年，这其中，李斯都是一等一的功臣。首先他力谏秦王废除"逐客"令，提出了不论国别、用人唯贤的总方针，并帮助秦王嬴政及时抓住政治时机，运用离间诸侯国君臣关系等灵活多样的政治手段逐渐削弱六国的势力，并实现了最终兼并六国的宏大政治谋划；辅佐秦王嬴政整顿政治和教化，平定了四方少数民族，使秦国的疆域慢慢扩大起来；帮助秦王朝协调统治者内部的关系，建议秦始皇对民众实行怀柔政策，减轻刑罚，减少税收，尽最大可能使始皇赢得民众的拥护；帮助秦王朝建立社稷，修建宗庙，统一度量衡和文字，修明法制，制定律令，颁布天下，加强了秦王朝中央集权制的统治。可以说，在始皇时期，李斯在政治修为中除纵容始皇实行"焚书"的愚民政策这一败笔之外，李斯为秦王朝的统一，对国家社稷的稳定、巩固和发展，都是功不可没的。

难怪司马迁评论："……不然，斯之功且与周、召列矣"，意指李斯在其漫长的政治生涯中如果不是晚节不保的话，功绩真的要和历史上的名相周公姬旦，召公姬奭相提并论了。

但就是这样一位功绩卓著的政治风云人物，晚年却上演了一出出政治小人的丑剧，如著名的"沙丘密谋篡改遗诏"。大野心家赵高的阴谋作乱之所以能得逞，直接和李斯因为贪图禄位而助纣为虐有关。李斯的另一突出丑行，是他极尽阿谀奉承而无视国家社稷的"上书对二世"事件。李斯为什么在政治上晚节不保？下面分析其深层的心理原因。

第一，李斯的晚节不保是由于人格面具的过度膨胀。

人格面具是心理学家荣格提出的人类精神的关键原型之一。荣格认为，原型是与生俱来的先天倾向，是人类心灵中一些先天的倾向或可能性，它类似于本能，但原型首先是一种先天的意义感知定型，而本能则是先天的行为反应定型。而其中一种重要的与生俱来的先天倾向，就是"人格面具"的原型。这种先天的倾向或可能性是指个人为在社会中获益，从而努力扮演一定的角色来达到适应和顺从社会的目的，这其中人的社会角色，个人为适应外在环境所扮演的角色，就是人格面具。其目的在于表现一种对自己有利的良好形象以便得到社会的认可，其价值和作用在于它体现了人对外界社会的顺从和适应，从而使人在社会中获益。可以看出，人格面具只是个人公开或者说是面向他人的自我，是公共场合中表现出来的人格方面,是由环境制约而形成的并对他人、社会显示出来的公共脸谱。人虽有多种人格面具,每一种人格面具都是适应外部环境的一种方式。但人格面具也只是人格的一个组成部分,而绝不是人的全部。

如果一个人过分关注人格面具,过分沉湎于自己所扮演的角色,甚至过度使用和认同自己的某个人格面具,将自己与这个人格面具合二为一,就会导致人格面具的过度膨胀,心理生活的其他方面就会受到排斥,即人格的其他方面受到排斥,从而对心理健康造成危害。因为按照荣格的观点,任何妨碍心灵趋向不断整合和统一性进程的因素都将导致心理失衡。即精神上的单一、枯竭、分裂和破碎会导致心理失衡,而过于膨胀的人格面具具有欺骗性,能使人陷入人格的混乱和分解,此时人格的各个部分就可能出现尖锐的对立和冲突,从而引发心理疾病。

人格面具过度膨胀的人完全无视自己内心的真实想法和愿望。比如,对自己不感兴趣的东西,硬要装出感兴趣的样子,其内心的矛盾和冲突是可想而知的。这类人总是努力表现出一种对自己有利的良好形象,以便使自己在社会中获益,于是他们时时扮演、处处扮演,导致人格面具极大地膨胀,而本性中的好多心理内容(本心)就被压抑,真正的自我也就迷失了。正如当某些人"不面对自己真实的内心,总是为了外在利益而装假"时,别人发出指责时所说的那样:"你就装,你就天天装吧!"此处所说的"装",就很精准地揭示了人格面具膨胀者的心理实质。为了扮演好某一个"对自己有利的良好形象",违心地去做某些事、违心地去说某些话正是人格面具的心理实质。

而李斯正是把某一人格面具当成了他全部的自己,忽略了真实自我心中的其他心理内容。他一生都在扮演(装)一个角色——一个位高权重的、获得了功名利禄和荣华富贵的、身处社会贵族阶层的成功的人。

因为在出身于里巷平民的李斯的个人信念里,一心追寻高位,一心倾慕富贵荣华和功名利禄是该受推崇的。当他地位卑微时,看到厕所中的老鼠和粮仓中的老鼠天壤之别的境遇时,认定"人之贤不肖譬如鼠矣,在所自处耳!"意思是,人也同老鼠一样,有出息与没出息是由所处的环境决定的,爬上高位的自然有出息,沦落下层的自然没本领,所以爬上高位是重要的。并对老师荀子阐发个人志向"处卑贱之位而计不为者,此禽鹿视肉,人面而能强行者耳。故诟莫大于卑贱，而悲莫甚于穷困。久处卑贱之位，困苦之地，非世而恶利，自托于无为，此非士之情也。"意指有志者就该去求取功名富贵，而不是标榜自己与世无争，人最大的耻辱莫过于卑贱，最大的悲哀莫过于贫穷。所以就毅然背离生养自己的衰微的楚国，去游说认为值得投靠的秦王了。"要处在一个人生的高位上，要做一个成功者"即是李斯首选的人格面具，并把这个面具与自己合二为一。

因为一心要做这样一个"成功"的人，熟读六经、深晓君臣大义和治国安邦之道的李斯，很多时候选择了不去面对真实的自己。他一心只想扮演那个"成功"的人，为了保住地位和荣华富贵，他昧着良心做坏事，如沙丘密谋事件中，他昧着良心说瞎话；如上书对二世事件中，胡亥的错误他其实也看得很清楚，但因为贪图禄位而选择阿顺苟合。可以说，在人格面具的极度膨胀下，李斯的其他心理内容——道德心、廉耻心、君臣大义和治国安邦之心等全都被"野心"和"向上爬"所遮蔽了，李斯迷失了真实的自我！

总之，过分关注人格面具则必然要牺牲人格结构中的其他组成部分，为了获得利益而一味适应和顺从社会，某些人不得不扮演某些角色，把角色当成了全部的自己，导致人格面具膨胀，而本性中的好多心理内容（本心）就会被压抑。所以，人格面具的膨胀，使人疏远自己的本性，出现异化。

可见，李斯的小人行径就是基于长期的人格面具的过度膨胀而导致的病态心理的结果。

第二，李斯人格面具膨胀的几个典型表现。

因为过分热衷于"成功者"的身份——人格面具的膨胀，所以李斯很在乎荣华富贵和功名利禄，当任三川郡守的儿子李由回家探亲时，文武百官都前去给李斯敬酒祝贺，门前的车马数以千计。李斯看到这一盛况，心中充满了隐忧："当今人臣之位无居臣上者，可谓富贵极矣。物极则衰，吾未知所税驾也！"极为担心荣华的逝去。可以说，因为人格面具的膨胀，"荣华富贵和功名利禄"是李斯为之喜、为之忧的真正软肋及命门所在。以至于为了永远地扮演好这个角色和身份，他做了好多违心的事，说了好多违心的话。

李斯的变节主要是在从政生涯的晚期。但其实在早期，李斯就已经流露出了贪图禄位而不顾一切的本性。身为楚国上蔡人的李斯，在学成了治理天下的学问之后，一心为了"达到成功、谋就高位"，考虑到楚国国势已衰微，考虑到楚王是不值得自己侍奉的，熟读六经、深明忠孝之道的李斯便毅然背弃楚国，西行到秦国辅佐秦王去了，只因为在秦国有建功立业的希望。到秦国不久，纵观天下的李斯就游说秦王要及时抓住万世难逢的历史机遇，吞并六国，一统天下。秦王果然采用李斯的计谋，不惜运用大肆收买、阴谋杀害等手段离间六国君臣关系；更不惜挑起战争，造成烽火连天战乱频仍，使得天下百姓受尽流离失所、国破家亡之苦难。如此，凡二十余年，秦国最终兼并六国。六国当然包括李斯自己的出生地——楚国，百姓当然也包括李斯自己的故乡人——楚国百姓。人格面具的膨胀使得李斯无视了这一切。另外，秦统一后，为了顺应秦始皇的心意——树立君权的绝对权威，当然更主要是为了永保自己的显贵地位，李斯不惜纵容始皇实行愚民政策。深知六经之要义和六经价值的他，竟然昧良心建议："臣请诸有文学《诗》《书》百家语者，蠲除去之。"即把《诗经》《尚书》和诸子百家的著作，都一概焚烧干净，以便使人民愚昧无知，便于被统治和愚弄，而且无法用古代之事来批评当前朝廷。

更有甚者当属"沙丘密谋"事件。在其中，李斯为保住荣华富贵，不惜丢掉了起码的作为人臣的本分。始皇驾崩时，假若没有李斯的为虎作伥，赵高"篡改遗诏"这一逆天阴谋是万万不能得逞的。但赵高在整个阴谋策划中，对说服李斯他是先有胜算的。因为他深知李斯的软肋所在，所以他一再对李斯诱以"官禄德"，先说假若扶苏当了太子，丞相之位一定非蒙恬莫属，没你李斯的份儿了；再说你如果不相机而动，就是不识时务，禄位就不会长保，还会给子孙带来灾祸；最后说你如果顺从潮流，尊贵的地位和优厚的待遇都会世代相传，你个人还会在世上留有孔子、墨翟那样的智慧美誉。果不其然，一番心理纠结后，李斯依然选择带上那个"位高权重的显要之人"的人格面具，把先皇的知遇之恩和重托、臣子应尽的最大本分、国家社稷的安危等全都抛到了九霄云外，于是他毅然决然地依从了赵高，和赵高一起策划了这场影响历史进程的大阴谋。李斯在人格面具的极度膨胀下，已经迷失了自己的本心。而此时李斯的本心是什么呢？深谙治国之道、熟读六经的李斯不是没意识到这一阴谋的卑鄙无耻以及阴谋会带来的无穷后患。比如他先是斥责赵高说，改遗诏是亡国之言，做人臣的本分就是执行先皇的遗言，先皇把国家危亡的重任都托付给自己了，自己又怎么能辜负了他的重托呢？而且赵高你的行为是犯罪，我李斯决不跟从。他又列举了晋代换太子、齐桓公兄弟争夺王位、商纣杀死亲戚等三件事落得宗庙都没人祭祀的悲惨下场。所以，最后坦陈，我李斯只要是人就不能参与这场阴谋。可以看出，对人臣之道和国家社稷安危的重要性，李斯其实都是明白的，但因为他一味要扮演一个政治生涯中永远的成功者，而不允许自己是一个失败者，所以他还是选择把自己的这些真情实感、真实意图全部压抑下去，最后违心地依从了赵高。而如上所述，过于膨胀的人格面具使人格的各个部分可能出现尖锐的对立和冲突，从而引发心理疾病。果然，此时李斯的内心也是非常冲突和纠结的。正如《史记》中所描述："斯乃仰天而叹，垂泪太息曰：嗟乎！独遭乱世，既以不能死，安托命哉！"虽然违背本心的李斯一方面内心是痛苦的，但另一方面他也认为一味追求做一个成功者（人格面具）没有什么错误，所以把罪责推给了让人不得已而为之的乱世，这当然是一种自我欺骗。由于过于膨胀的人格面具而导致的自我欺骗，使得李斯的心理变得越来越不健康。事实上，后来李斯的小人行径也确实愈演愈烈，就是他心理越发不健康的有力佐证。

　　沙丘密谋得逞之后，二世胡亥在赵高的蛊惑下，肆意杀害自己的兄弟，残害忠良，比如无端杀害蒙恬、蒙毅等，沉溺于声色犬马、纵情享乐、建造阿房宫，使得天下百姓赋税越来越重，兵役劳役没完没了。而且推行并实施严苛的法律和残酷的刑罚，群臣上下人人自危，想反叛的人很多……对二世的这一切做派其中隐藏的危机，深谙治国之道的李斯是看得很清楚的，所以临死时他才发自内心地说："……而二世之无道过于桀、纣、夫差……且二世之治岂不乱哉！日者夷其兄弟而自立也，杀忠臣而贵贱人，作为阿房之宫，赋敛天下……"对二世的"以昏庸暴虐来治国"李斯是早就看出迟早必出大乱的！当然，对这一切李斯也曾想过劝谏，但一想到这会得罪二世，会危及自己的禄位，便每每作罢。所以当这一切发生时，作为丞相的李斯，始终没有能直言进谏。不仅如此，当叛乱之事没能阻止，时任三川郡守的儿子李由脱不了干系时，李斯又一次展露了他阿谀苟合的嘴脸，这便是给李斯一生留下千古骂名的"上书对二世"事件。李斯明明知道："凡古圣王，饮食有节，车器有数，宫室有度，出令造事，加费而无益于民利者禁，故能长久治安。"这是李斯身陷囹圄时的肺腑之言。但在这以前，李斯却受膨胀的人格面具病态驱使，为了保住"象征着成功"

的显要地位，又一次无视自己的内心，说了违心的话，做了违心的事。

在"上书对二世"中，李斯曲意阿顺二世的心意达到了登峰造极的程度，他完全违背自己的道德良心。首先，他纵容本已沉迷声色的二世进一步穷奢极欲，他引经据典，旁征博引，"申子曰：'有天下而不恣睢，命之曰以天下为桎梏'"者，即申不害先生说，像尧和禹那样，占有天下要是还不懂得纵情恣欲，而自己反而辛辛苦苦为天下百姓操劳，而不督责臣下去做，这就叫把天下当成自己的镣铐。其次，他纵容统治本已暴虐的二世进一步加强酷刑峻法，"督责必则所求得，所求得则国家富，国家富则君乐丰。故督责之术设，则所欲无不得矣。"即督责严格执行后君主的欲望才能得到满足，满足之后国家才能富强，国家富强了君主才能享受得更多。所以督责之术一确立，君主就任何欲望都能满足了。二世看了李斯这一奏书后，当然心里很是服帖和受用。于是二世更加注重个人享乐和严厉地实行督责，以至于路上的行人，有一半是犯人，在街市上每天都堆积着刚被杀死的人的尸体，而且杀人越多的越是忠臣。这当然也加速了秦王朝的灭亡。而李斯作为一朝国相，完全无视国家社稷安危和黎民百姓的疾苦，一味选择去阿谀和逢迎，厚颜无耻只为能一时讨得二世的欢心，以期能放过他和儿子李由，从而保住已有的荣华富贵。可以看出，李斯在极度膨胀的人格面具下，已经完全迷失了自己的本心，迷失了人的本性。

正如太史公司马迁所言，人们都认为李斯忠心耿耿，反受五刑而死，是很冤屈的，但仔细考察事情的真相，却真的不是如此。司马迁还指出："斯知《六艺》之归，不务明政以补主上之缺，持爵禄之重，阿顺苟合，严威酷刑，听高邪说，废適立庶。诸侯已畔，斯乃欲谏争，不亦末乎！"李斯明明知道儒家《六经》的要旨，却不致力于政治清明，及时劝谏弥补皇帝的过失，而是为保住显贵的禄位选择阿谀奉承，随意附和，助纣为虐、为虎作伥，这就是李斯的愚蠢和错误所在。

李斯最终还是中了大阴谋家赵高的算计，致使自家落得个身败名裂、被判五刑、夷灭三族的下场。

而只有在临刑前，李斯才生平第一次真正卸下了自己背了一生的沉重的人格面具，第一次认识到自己的本质愿望，第一次回归了自己的本心。在咸阳街市上腰斩前，李斯回头对一同被押解的次子说："吾欲与若复牵黄犬俱出上蔡东门逐狡兔,岂可得乎!"我多想和你再牵着黄狗一同出去上蔡东门去打猎呀!于是父子二人相对痛哭。

李斯是极度膨胀的人格面具的牺牲品,我们为李斯的一生扼腕叹息!

(三)险诈的张仪——剥削倾向的人格·人道主义良知缺失

张仪,战国时期最著名的纵横家、外交家和谋略家,与同时代师出同门的苏秦在游说之术上齐名。他的主要功绩在于,在秦惠王时期以秦国的利益为出发点,大肆运用纵横之术,打破苏秦此前在各诸侯国间苦心营造的合纵联盟,游说于魏、楚、韩等国之间,利用各个诸侯国之间的矛盾,或为秦国拉拢,使其归附于秦;或拆散其联盟,使其力量削弱,最终建立了连横的外交策略。而且,在整个秦惠王时期,他不仅使秦国在外交上连连取得胜利,还帮助秦国开拓了疆土。正如后来的秦相李斯在有名的《谏逐客令》中评价的那样:"惠王用张仪之计,拔三川之地,西并巴、蜀,北收上郡,南取汉中,包九夷,制鄢、郢,东据成皋之险,割膏腴之壤,遂散六国之从,使之西面事秦,功施到今。"因此可以说,张仪所创立的连横的外交谋略为秦国的强大和以后秦朝的统一都立下了汗马功劳。

张仪和苏秦,一纵一横,以权变之术和雄辩家的姿态,雄心勃勃,一往无前,为追求事功而将生死置之度外,表现了他们的雄才大略,体现了他们的力量和价值,而且,为后世的外交家们在外交胆识、外交辞令和外交技巧等方面都提供了一种范式。

但纵观张仪达成连横政策的过程,在外交场上他从来不讲信义,多是采用威胁利诱、阴谋欺诈等手段来达到其外交目的的,所以,张仪又为后世人所不齿。正如太史公所评价:"要之,此两人真倾危之士哉!"意指,张仪和苏秦都是以获取全人功名为政治目的,都是真正险诈的人。但在太史公笔下,苏秦为达到合纵的外交目的,虽然同样以权变之术游说诸国,比如针对不同对象,顺应其心意,指陈其利害,或激或励,或羞或诱,其说辞虽也多有夸诞、粉饰不实之词,比如凡是对他本人利益有得的一面他就夸大其辞。但毕竟,苏秦还没有像张仪一样大肆采用诈骗手段,甚至于"欺诈成性"。所以,太史公还有一句评价"夫张仪之行事甚于苏秦……"

而张仪为什么欺诈成性？下面就来分析张仪之所以险诈的真正内在心理原因。

第一，张仪的险诈是因为他人格上的剥削取向和人道主义良知的缺失。

如前所述，弗洛姆指出，人格的不健康在于人持有重占有的生存方式。重占有的生存方式指的是：生活的中心就是对金钱、荣誉和权力的追求。人与世界的关系是一种据为己有和占有的关系。持这种生存方式的人要把所有的人和物都变为自己的占有物，关注的是占有对象。在重占有的生存方式中，对于一个人来说，幸福就在于他能胜过别人，在于他的强力意识以及他能够侵占、掠夺他人。

在重占有的性格中包括了以下四种非生产性取向：接受取向、剥削取向、囤积取向和市场取向。而其中剥削取向的人，品行不良表现更为明显，他们通过强力或狡诈从别人那里夺到其需要的东西，他们只会以这种方式与别人发生联系，有强烈的占有欲和控制欲。在他们眼里每个人都是剥削的对象，因此对每个人都根据其可利用性加以判断，因为要剥削，他们对人充满了敌意和操纵欲。在剥削他人、让他人被剥夺的过程中，才能缓解一下他们的焦虑和孤独。

总之，剥削取向的人，生活的目的就是从他人那里占到便宜，使他人受害，使自己获利。而《史记》中的张仪正属于这一类人。张仪不讲信义，反复无定，他游说六国主要是采用诈骗手段。比如，他用阴谋诡计威逼利诱魏国臣事秦国，戏弄欺骗楚国，恐吓韩国，挑拨其攻打楚国，假说"其他国家都已经与秦国联合"来欺骗齐国，杜撰"秦国相约齐国、韩国、魏国的军队准备进攻赵国"来哄骗赵国，挑拨燕国与结盟国赵国的矛盾等。总之，张仪在整个以"横"破"纵"，使各国纷纷由合纵抗秦转变为连横亲秦的过程中，对六国充满了敌意、欺骗和操纵。张仪的这一切作为不同程度地使六国的利益都受到了损害，而只有他自己的主子——秦国从中获益。当然，张仪最终也不是为了秦国，更不是为了天下太平，他只是一味要得到秦惠王的恩宠，只是为了他个人最大利益的获取和占有，从而才顺应秦国的扩张野心，来鱼肉六国的。但无论怎样，张仪的大搞阴谋和大肆欺诈，还是由于他人格上的剥削取向。

而且，剥削取向的人在与人的交往中，必须从他人那里赚到便宜，他们心理上才得以满足，而其他一切都是他们不加考虑的。按弗洛姆的说法，这样的人同时也是缺乏人道主义良知的人。因为这类人属重占有的非生产性的人，在强烈的对某种利益的占有欲的驱使下，他们通常疏离真正的自我，也就通常会疏离人自身的一个本质的需要——人内心中根深蒂固的按道德行事的需求。由此我们可以推知，欺诈成性也是由于张仪心理上的剥削倾向而缺乏道德良知的结果，同时也是心理不健康的行为表现。

第二，张仪人格上的病态导致的一系列典型表现。

张仪在人格上的剥削取向以及行为方式上缺乏道德良知有以下一系列典型表现。

（1）软硬兼施、威逼利诱魏国臣事秦国

惠王十年，秦国先是攻下了魏国的蒲阳，深通权宜之计的张仪劝说秦惠王先把蒲阳归还魏国，并派公子繇到魏国去作人质。接着张仪趁机劝说魏王："秦国对待魏国如此宽厚，魏国不可不以礼相报。"魏国因此就把上郡十五县和少梁献给秦国，用以答谢秦惠王，秦国因此占了更大的便宜，张仪个人更是占了更大的便宜，他因此被秦惠王拜为相，位居百官之首，荣华富贵霎时齐身。此后，为了秦国的利益，他被派去魏国担任国相，游说魏国，目的是让魏国首先臣侍秦国而让其他诸侯国效法它。但开始魏王不听从。于是秦王就先武力攻取了魏国不少城池，在暗地里给张仪很丰厚的利益，张仪在利益的驱使下，更加卖力。当新即位的哀王也不听从时，张仪先是"威逼"，暗中让秦国攻打魏国，再攻打与魏国唇齿相依的韩国，杀死了韩国八万官兵，使韩国受到重创，达到了使魏国以及诸侯们震惊慌恐的效果；在此形势下，张仪又开始了"利诱"，先是分析魏国被其他诸侯国环绕的不利地理位置，与魏国结盟的周边诸侯国都是魏国的隐患。再大肆诽谤对他有大恩的苏秦，称其创立的各诸侯国结成的合纵联盟是"虚伪欺诈、反复无常"的策略，不仅不堪一击，而且更不值得相信。哄骗说如果秦国再攻打韩国，韩国必然臣服，那么再攻打魏国，并不会有诸侯国来帮扶，魏国必然灭亡，到时想要臣侍秦国，恐怕也来不及了。所以权衡左右，当下万全之策是侍奉秦国。于是在张仪的阴谋诱劝下，哀王率先背弃了合纵盟约，西面事秦。不难想象，魏国因此必然会遭到其他各诸侯国的鄙弃，也因此开始了遭受秦国奴役的历程，魏国成了此事件中最大的"被剥削者"。秦国是赢家，而立了头功的张仪回到秦国再次被拜为相，也成了人生最大的赢家。

(2) 戏弄欺骗楚国

搞定了魏国，野心勃勃的秦国开始打楚国的主意。张仪被派去楚国瓦解"齐楚联盟"。这次，张使用的手段直接就是赤裸裸的戏弄。昏聩的楚王很容易还很高兴地就听信了张仪的欺骗——与齐国断交，秦国会出让给楚国六百里地作为馈赠。但事后张仪假装摔伤三个月不见楚国的使者。等到秦国反过来与齐国建立盟交了，张仪才露面，但这次他更厚颜无耻，"我有秦王赐给的六里封地，愿把它献给楚王。"反间计成功，允诺的"六百里封地"直接变成"六里"了，张仪这次直接把楚王当猴一样耍了。于是气急败坏的楚王开始攻打秦国，而此时秦国已经和遭受楚国背叛的齐国联合起来，楚国当然是自讨苦吃，不仅被杀死官兵八万，损失了大片国土，还损失了大将屈匄，最后又被迫割让了两座城池才得以讲和。不久，恨张仪入骨的楚王虽然有机会囚禁了张仪，但昏庸无能的他终抵不过张仪的再度险诈，最后竟然又开始善待他，殊不知这又给了张仪进一步欺诈和玩弄楚国的机会，给了张仪达成自己一方获得更大利益而使楚国及楚王遭受更大剥削的目的的机会。他在游说中一再炫耀秦国强大的武力及雄厚的国力，造成楚王对秦国的极度心理恐惧，并再次大肆诽谤苏秦的为人以及合纵联盟的害处，大肆吹嘘和秦国相亲善的那些虚无缥缈的好处；更不惜使用美人计，把秦王的女儿作为侍候楚王的姬妾等。张仪通过一系列花招，终于使得楚国臣服。从此，背叛合纵联盟的楚国也就离灭亡的结局渐渐不远了。

(3) 阴谋恐吓韩国，并挑拨其攻打楚国

张仪游说韩国，他所采用的手段同样是首先一再炫耀秦国强大的实力，这次他更是凭借三寸不烂之舌口若悬河、滔滔不绝，其说辞堪称一篇旷世美文，当然这篇"美文"也确实吓到了韩王。在魏楚已经西面事秦的天下大形势下，张仪这次的贪心更大，这次他想占更大的便宜，只是诱惑韩国亲善秦国已经远远满足不了他的贪心了。所以，他在极端贬低韩国国力孱弱、不堪秦国一击、只有投靠秦国才能得以被保全的同时，还提出了更过分的要求，因为韩国一直与楚国亲善，而楚国虽表面与秦友善，但其实又是秦国的眼中钉，所以为表达亲善秦国的忠心，韩国还应该帮助秦国削弱楚国，而韩国去攻打楚国才可以博得强秦的青睐。张仪的这一阴谋一箭双雕，不仅使韩国臣服了强秦，还达到了借力打力削弱楚国，而秦国坐收渔翁之利的目的。这也是因为当时楚国的实力比较强大，是秦国唯一有所忌惮的。懦弱的韩王禁不住恐吓和诱惑，苟且偷安的心理又极盛，最终屈辱地答应了这一非分要求。这次的战果当然更卓著，所以张仪个人也就获得了更大的利益，秦惠王封赏了他五个都邑，并赐其封号武信君。张仪此时的荣华富贵达到了空前绝后的地步。

（4）阴谋说服齐国

游说齐国，张仪先是同样采用了击溃韩国心理防线的办法。比如鼓吹秦国的无比强大，夸大齐国的渺小和弱势，贬低和诽谤合纵联盟等。当然这次也添上了新的花招，因为齐国地处偏僻的东海之滨，信息方面较为闭塞，所以他欺骗对方说，其他国家都已经与秦国联合。"如今秦、楚两国嫁女娶妇，结成兄弟盟国。韩国献出宜阳，魏国献出河外，赵国在渑池朝拜秦王，割让河间来侍奉秦国。"事实上当然并非如此。接着，张仪进一步欺诈——齐国如不臣事秦国，秦王就会随意差遣这些盟国攻打齐国。并把这件虚无缥缈的事件吹嘘得有根有叶如同真的一般，连齐国的哪块土地将失去都细数了出来。"假如大王不臣事秦国，秦国就会驱使韩国、魏国进攻齐国的南方，赵国的军队全部出动，渡过清河，直指博关、临菑，即墨就不再为大王所拥有了。国家一旦被进攻，即使是想要臣事秦国，也不可能了，因此希望大王仔细地考虑。"事实上，被哄骗而勉强侍奉秦国的其他国家就真的会对秦国那么言听计从吗？张仪只是痴人说梦罢了。但由于骗子们的美妙说词，齐湣王还真是信了，不久就答应了张仪的建议。齐国也被算计了，张仪的阴谋又一次得逞。

（5）威逼赵国

赵国是苏秦主要侍奉的国家，是合纵联盟的主要发起国，也是合纵联盟曾经的领导者。合纵联盟使得秦国的军民十五年不敢出函谷关，纷争的战国也得以暂时和平了十五年。张仪跟苏秦曾有过君子约定不伤害赵国，但张仪之前到处诽谤苏秦以及其合纵联盟的一系列小人行径，其实也是一直在间接伤害赵国。苏秦死后，张仪当然更肆无忌惮。

阴谋说服齐王后，张仪下一个要欺骗的对象就是赵国。这次他更是先发制人，先警告和指责赵国，说赵国因为首倡合纵联盟而率领天下诸侯来抵制秦国，使得秦国的军民十五年不敢出函谷关。多年来秦国一直诚惶诚恐，事实上你赵国一直在伤害秦国，对此秦国人内心一直心怀愤懑。接着就开始运用一贯伎俩，吹嘘秦国的无比强大——也正因为我们多年的厉兵秣马，现在秦国已经所向披靡、无人可敌；然后诽谤苏秦的合纵联盟，并夸大各诸侯国对秦国的归顺和死心塌地；接着又开始恐吓和威逼——尔今正准备联合已经归附秦国的诸侯国共同商量来攻打赵国，齐秦韩魏四国已经兵分三路准备来进攻和瓜分赵国的土地了，你们如果不归顺秦国，即刻便会兵临城下。经不住张仪一系列的吓唬和哄骗，赵王也主动割让出自己的部分土地乖乖就范了。自此，张仪自然是得到秦惠王更重的恩宠，富贵与荣耀等身。

除以上被张仪逐一欺骗算计过的五个国家外，战国七雄中的燕国当然也难逃厄运。赵国事秦后，张仪最后到了燕国，基于天下大势所趋给燕国造成的压力，他这次主要玩了一招——大肆挑拨离间赵国与燕国的关系，编造赵国会来攻打燕国的谎言。只这一招就让落后荒远的燕国主动献出恒山脚下五座城池臣服了秦国。

张仪就是如此通过他的如簧巧舌，一次次地阴谋算计六国，从六国不同程度地为他一心效忠的主子秦国占得了各种便宜，实现了剥削六国而使秦国逐渐强大的目的，当然张仪个人也一次次成为人生的赢家。纵观张仪的一生，破"纵"连"横"是他最大的政治功绩。而合纵联盟是苏秦创建的，张仪的发迹曾经得益于苏秦的帮助，虽然这种帮助是带有目的的，但背信弃义是张仪的本性，所以他一被秦王任用就开始着意破坏合纵联盟，到处诽谤苏秦以及其合纵联盟，在张仪的内心，为人处世只要个人获益就行，人格上具有剥削倾向的他，哪管被他哄骗得团团转的各国的损失？哪管这一系列阴谋尤其是挑起战争给各诸侯国百姓带来的疾苦？"剥削他人、获得利益"就是张仪的人生着重点，为此，张仪早已经背离了真正的人性，早已经失去了人道主义良知。如司马迁所言，是真正险诈的人。

战国时期，战乱频仍，七雄争霸，逐鹿中原。当时有一批知识分子为求个人功名利禄进身士大夫阶层，从某一国家利益出发，奔走于诸侯国之间，协调纷争的各诸侯国之间的利益关系。张仪的小人行径是那群游走于各诸侯国之间权宜机变的说客们的典型代表。所以，张仪等小人也是特定时代的产物。

(四) 无情无义的刘邦——被权力情结所控制

汉刘邦是秦始皇之后的第一位一统天下的皇帝，开创了大汉四百年江山之基业。他在历史上的不朽功绩主要在于两个方面，一是平定了战乱，一统了天下。秦朝末年，由陈胜、吴广大泽乡农民起义开始，各路英雄豪杰纷纷揭竿而起共同反对秦朝的暴政，致使天下百姓又一次陷入了战火纷纷的乱世，而刘邦凭借他卓越的政治领导才能，历经数年终于平定了天下的战乱，使人民能够安居乐业不再遭受战乱之苦。司马迁借群臣之口评论道："刘邦起微细，拨乱世反之正，平定天下，为汉太祖，功最高。"意思是刘邦起事于平民，平治乱世，拨乱反正使天下归于正道，功劳最高。二是刘邦在治国安邦方面的政治功绩。布衣出身的刘邦一贯以宽仁治国，注意安抚黎民，在征战过程中也时刻不忘记采取一系列安民措施；天下平定后，更是用良臣创制，行礼制，建政体，使国人一心。他采用的儒法并用、德主刑辅、与民休息的治国方略对大汉的长治久安和汉文化的最终成形具有深远影响。对此，《史记》中评论道，夏朝的政治过于忠厚，而殷朝又过于恭敬，周朝代之以礼法，终而复始。至于周朝到秦朝之间，其弊病可以说就在于过分讲究礼仪了。秦朝的政治不但没有改变这种弊病，反而使刑法更加残酷，终致灭亡。而刘邦开创的汉朝，虽然承继了前朝政治的弊端却有所改变，使老百姓不至于倦怠，这是符合循环终始的天道了。总之，刘邦凭借其远见卓识，在政治上为四百年之久的巍巍汉朝奠定了良好的基础。

另外，在个性上，刘邦与刚愎自用的政敌项羽相比，也是具有明显的优越之处。他虚怀若谷，知人善用，具有卓越的管理和领导才能。对此，他自己也总结道："夫运筹策帷帐之中，决胜于千里之外，吾不如子房。镇国家，抚百姓，给馈饷，不绝粮道，吾不如萧何。连百万之军，战必胜，攻必取，吾不如韩信。此三者，皆人杰也，吾能用之，此吾所以取天下也。"

但人性是复杂的，且具有多重性，刘邦同时也有为世人所不齿的另一面，比如他酒色成性，喜欢耍无赖，常常言而无信，大有流氓习气；另外，他圆滑世故，好投机取巧、见机行事；尤为突出的是他在情感心理方面的缺陷，比如对待亲人无情无义，铲除异己心狠手辣等。针对此，魏晋时期的名士阮籍就发出慨叹："时无英雄，使竖子成名。"刘邦的一系列小人行径，其深刻的心理原因究竟何在？下面来分析一下。

第一，刘邦在心理上被权力情结所控制。

情结，是心理学家荣格理论体系中的重要概念。荣格提出，人在适应社会和文明的过程中，使得某些心理内容得不到合适的展现，压抑的内容从意识中分离出来，变成独立的情结，情结是一种无意识的心理纠葛，是被意识压抑在心灵深处日积月累形成的具有本能冲动与情绪倾向的各种意念群。简而言之，情结就是那些被压抑的无意识的部分。情结制造症状、制造梦境，成为精神生活中盲目而自动起作用的部分。它潜藏于无意识的深层，而不能得到意识的干涉和指引。此时，人根本不知道压抑的是什么，或者根本不知道自己有所压抑，人可能成为无意识力量的受害者，即被情结所控制。

何为权力情结？人人都有情结，只是在内容、数量、强度和来源等方面各不相同。情结的种类繁多，此处我们只说权力情结。一个有权力情结的人，一味地崇尚权力，把拥有和获取权力看成是生活的轴心。为了获取权力，会不择手段甚至不惜牺牲亲友去达到目的。在获取权力之后，往往又会滥用手中的权力，以至于给他人或社会造成极大危害。人一旦受困于权力情结，那么头脑和心灵就被"追逐权利、获取权利、占有权利"强烈地占据着，从而无法考虑其他的东西，它使个体沉溺于这种情绪而不能自拔，而他本人对此是意识不到的。

刘邦在心理上是有权力情结的。按照荣格的说法，一个人之所以会形成情结，可能源于童年期的心理创伤、与本性不和谐的道德冲突等。但情结更深层的原因是集体无意识。一个有权力情结的人，不可避免地受到"有权力就有一切"的集体无意识的影响。由各种创伤构成的情结往往会在一些特殊刺激的作用下影响甚至控制意识。刘邦潜意识上权力情结的产生原因也不外乎以上方面。对此，我们先姑且不论，但我们却看到这种情结的确时时控制了他的意识和行为。早在他发迹以前，他就特想自己成为一个贵人——一个有权利的人。比如他身为布衣时，有一次在咸阳见到秦始皇出巡，目睹了秦始皇的威仪，其对权威和权利的崇尚之情不禁溢于言表，于是喟然太息曰："嗟乎，大丈夫当如此也！"当他一贫如洗时，却也只想着干大事情，不屑于从事平常人家生产劳作的事，整日游手好闲，贪恋酒色，为此没少和家人发生冲突。刘邦在行为上也像个拥有大权利的人，瞧不上地方小官吏并经常捉弄他们，喜欢像干大事的人一样慷慨而不拘小节，没多少钱却喜欢施舍，并广泛笼络和结交朋友。刘邦行为上的一副流氓痞子习气虽表面看起来是不良行为，其实是源于他内在的自己也意识不到的"权力情结"。所以，此时即使没有发迹，他也要像一个有权利的人一样去为人行事。而且，不拘小节的刘邦还很在意别人说他的面相高贵，迎娶吕雉即是因为准岳父看他的面相高贵，并认为日后可能会发达，刘邦对此很是沾沾自喜。另外，当有一天一位精通相面术的老者见到吕雉母子，认为他们母子三人面相很高贵时，平时个性嘻嘻哈哈的刘邦听说后就巴巴地去追上了老者，亲自问他面相的事，当老者言说刘邦的面相简直贵不可言时，刘邦大喜，并发誓日后一定报答老者。在著名的"斩蛇起事"典故中，当兵士们告诉刘邦他斩杀了当道的白蛇后，真有一老妇拦道哭诉说，自己的儿子是被赤帝之子所杀，而后老妇又突然消失。对此，刘邦立马解读为自己可能就是真命天子下凡，日后必将掌控天下，于是更得意了。还有别人（包括妻子吕雉等）总能看到有一团云气罩在刘邦所处位置的头顶天空，所以他即使处在深山湖泽之间，别人也总能找到他。刘邦认定这是象征天子的运气，更加暗暗自喜。以上小举几件刘邦早期的小事，从中我们不难看出，在早期，刘邦心中就是相当崇尚权力的，他的所作所为和所喜所忧，无一不与"日后自己能否成为一个有权力的贵人"相关联。这一情结虽然时时支配了他的所言所行所思所想，但是刘邦自己并没有意识到，而这正是以上所述情结的本质特点。我们认为，刘邦后来的一系列小人行径都是受制于权力情结的结果。

第二，刘邦在心理上受困于权力情结的几个典型表现。

如上所述，刘邦心理上无疑是受困于权力情结的。而荣格认为，情结是自主的，带有强烈的情绪和情感色彩，具有自己的内驱力。而且它是潜意识的，对人的思想和行为有很大的影响，并足以影响意识活动，还会强烈地影响并控制当事人的行为，所以权力情结必然会全方位、无意识地影响刘邦的待人和处世。且来看刘邦一生被权力情结所控制的几个典型表现：

（1）对待功臣，不讲道义、阴险毒辣

刘邦夺取天下后，对立下汗马功劳的有功之臣们，大肆玩弄"兔死狗烹"之伎俩，开创了历史上"敌国破，谋臣亡"模式的杀戮功臣的先河。

淮阴侯韩信可真是汉王朝创建期间一等一的大功臣。楚汉相争时，正当刘邦和项羽相持不下的当口，韩信的作用是举足轻重的，天下胜负的关键在于韩信，可以说，当时刘、项二王的命运都悬挂在韩信的手里，协助汉王，汉王就胜利；协助楚王，楚王就胜利。有人劝他反汉与楚联和，也有人劝韩信不如守住大本营齐国，自立为王，谁也不去帮扶，从而形成楚、汉、齐三足鼎立的局面。但讲义气的韩信顾及刘邦对自己的知遇之恩，顾及以往刘邦对自己的那些好，终不忍心背叛汉王，又自认为功勋卓著，汉王终究不会夺去自己的齐国，于是谢绝了轮番的规劝，死心塌地来帮扶刘邦，使得汉王最终打败了劲敌项羽，一举夺取了天下。可以说，韩信对刘邦不仅是有功的，还是有恩的。但韩信与刘邦合力打败项羽后不久，刘邦用突然袭击的办法夺取了齐王的军权，改封齐王韩信为楚王，称帝后第二年又毫无根据地给韩信安上了谋反的罪名，夺去了他的兵权，并最终除掉了韩信，还夷灭了韩信三族。刘邦之所以对有大功的韩信如此阴险狠毒，正是因为韩信的功劳天下无二，而且计谋出众，世上少有。其功绩和声威，足以让刘邦感到了威胁和震动，这当然也威慑到了刘邦已获取的天下（权力），而权力正是刘邦生活的轴心，受权力情结控制的人，一旦有谁威胁到他的权力，唯有除之而后快，哪里还管什么恩情和大义！

除韩信外，被刘邦不讲道义随意诛杀的功臣还有许多。刘邦称帝后曾不得不将功绩最高的一群将领封为诸侯王，但"把权利看得高于一切"的他却对异姓诸侯王心存疑虑，害怕其谋反，危及自己的社稷江山。于是，不久便开始着手剪除异姓诸侯王和功臣势力。韩信之后，梁王彭越、淮南王英布、阳夏侯陈豨、燕王臧荼、韩王信、燕王卢绾等皆一一被其贬杀。罪名都是谋反，但谋反罪名大多不是编造的，就是阴谋逼迫的。梁王彭越是最冤屈的一位。刘邦招彭越领兵前往镇压陈豨谋反，彭越派将领率兵前去，而自己称病没去。刘邦大怒，派人去骂彭越，彭越害怕，本想领兵去帮忙，手下劝其谋反，他果断拒绝，后却被人诬告谋反，刘邦派使者把毫无戒心的彭越捆了软禁于洛阳，发配蜀地。途中遇到吕雉，被带回，后于邯郸被杀。更有甚者，刘邦还把彭越剁成肉酱发给诸侯们品尝，以警示其他诸侯王。而有些谋反行为纯属被逼无奈，如淮南王英布，刘邦诛杀了韩信后，英布内心深感恐惧。不久，刘邦又诛杀了梁王彭越。看到韩信三族灭亡才三月就灭彭越三族，并把彭越剁成了肉酱，又亲眼看到了彭越的肉酱，英布更害怕，于是便暗中使人部署，集结军队，以防不测。于是刘邦更怀疑他，最后倒是逼他真的谋反了，当然英布最后也被诛杀。阳夏侯陈豨率领军队守卫边疆，由于一心倾慕魏公子信陵君，而广泛招集宾客，礼贤下士，名声远播。奸邪小人开始乘机向汉王进谗言，陈豨由于害怕灾祸临头，最终也铤而走险,实乃是被逼谋反。对此种种,连和刘邦从小一起长大、共同征战沙场多年、形影不离的卢绾也对自己宠信的臣子说:"不是刘姓而被封为王的,只有我卢绾和长沙王吴芮了。去年春天,汉朝把淮阴侯韩信满门抄斩,夏天,又杀掉了彭越……总想找个借口杀掉异姓诸侯王和功高的大臣。"后来卢绾也因为形势所迫投靠了匈奴并客死他乡。

刘邦不仅对手握兵权的武将如此,对待手无寸铁的文臣谋士,也是不放心的。比如对追随刘邦一生、劳苦功高的萧何即是如此。除韩信、张良外,萧何可谓第三大功臣。刘邦不停在外征战沙场,其大后方多亏了萧何。连刘邦自己也说,镇守国家,安抚百姓,供给粮饷,保证运粮道路不被阻断,我比不上萧何;在制定法令、规章,建立宗庙、社稷、宫室、县邑等方面,也都是萧何的功劳。但刘邦对他却是时时存有疑心的。所以把委权于萧何与猜忌牵制萧何并用。萧何也深知刘邦的这一心理,他主动派遣自己的子孙兄弟中能打仗的人都到军营中效力,以求获得刘邦的信任。当韩信在京城谋反被杀时,刘邦对萧何更加怀疑,恐惑的萧何为表明自己的忠心,不仅辞让封赏不受,还把家产、资财捐助给军队。到黥布谋反时,刘邦又猜忌起萧何来,多次派人来询问萧相国在做什么,其原因是从进入关中起萧何就深得民心,十多年来民众都亲附他,而且萧何一贯勤勉地做事,与百姓关系和谐,受到爱戴。知晓刘邦的这一心理后,萧何赶紧采用多买田地,采取低价、赊借等手段来败坏自己的声誉。这样,刘邦的心才安定了些。但即便是这样,萧何晚年还是难逃牢狱之灾,虽有惊无险,但是萧何从此更加诚惶诚恐,更加谨慎恭谨。真应了那句"伴君如伴虎"的俗言。"权力情结"使得刘邦成了一个典型的"猜忌心极重、谁也不再相信"的心理病态者。

总之,受权力情结的控制,刘邦在称帝后,由打江山时宽厚容人的面孔换成了另一副阴险毒辣的嘴脸。当然,开创基业时的"宽厚容人"也是为了笼络将士们的人心来帮助他攫取天下权力,也还是权力情结在作怪。从称帝到他驾崩前短短的六七年间,他逐步使用阴谋逼反杀害了几乎所有异姓王(只剩下对他政权威胁不大的长沙王吴芮),全部分封自己的子弟为王。而正是这一"权力情结"才使得刘邦对待出生入死的功臣们如此阴险狠毒、灭绝人性,以至于其行径至今仍为世人所诟病。

（2）刘邦被权力情结所控制的其他表现

对待亲人，丝毫不讲感情，即是一例。楚汉战争期间，刘邦兵败彭城，仓皇逃命时，路遇自己的两个孩子——以后的孝惠帝和鲁元公主，但由于后面楚骑追得危急，刘邦嫌车走得太慢，就狠心把孝惠帝和鲁元公主推下车，想赶快自己逃命，部将夏侯婴把孩子拉上车，刘邦又几次把孩子推下车，最终幸亏夏侯婴的再三坚持："虽急不可以驱，奈何弃之？"两个孩子才得以逃命。但这次兵败，却使得自己的老父亲太公和妻子吕雉落入政敌项羽之手。后来项羽为逼刘邦就范，在两军阵前，当着汉王的面把汉王父亲太公搁置在一张高腿案板上面，扬言要把太公煮死，刘邦却毫不为之所动，嬉皮笑脸地说他与项羽乃是结拜兄弟，我的老子也就是你的老子，如果你一定要煮，就希望你能分给我一杯肉汤。在这件事上，项羽还真是大大错估了刘邦。实质上，刘邦对于父亲太公的死活根本毫不在意。对刘邦的这一行径，还是项伯一针见血地看出了端倪："且为天下者不顾家"，一心想谋取天下的人是不会顾及家人性命的。刘邦对待亲人的无情无义，正是他心中的权力情结在作祟，不管是谁，只要妨碍了他获取权力，都是可以舍弃和牺牲的，哪怕是自己的父亲，甚至是自己的亲生儿女。但由于这种控制是在个人无意识层面发生的，因而人自己并不能意识到。刘邦在权力情结的驱使下，无意识地如此无情地对待自己的亲人，至于为什么他自己根本也意识不到。

"楚汉之争"也是一例。对待劲敌项羽，刘邦从不讲诚信，并大肆耍弄无赖手段。在和项羽的对峙中，刘邦从不讲约定，总是圆滑机警、见机行事，总之一切以"获取权力"为最终目的，不讲任何脸面和情义。在和项羽分两路奔赴关中攻打暴秦的路上，刘邦机滑奸巧，一路上总是尽量避开秦军主力，以先入咸阳为最终目的，因为义帝怀王与各路诸侯有约在先："先入咸阳者称王。"抢先进入咸阳后，刘邦当然是想称王的，所以才自不量力（其时实力还太弱，破秦的功劳还太小）地紧紧把守函谷关，不放各路诸侯进来。但这当然阻挡不了当时具有强大实力的项羽，等刘邦知觉到自己有顷刻间即被灭掉的危机时，赶紧换了另一副嘴脸。于是鸿门宴上，刘邦假意曲弓卑膝，对项羽暂时服服帖帖，性命才得以暂时保全。但刘邦内心称霸天下的权利欲当然没有消失。所以等到项羽凭借在灭秦中立下赫赫战功的老资格把天下分封给各路有功的诸侯，并分封刘邦只为其中的一个诸侯王——汉王时，刘邦对这种春秋、战国时代模式的诸侯分制天下的政治局面是相当心有不甘的。所以，后来一见有机可乘，便起兵攻打劲敌项羽，争霸天下的野心终于彰显无疑。随后便是四年的楚汉战争。在这场战争中对刘邦的各种表现，盱眙人武涉总结得最为深刻，"其意非尽吞天下者不休，其不知餍足如是甚也！且汉王不可必，身居项王掌握中数矣，项王怜而活之，然得脱，辄倍约，复击项王，其不可亲信如此……"意指刘邦是不讲诚信的，出尔反尔，背弃盟约是他的惯用伎俩。武涉说这话时当然还不包括后来刘邦对楚汉之间"划鸿沟而治"的最后和最大盟约的背叛。这个盟约内容是："（项羽）乃与汉王约，中分天下，割鸿沟而西者为汉，鸿沟而东者为楚。项王归汉王父母妻子，军中皆呼万岁，乃归而别去。"当然正如武涉所评判的那样，刘邦转眼间就背弃了盟约，直到把项羽围困在垓下一举赶尽杀绝才罢休。

"白马盟誓"更是一例。阴谋剪除各路诸侯王后，又全部分封刘氏子侄为同姓王。据《史记》记载："刘邦十二年四月甲辰，崩长乐宫，太子袭号为帝。是时刘邦八子：长男肥，孝惠兄也，异母，肥为齐王；余皆孝惠弟，戚姬子如意为赵王，薄夫人子恒为代王，诸姬子子恢为梁王，子友为淮阳王，子长为淮南王，子建为燕王。刘邦弟交为楚王，兄子濞为吴王。"至此，整个天下已经完全成了刘氏的天下。但即便是这样，刘邦也还是对"刘氏家族能否永久拥有皇权"不是很放心，所以，临终前还不忘召众臣杀白马盟誓曰："非刘氏而王者，天下共击之，若无功上所不置而侯者，天下共诛之。"这就是历史上有名的"白马之盟"。可见，刘邦的愿望是自己死后也不能皇权旁落他家。并对自己身后"中央政权的巩固与否"极为担心，所以才要杀牲取血，让众臣蘸血盟誓以示恪守盟约，确保自己死后只有刘姓者可为王。刘邦追逐权力的欲望之高可谓登峰造极了！

总之，以上所列刘邦的一切小人作为，都是因为他对至高权力的追逐野心所致。毋庸置疑，汉朝开国元君刘邦才能卓著、功勋卓越，但就是因为权力情结无意识地对其行为的控制，给其光辉的政治生涯和华彩纷呈的人生历程投下了些许阴影。当然，也可能正因为此，刘邦才是一位我们至今隔着遥远的时空在思想上仍可以去触摸的历史人物，因为他看起来更像是一个活生生的有血有肉的"人"，而不是一位遥不可及的"神"。

（五）张汤、杜周等酷吏——受权威主义良知支配的小人

前面我们就说过，司马迁在《酷吏列传》中写了一群惯用严刑峻法的汉朝官吏，其中主要记叙的是汉武帝时期有代表性的酷吏。比如张汤、杜周、王温舒等。司马迁凭其"不虚美，不隐恶"的史家实录精神和高超的文学功力，使这群虽性格迥异、为官处世之道也各不相同，但却不约而同地凶狠、残暴、冷酷的酷吏们活生生地跃然纸上，给后世人留下了深刻印象。在行文中，司马迁还凭其生花妙笔，巧妙地通过对酷吏们的鞭挞来影射对汉武帝执政之道的隐隐不满之情。而这，对于司马迁的心理治疗意义，前面已经论述过。这是毋庸置疑的。

本篇要讨论的焦点是，为什么当时众多酷吏都不约而同地在为政之道上严酷苛暴？为什么都不约而同地热爱残酷杀戮，甚至不约而同地不惜屡屡伤害无辜？司马迁是深刻的，他敏锐地意识到，这与当权者的意愿和喜好有关，他在文中虽隐蔽但却很明确地表达了这一看法。实行"苛政虐民"，正是汉武帝为了打击豪强，抑制商贾，惩治贵戚奸吏，以加强中央集权、应付其挥霍和对外战争的需要。基于这一需要，惯用严刑峻法的"酷吏"们，也就成为汉武帝最急需的人才了。可以说，正是当权者纵容和豢养了酷吏们的凶狠、无情和残酷。而这群"酷吏小人"之所以最终能被统治者豢养得如此"冷酷嗜血"，我们认为，这还与酷吏们在心理上存在"权威主义良知"这一病态心理有关。以下就以其中两个典型的酷吏——张汤和杜周为代表，来分析一下这群"受权威主义良知支配"的小人们的内在心理机制。

第一，张汤和杜周等在心理上受权威主义良知支配。

权威主义良知是弗洛姆理论体系下的一种不健康的心理状态。前面已经提到过，弗洛姆认为，人格不健康的人不仅持有重占有的生存方式，而且也具有非生产性取向性格。他还指出，非生产性取向的混合最常见的是接受取向与剥削取向（受虐狂与施虐狂）的混合，集这两种倾向于一身的人在权力大的人面前就情不自禁地谄媚，唯命是从，一门心思顺着权威的意愿和想法去行事，而在权力小的人面前就不由自主地逞强，这种欺软怕硬的性格叫权威主义人格或独裁人格。这种以外在权威（比如父母、领导、国家或任何文化中权威了的内

在化了的声音)为准则来行事的人又被称作受权威主义良知支配的人。这种人觉得权威和规则高于一切,他们只知道一味顺从权威和规则,在他们眼里,执行规则(尤其是权威者的规则)就是善的,违反规则就是恶的。

事实上,权威主义良知是与人道主义良知相对而言的。心理健康的、重存在的、生产性取向性格的人也是具有人道主义良知的人,他们以符合良知的方式行事,这是生产性取向性格的人自我定向和自律的表现,这必然会促进社会进步和人的健康成长。而受权威主义良知支配的人,在做事时却不是因为良知,而是因为害怕违反权威的规范后受罚而去行事,这样的人会压抑自身的善良与追求美好的天然倾向,此时,人的内心必然会产生有罪感,这种有罪感势必会带来焦虑,从而阻碍人自身的心理健康和充分成长。这是权威主义良知者在个性上具有受虐狂(接受取向)的一面。而且,因为他们一味地顺从权威的规范、违背人的良心去行事,所以势必还会给社会和他人带来或大或小的危害。比如,这样的人一旦拥有了权力,就会给他人带来创伤甚至灾难,而且,他们的权力越大,给他人和社会带来的危害就会越大。这又是权威主义良知者在个性上具有的施虐狂(剥削取向)的一面。

像张汤和杜周之流的酷吏们即是如此。他们处处以权威者的意愿和喜好为行事准则,所以僵化地执行权威者的规则。比如张汤不仅善于巧立法令名目,而且还会迎合汉武帝的心意去处置"犯人";酷吏杜周,治理政事仿效张汤,而善于窥测皇上的意图,上奏的事情务求合乎皇上的心意。这类人在心理上通过屈从于他人或某种强大的外在势力(上帝、权威、组织、国家等),并成为这个势力的一部分来逃避孤立无助的处境,同时也可以得到(接受)所需要的东西。这是典型的受虐狂的心理特征。但他们同时具有施虐狂的一面,即通过使他人屈服和痛苦来显示自我的强大,同时也从被统治的他人那里获取(剥削)所需的东西。由于完全无视内心良知,始终把规则看得高于一切,而且无论何时都不肯变通规则,所以行为上表现为相当狠毒和冷酷,轻易就会给他人造成伤害。事实确实如此,据《史记》描述,在张汤的主持下,往往一个案件会使无数人家受到牵连,以致杀人如麻,视人命如草芥;杜周虽外表假装宽松,但内心深刻切骨。当杜周官至廷尉时,和中都官一起奉诏办案所逮捕的人多达六七万,属官所捕又要增加十多万。他们是整个汉武帝时期冤狱横生、社会不宁的始作俑者。

毋庸置疑，张汤、杜周是受权威主义良知支配的小人。

第二，张汤和杜周在病态良知支配下典型的行为表现。

如上分析，权威主义良知者在人格上既有施虐狂的一面，又有受虐狂的一面，以下即从这两方面来分析张汤和杜周典型的行为表现。

(1) 张汤施虐心理和受虐心理两方面的表现

受虐心理方面，张汤在心理上存在受虐狂的倾向是很明显的。为了利益，张汤总是主动选择放弃自我的独立见解和植根于人内心的道德良知，一味盲目屈从于当权者的意愿，以达到被当权者认可和喜欢，从而获得个人最大利益的目的。所以张汤历任各级官职时，审判案件总是唯皇上马首是瞻。比如，处理案件时，一味按皇上心愿行事，如果经过揣度认定是皇上想要加罪的，他就把案子交给执法严酷的监史去办理；如果是皇上想宽恕的人，他就交给执法轻而公平的监史去办理。一旦遇到案件中牵扯到豪强，他便想要玩弄法律条文，对他们巧妙地进行诬陷，这是因为他知道豪强正是汉武帝要铲除的。每次断案时遇到疑难，他总是请示皇上，最后务必听从皇上的判案标准，事后也总不忘记把这一标准写进法律条文加以颁布。当然张汤也有没揣摩准皇上的意思而被皇上谴责的时候，此时张汤就赶紧认错谢罪，并顺着皇上的心意，重申皇上的想法，并直骂自己愚蠢。另外，我们知道，汉武帝执政期间，一直很推崇儒家学说，这才有了他后来的"罢黜百家，独尊儒术"。于是张汤每每判案就会附会上儒家的观点，并专门搜罗儒家的博学之士来帮助他制定和修订法律条款，以求博得汉武帝的欢心。

张汤的甘愿"依附和受虐"，确实也使他达到了个人目的：在仕途上他一路顺风顺水，由文书小吏做起，不久升到内史，升到御史，后来又官至太中大夫、廷尉，最后被皇上钦点为御史大夫，其荣耀程度位列三公。于是，张汤更加受到尊宠和信任，每次上朝奏事，谈论国家的财用情况，都与皇上一直谈到傍晚，天子甚至也忘记了吃饭时间。张汤曾经生病，天子亲自前去看望他，可见，他的高贵已达到如何地步！

在施虐心理方面，无疑，受权威主义良知支配的张汤是严苛酷烈的，严苛酷烈正是这类人在心理本质上施虐的一面，即与讨好谄媚权威相反相成的另一面——在权力小的人面前就不由自主地想控制对方，一定要让对方屈服，一定要让对方显得无助、卑微和弱小，达到对其进行物质和精神方面的剥夺的目的，从而来无意识地显示自己的强大，获得满足感。张汤执法方面相当严厉，他顺从汉武帝的心意，在"打击豪强，抑制商贾，惩治贵戚奸吏"方面绝不手软，他心狠手辣，好搞株连，动辄彻查到底，夷灭犯人家族。所以，连与其同属酷吏的赵禹也说："君所治夷灭者几何人矣。"查办陈皇后巫蛊案件时，张汤就不惜深入追究其同党，牵出并惩治了许多人，于是汉武帝很高兴，逐步给他加官晋爵。后为迎合汉武帝"约束在职的官吏"的心愿，与赵禹一起制定各种法律条文，尤其苛刻严峻。比如其中的"见知法"，是让官吏互相监视，相互检举。害得当朝官吏们战战兢兢，人人自危。但赵禹比起张汤却稍有良知，他虽与张汤一起共事，却仍能依照法律坚持正道，不像张汤一味迎合观察君王的喜怒哀乐而投其所好。张汤处理淮南王、衡山王、江都王谋反的案件时，也是一路穷追到底，并用严酷的刑法，放肆地诋毁诸侯，离间人家的骨肉亲情，使各封国的臣子都深感不安。为达到执法严酷，张汤任用的手下也大都是那些执法酷烈刻毒的官吏，也都从内心信奉儒学，只因为汉武帝迷恋儒学。而且，张汤为人还相当奸诈，善于运用心机来控制别人。担任小官时，他就善于通过耍心眼剥削别人为自己谋取私利。他纵容自己的亲信鲁谒居来无端诋毁和诽谤同他有嫌隙的河东人御史中丞李文，最终张汤得以杀了李文，解了心头之患。丞相手下的三个长史曾经都比张汤的官职大，但一朝被贬当然荣光不再，比起张汤是弱小了。前面说过，权威主义良知者是欺软怕硬的性格，此时张汤当然瞧不起他们了，于是就常常欺负压制他们。比如见面时会让他们对自己行屈体跪拜之礼。张汤施虐的嘴脸又一次展露了出来，这当然被三个长史所记恨。所以当张汤又想陷害丞相时，三个长史联手惩治了张汤。

"多行不义必自毙"，张汤最后落得个被逼自杀的结局。

（2）杜周施虐心理和受虐心理两方面的表现

杜周受权威主义良知支配的嘴脸也是彰显无遗。

先说他受虐心理的一面。杜周的至理名言是这样说的："三尺法律是怎样产生的？从前的国君认为对的就写成法律，后来的国君认为对的就记载为法令。适合当时的情况就是正确的，何必要遵循古代法律呢？"这是当门客责备杜周，认为杜周不公平断案，而专一喜好"不遵循五尺法律，却以皇上的意旨来断案"

时，杜周自己的辩护词。是的，在见风使舵的小人杜周心里，哪还有什么正义和良知，他只知道一味顺从汉武帝的权威，权威和规则高于一切，执行汉武帝的规则就是善的，违反权威就是恶的。所以杜周才顺应汉武帝的意愿，不分青红皂白地判了无辜的司马迁为之耻辱一生的腐刑。杜周是张汤的亲信和崇拜者，在为政之道上努力效法张汤。他深谙张汤的升迁之道，知道只要上奏的事情合乎皇上的心意，就会被任用和提拔，所以一旦窥测到某案件的疑犯是皇上想要排挤的，就趁机加以陷害；而如果是皇上想要宽大处理的，就先长期关押着待来日再审，并暗中玩弄计谋显露这个人的冤情。杜周在心理上甘愿屈从于强大的权威汉武帝，当然也能够得以名利双收（接受取向满足），几番仕途沉浮、曲曲折折后，杜周最后也荣升御史大夫，位列三公。不仅如此，据《史记》记载，他的子孙也都当了高官，家中钱财积累数目以万计。

　　再说他施虐心理的一面。酷吏义纵在执法上是比张汤更严酷凶狠的人，而杜周曾经就是义纵的得力助手，当然也是义纵肆意杀伐的帮凶。杜周就是靠着他的严酷而逐步发迹的。他审理边境士卒逃亡的案件时，动辄就判死刑，所以杀死的人很多。在他任廷尉期间，二千石一级的官员接二连三地被拘捕，人数多达百人；一年中在郡国官员和上级官府送交的上千个案件中，大的案件要逮捕有关证人数百人，小的案件也要逮捕数十人，然后不分青红皂白，也不问任何真相，要求这些犯人必须按奏章上说的那样来招供，否则就严刑拷打，直至逼供成功。杜周任职期间，每年上上下下逮捕的人多达十六七万，而大多数还都是被诬陷的。真是触目惊心呀！但正是因为他的严苛酷烈，所以在逮捕查办桑弘羊和卫皇后兄弟的儿子（他们正是汉武帝想打击的对象）时，天子认为他尽职而无私，大大嘉奖了他，升任为御史大夫。

　　由以上分析可看出，张汤、杜周之流都是缺乏人道主义良知的人，他们以不符合人内心良知的方式行事，这必然会阻碍社会进步和人的健康成长。因为，一贯地违背道德良知，人的内心必然会产生有罪感，有罪感虽在无意中产生，但如果它强烈到使人无法保持平静的话，那么，就会引起更深、更强烈的焦虑，甚至引起生理或精神上的疾病。由此可以推知，张汤、杜周之流的酷吏，虽然都是一群表面上看似事业有成、风光无限的人，但无论他们在仕途上曾经多么得心应手、呼风唤雨过，通过我们的分析，他们在心理底层其实都是一群心理病态的人。

　　总之，张汤和杜周具有典型的权威主义良知，他们在心理上是施虐狂和受虐狂的混合，其良知的缺失和残暴酷烈正是心理不健康的表现。

　　至此，对《史记》中小人形象的心理病理分析，就先告一段落。但《史记》中的小人当然远不止于此，行迹恶劣尤为突出的还有许多，比如为一己私欲而祸害楚国的春秋时期的费无忌，嫉贤妒能、因妒生恨陷害孙膑的庞涓，野心勃勃而杀死楚国春申君的李园，贪婪受贿、见利忘义的吴国太宰伯嚭，文帝时期极尽谄媚和奉承的佞幸邓通，汉武帝时期制造"巫蛊之祸"的江充……在此，就不再一一道来。

　　借写作此文的机会，我们又详细研读了《史记》。重读《史记》，越发深切地感受到《史记》的伟大，《史记》的大气磅礴以及《史记》的博大精深，后来鲜有书能企及。司马迁以其卓越的史学和文学天才，以其"不虚美，不隐恶"的史家良知和史德，以其远远地超越所处时代的远见卓识，对漫漫历史的大走向、对国家社稷的存亡及安危、对政治家们的治国安邦之道等的独到见解和精深的分析至今仍让我们振聋发聩。另外，《史记》中对穿行在漫漫历史长河中英雄人物的优秀人格、历史作用及其命运遭际的刻画和深度分析，至今都还让我们为之动容，为之肃然起敬，为之慨叹不已。还有那些与英雄人物相对照的历史小人，也总是你方唱罢我登场，川流不息地游走在历史的缝隙中，这些在宦海中沉浮的小人们也从不停歇！他们的品性和修为至今仍警示着后世人许多，许多……

　　《史记》的光辉，显耀至今！

第二章 《三国演义》中的小人形象
——乱世中的道德失落者

一、 小人的鞭挞与乱世中民族文化心理走向的规范

> 一壶浊酒喜相逢,
> 古今多少事,
> 都付笑谈中。

的确,茶余酒后流传在百姓口头的千古三国故事,其中蕴含了古今多少兴衰之事和兴亡之道!根据这些民间不断流传的三国故事和有关历史资料,由元末明初伟大的文学家、思想家罗贯中整理和创作的《三国演义》,更是寄寓了许多"义理"。如明代学者蒋大器在《三国志通俗演义序》中所评价,"文不甚深,言不甚俗,事纪其实,亦庶几乎史",但"一开卷,千百载之事,豁然于心胸矣"。的确,气势磅礴而恢宏的古典名著《三国演义》之所以流传至今,经久不衰,且令后世人赞颂不已,与该书本身通俗易懂的形式和复杂、深刻、丰富的文化蕴含是分不开的。

在本篇,我们试图从心理学的视角来探究著述中潜隐的部分文化心理内涵——其中的小人形象的塑造对于元末明初民族文化心理走向的规范作用和意义。

该书所创作的年代(元末明初)与书中所展现的三国时代,都是群雄并起且混战不已的乱世,而且同样地,政治统治及其他因素对道德的约束力量暂时都变得式微,所以,在"适者才能生存"的严酷的社会生存竞争中,在"胜者为王败者为寇"的纷纷扰扰的社会表象下,整个社会也都暂时失去了统一的是非标准,于是众多"乱世中的道德失落者"——小人们也便蜂拥而起。

《三国演义》的创作即完成于这一特殊的历史背景下,其文化心理意义的分析详见下文。

(一)元末明初集体的心理失衡主要表现为暗影失控

我们认为,元末明初集体的心理失衡主要表现为暗影失控,其原因及具体表现有以下几方面。

1. 社会核心价值观失落·良知系统缺失

第一,儒家思想的统治地位下降,儒学的地位下降,传统核心价值观遭受冲击。

整个元代,占统治地位的文化体系已不再是汉文化传统中长期以来的儒家思想,不同于其他征服王朝为了提升本身文化而积极吸收中华文化,它同时采用西亚文化与中华文化,并且提倡蒙古至上主义。蒙古族一直过着草原游牧的生活,其价值观与中原汉地完全不同,曾经横扫东西方几无敌手的独特经历更是让他们自豪无比,他们没有一般文化后进民族所常有的谦卑。在思想和文化上,他们从内心看不起汉民族文化,更看不起奉行这一文化的文臣儒士。所以,元朝统治者一直没有意识到中原正统文化——儒家文化的重要性。再加上蒙古的游牧民族文化,与中原先进文化暂时也难以相融,特别是蒙古贵族历来崇尚佛教,出于政治统治的需要,蒙古统治者首先选择了藏传佛教。从总体上来看,元代大多数皇帝都崇奉佛教,对儒家的思想不感兴趣。尊奉吐蕃僧侣为帝师,对其狂热崇拜,历任皇帝也亲自从之受戒,使佛教空前膨胀。相形之下,儒学在蒙古统治者心目中的地位要逊色得多。由于社会文化背景的差异,他们对儒家学说的概念、体系感到难以理解。直到元亡前夕,北元昭宗仍然"酷好佛法",自称"李好文先生教我儒书多年,尚不省其义,今听佛法一夜,即能晓焉"。清人赵翼曾就此作初步研究,指出元朝"不惟帝王不习汉文,即大臣中习汉文者亦少也"。与佛教相比,元代儒家的地位很低,甚至连道教的地位都不如,所以,元代儒者地位低下、儒家思想的社会影响较小是不争的事实。由此导致元朝的政治体制也呈现出鲜明的二元色彩,元朝统治者"既行汉法,又存国俗",就整个朝廷而言,儒家思想已不再被明确树立为治国主导方针,当然已失去了以往的"独尊"地位。

元代统治者的"不尊儒学"这一事实,不仅意味着宋朝的传统社会文化秩序已经崩溃,也意味着宋以来的社会文明体系遭到破坏,还意味着自汉以来的中华文化传统中的社会核心价值观——以儒家的"忠孝仁义礼智信"等为文化核心的社会价值体系必然遭到破坏。

第二，元代多样的文化现象和各种价值观并存的事实，使得社会核心价值观处于迷茫和混乱状态。

在整个元代，其文化体系呈现多元化，价值观也呈现多样化。元代由于疆域辽阔，是历史上少有的横跨亚欧大陆的超级大国，其疆域内民族众多、文化多元。元代统治者为缓和民族矛盾，所以在民族文化上采用相对宽松的多元化政策，不仅尊重中国各个民族的文化，并鼓励中国国内各个民族进行文化交流和融合。甚至还包容和接纳欧洲文化，比如能准许欧洲人在元朝做官、通婚等。另外由于元朝与各藩国（蒙古术赤汗国、蒙古察合台汗国、蒙古伊利汗国）幅员辽阔，其疆土内的种族所信奉的宗教种类也十分繁多，为协调种族矛盾，元朝对境内各种宗教基本采取自由放任的态度，甚且优容礼遇之，这些都使得元朝的宗教也呈现多元化。可以说，整个元朝，在思想上也是兼收并用的，他们对各种思想几乎都加以承认与提倡，正所谓"三教九流，莫不崇奉"。

文化体系的多元化和价值观的多样化，使得延续几千年来的儒家的"仁义礼智信"等传统的价值体系和良知系统，受到包括外来的西亚文化甚至欧洲文化以及种类繁多的各宗教教义等的冲击，整个社会一下子无所适从，而新的符合时代的良向的价值体系和道德观一时也不能尽快确立起来。所以，核心价值观中的道德良知系统，包括是非标准、善恶标准、美丑标准、以什么为荣、以什么为耻等理念都处在迷茫和混乱当中。总之，稳定的、统一的良知系统势必是缺乏的。

所以，多样的文化现象和各种价值观并存的这一事实，也使得中华文化中以往的社会核心价值观——儒家的"忠孝仁义礼智信"等传统价值体系受到冲击，破坏了其已有的一贯性和稳定性。

第三，元朝政治统治的黑暗、经济体制的弊端以及社会的动荡，也使得传统的核心价值观的坚守变得异常艰难。

元朝统治者为维护蒙古贵族的专制统治权，采用"民分四等"的政策，即把中国人分为四等：第一等为蒙古人；第二等为色目人，主要指西域人，是最早被蒙古征服的；第三等是汉人，主要指淮河以北原金国境内的汉、契丹、女真等族；第四等为南人，主要指最后才被蒙古征服的原南宋境内各族等。可以看出，元朝时，中华民族皆属于三等和四等子民，处于等级下层。广大汉族人民更是属于被奴役的劣等民众。这表现为一系列不平等的规定强加在汉人身上，比如禁止汉人打猎、学习拳击武术、持有兵器（例如数家才可共用一把菜刀）、集会拜神、赶集赶场做买卖、夜间走路。再比如蒙古人可以随意侵占农田，他们经常突然间把汉人从肥沃的农田上逐走，汉人会忽然间失去祖宗传留下来的农田，也忽然从自由农民沦为农奴，而且还没有地方可以申诉。另外，由于元朝政府不间断地大肆对外扩张，蒙古统治阶级内部也在为争权夺利而互相征战，加以宫廷廪禄、宗藩岁赐都需要巨额经费来支持，蒙古统治者变本加厉地向汉人收取各种名目繁杂的赋税，尤其是沿海和江南地区的徭役征发更是加重。

严苛的政治统治，森严、不公平的等级制度，严重的民族压迫，统治者的穷奢极欲和横征暴敛；连年的战争，长期的社会动乱，使人民生活在水深火热之中，挣扎在生存的死亡线上。从而，更多的人容易成为道德抉择中的"小人"。原因如前文分析的那样，当社会政治过于腐败以及政治统治过分严苛时，民众的基本需要会被严重剥夺，而基本需要严重受挫，人就容易过分迫切地追求基本需要的满足，而此时，人更容易"见利忘义"。因为，连最基本的生存尚且那么艰难，哪还顾得上什么形而上的"纲常大义"？曾经的儒家的道义——"忠孝仁义礼智信"的坚守在严酷的现实面前显得有些软弱无力，甚至是不合时宜。

总之，在整个元代尤其是社会动荡最为激烈的元末明初，上到统治阶层、士大夫阶层，下到黎民百姓，整个社会的核心价值观是混乱的、迷茫的，甚至是缺失的。而如本书前文所述，对一个民族、一个国家来说，最持久、最深层的力量是全社会共同认可的核心价值观。核心价值观，承载着一个民族、一个国家的精神追求，体现着一个社会评判是非曲直的价值标准。但一旦某一时代的核心价值观念出现混乱和迷茫，其文化体系中的良知体系也就不能很好地确立起来。

社会核心价值观失落和良知系统缺失是那个时代的意识形态上的鲜明特征之一。

2. 集体的心理失衡·暗影失控·暗影失控的表现

我们知道，人性本身是有暗影的，而且人性的暗影永远存在。荣格认为，暗影是精神中最隐蔽、最奥秘的部分。由于它的存在，人类就存在形成不道德感、攻击性和易冲动的趋向。每个人都有他的暗影系统，暗影是人类心理的关键原型之一，这在前文有过阐述。可以想见，如果暗影得不到适当控制反而被过度放任，则会助长人的攻击性和原始冲动，从而造成与社会的冲突和自身的病态，会使人变成一个不折不扣的道德败坏者。

如前文所述，"良知"是人用来拒斥自己在意志行为中的恶的意向，并实施或实现自己的善的意向的。如果整个社会和人的良知系统确立起来，对人的恶的行为就有很强的限制作用。但在元末明初那个乱世，传统的核心价值体系遭到破坏，而新的核心价值观没能建立起来，整个社会的良知系统缺失，社会失去了统一的是非标准，从而，也就失去了限制人性恶的武器。荣格指出，暗影的消极面表现在现实生活中，大的方面为战争、侵略、动乱以及贪官污吏、腐败堕落等，这都是人内心的暗影部分失控的表现。在社会价值体系对暗影的约束力量减弱的元末明初，其社会现实即是如此。

首先表现为政治制度的极端不公平，政治统治的严苛酷烈。其次表现为统治者本身的昏庸和残暴无良，他们对内压榨剥削、对外扩张侵略，统治者内部也时时争权夺利，这势必逼迫民众铤而走险。果不其然，由于政治经济制度的黑暗，造成了整个社会的动乱，直接表现是统治阶级内部争权夺利日益严重，如群雄混战不休，而农民起义更是此起彼伏。据统计，到至元二十年（1283），江南各族人民起义凡两百余起，至元二十六年（1289）更增至四百余起。可以毫不夸张地说，整个元朝的近百年，是农民起义此起彼伏的百年，尤其到了元末，反抗元朝统治的农民起义更是到了风起云涌的程度，载入史册的大规模农民起义领袖就有韩林儿、刘福通、郭子兴、张士诚、方子珍、朱元璋等。不可否认，这些风起云涌的农民起义大多是正义之举，起义军大多是打着反抗元朝黑暗统治的正义旗号，但其中也不乏一批批小人在干着"趁火打劫、浑水摸鱼"的勾当。加之后来农民起义军之间也是弱肉强食、纷争不断，并互相残杀，天下大乱中更是导致了"盗匪横行"的局面。总之，整个元朝是动荡不安的百年，也是整个社会和世道人心的暗影大爆发的百年。

至此，我们可以做一个总结性的论断，即元末明初整个社会良知系统的缺失造成整个社会道德的大滑坡，不仅统治者的仁义之心、恤民之心荡然无存，"忠孝仁义"等儒家传统的价值观念也在整个民间渐渐淡化。

所以，我们又可以说，元末明初，整个社会在意识上存在"社会价值体系对暗影的约束力量减弱，整个社会礼崩乐坏，暗影部分地失去控制"的现象。而前文如荣格所言，这种或压抑或放任人格的某一方面的片面的生活态度，会造成一定程度的心理失衡。所以，这种"暗影失控，即对暗影的过度放任现象"，正是那个时代集体的心理失衡的表现。

值得一提的是，《三国演义》的作者罗贯中是同样受着这一时代弊病压抑的人。而且，如前所一再阐述的那样，对这种时代意识的走偏，作家往往比一般人感受更深，心理波动更大，更敏感，更易受这些时代的不足的伤害。这是作家特定的人生经历和个性使然。

罗贯中为元末明初人，生活在约公元1330年至1400年。如上分析，元末明初，是一个整个社会动荡不安和世道人心的暗影大爆发的时代。罗贯中作为一名杂剧和话本作家，他长期生活在社会底层，且一生东奔西走、南北漂泊，足迹遍布大江南北，所以，他更能较全面、深刻地了解到整个社会由于暗影的失控而导致的统治者的残暴、丑恶和战乱中民生的疾苦。

另外，从罗贯中一生的个人遭际来看，他曾师从元末理学家赵宝峰，深受赵氏"而未尝一日心忘天下，故虽处山林，时有忧世之色"的影响，有一定的政治抱负和文人的忧患意识。而且，从他创作的《三国演义》《残唐五代史演义》等作品中可以看出，罗贯中精通军事学、心理学、智谋学、公关学、人才学等，具有"博大精深之才"；在作品中他还极力弘扬民族传统美德，痛恨奸诈邪恶、缅怀英雄、忧国忧民……满怀"经天纬地之气"。但就是这样一位贤良之才，却一生怀才不遇、报国无门。相传在元末群雄并起的时代，罗贯中也曾参与其中，心怀天下的他也曾"有志图王"，后又做过雄霸一时的起义军领袖张士诚的幕客，但最终一生都郁郁不得志。起事称霸的张士诚曾是灭元功臣，曾在罗贯中的贤明建议下，打败过朱元璋的部下康茂才的进攻，但后来又为权宜之计苟且降元。张士诚为人权力欲极强并好急功近利，而且还惯于贪图享乐，在降元又反元后，曾拒纳包括罗贯中在内的许多幕僚的"暂缓称王"的建议，罗贯中自此对张士诚失去信心，并在不久后离开。但即使等到朱元璋称帝、天下太平后，由于张士诚曾是朱元璋的劲敌，罗贯中也还是没有跻身仕途报效国家的机会。可见，大半生的闭门著书和"传神稗史"，只是他在现实中失败后无奈的选择，曾经他也是想在现实中有所作为的。

由于这些独特的备受压抑的个人经历，使得罗贯中对人生和社会有了更深刻的思考，他深切地体察到正是儒家传统价值体系的衰微，整个社会从上到下的道德的失落、信义的丧失，天下明主、贤相和良臣的缺乏，才使得天下礼崩乐坏，才出现了统治者的残暴、贪婪，统治阶级内部争名夺利、尔虞我诈，以及政治统治的黑暗、战争、侵略、动乱等，才造成了社会矛盾尖锐，农民起义此起彼伏，群雄割据，人民流离失所，才使得"黎民饿死闾阎下，贤能埋没林泉下，忠良枉死刀枪下"成为常态，才使得才高八斗且一心有志于报效国家的自己一生都不得其所、壮志难酬。当然从心理学的视角来看，这一切正是整个社会人性暗影的放任自流导致的。

总之，罗贯中由于个人独特的人生经历，对于元末明初整个时代意识的走偏，他的感受更深，所受伤害也较大，所以也更有切肤之痛。出于自发的心理自疗的需要（这在前文已有阐述），具有文学天赋的他创作了一系列的历史演义，其中最著名的当属《三国志通俗演义》，即如今通行的《三国演义》。

（二）《三国演义》中作者对小人的鞭挞起到了在乱世中规范本民族文化心理走向的作用

1. 《三国演义》中作者对小人的鞭挞能使读者知觉到暗影，使暗影意识化

上文一再论证到，元末明初在社会意识方面的心理失衡集中表现为：整个社会良知系统的缺失，暗影失控。而针对这一社会弊病，心理学家荣格早就给开出了很好的心理"处方"。即前文一再引用过的荣格的观点：应该使暗影意识化，因为任何被意识到的暗影将很难控制我们于无形。如果人认识到自己的暗影，敢于正视自己的暗影，他不仅会对自己内心深处的问题有足够的警觉，并有可能有效处置自己的暗影。那么，暗影中那些淹没和腐蚀我们的力量将不复存在，而我们也将能够把握自己的自由。由此，我们不仅不会被自己的暗影所控制，而且也不会把自己的暗影投射到他人身上。

我们知道，艺术家们在对人类心灵的觉察上从来都不逊于心理学家，天才罗贯中无师自通地洞见了关于如何处置人类心灵中暗影的奥妙，尽管他并没有明确提出这一概念，但这一洞见与几百年之后的心理学家荣格的见地竟不谋而合。另外，因元末明初动荡的社会现实与天下大乱、纷争不断的三国有较高的类比性，所以罗贯中本能地意识到，大可以用此来映射自己所处的那个乱世。于是无意识地、本能地，他借用一直以来流传于民间的三国时期群雄争霸的故事，并对其进行了艺术的整理、加工和创作，当然更主要的是，他在作品中塑造了以上所提及的一群被暗影控制于无形的小人，并淋漓尽致地刻画出了他们的丑恶、无良和卑鄙。且让我们来看看这些小人们"不忠不孝不仁不义"的具体表现：

恶贯满盈、祸国殃民的头号小人董卓，专权后，全然不顾纲常大纪，擅自行废立之大事，"废帝立陈留王"，不久又鸩杀少帝及太后，为躲避各路诸侯的讨伐，他焚烧了洛阳的皇家宫室，把天子强行从都城洛阳东劫迁到了长安。同时他还秽乱宫禁，荒淫无耻。真可谓"不忠不孝"到无以复加。另外，他位至丞相，却毫无恤民之心，肆意涂炭生灵、残害百姓、杀戮大臣。甚至惨无人寰地把杀害百姓当作游戏和娱乐。董卓的"残暴不仁"实在是到了令人发指的程度！

集千秋功罪于一身的曹操，虽一生有德于民，却屡屡有欺君之行，名义上是他"事汉多年"，实质上当然是他早已架空了汉献帝的权利，对汉献帝颐指气使，肆意妄为，并不断地胁迫汉献帝满足自己的政治野心和权力欲望——升魏公、加九锡、封魏王，甚至立世子等。并且曹操在一系列不断忤逆犯上的过程中，残害了不少忠臣义士、皇亲国戚、皇族成员甚至皇家血脉。以至于献帝见到带剑入宫的曹操，便"战栗不已"，并万般无奈到甘愿让位，"君若肯相辅则幸甚；不尔，愿垂恩相舍"。而曹操对此的反应却是"怒目视帝，恨恨而出"。不管曹操的内心是怎么想的，但他在言行上哪还存有什么君臣大义？哪还有什么"忠孝"可言？另外，他凶狠残暴阴险奸诈，所以爱才却又时常害才，一生残害忠良无数；他识大体却又自私自利，做人名言是"宁教我负天下人，休教天下人负我"。比如，因为多疑而狠毒地杀了善待他的吕伯奢一家，知道真相后也毫无悔意……曹操如此心狠手辣、不仁不义的行为在书中还有许多描述。

曾经不可一世、骁勇善战的豪强吕布，更是以"不义"而著称三国，留名后世。为了个人私欲，他向来是不管任何道义的。只为了董卓给他许下的荣华富贵，他便毫不犹豫地杀了相交多年、待他恩重如山的干爹丁原，他哪里顾得上想丁原本是忠义之臣而董卓却是乱臣贼子？"出尔反尔，变化无常"是他的本色。刘备曾收留和善待过走投无路的他，他却趁刘备出兵在外的时候，夺了刘备的大本营徐州，接着又在袁术的"利益诱惑下"，偷袭他本来已经很对不住的刘备。表面看起来，吕布像位"纵横四海、逐鹿群雄"的英雄，但实质上，吕布心中是最缺乏"高仁大义"的人。比如他侍奉董卓时，就甘愿做董卓祸国殃民、涂炭生灵的最大帮凶。对待下属也是缺乏仁义之心，完全随个人喜好和一时的情绪状态任性而为之，表现为随意杀伐，不听劝谏、不纳忠言，导致了最后的众叛亲离、自我覆灭。

著述中曹丕的"不忠不孝"那更是有目共睹的。他玩弄花招和阴谋，处心积虑大搞阴谋诡计骗取了其父曹操的信任和好感，被立为世子。曹操去世不久，他便完全抛弃君臣大义，干脆利索地废了汉献帝自己取而代之，完成了彻底的皇权篡逆。另外，曹丕的无情无义也是"留名青史"的，他为了权利，不惜残害骨肉兄弟，对曾经劳苦功高但如今看起来没用的老臣古旧也毫不心慈手软。

而且小人的政治集团内，往往也充斥着一帮小人。比如侍奉曹操、曹丕政权的华歆，为了荣华富贵，他完全抛却了做臣子的"忠孝"本分，甚至还抛却了起码的做人原则。为博得曹操的欢心，他不惜为虎作伥、助纣为虐，身先士卒、一马当先敢于为别人所不敢为，帮着曹操去捕杀伏皇后，亲自把堂堂国母从夹壁中揪着头发抓了出来。还亲自逼迫汉献帝下诏立曹丕继位为王。他琢磨透了主子曹丕的阴暗心理，所以不惜纵容曹丕兄弟相残，随后他又通过威逼和恐吓的手段逼迫汉献帝写退位诏书，并导演了一出受禅坛"禅让"的闹剧，在这一仪式上，他强拉献帝跪于受禅坛下听旨，"按剑指帝"令其速速离开都城……

对著述中这五位典型的不忠不孝、不仁不义的小人，在本章的下文中，我们还将对其小人行径进行更为详尽的心理病理分析。另外，《三国演义》中当然也还有更多的小人形象，他们或趋炎附势完全抛弃忠孝大义，或贪图功名利禄轻易叛离其主，或贪图富贵卖主求荣，或为个人之私欲劝主子投降，或不惜出卖国家利益，或专权祸国，或奸佞无耻，或奴颜婢膝，或媚上欺下……总之，他们为了一己之私欲和功名利禄，全都以不同的方式毅然决然地抛却了"大义"，罗贯中在著述中对他们的丑恶行径一一进行了无情的揭露和鞭挞。

不仅如此，著述中还一一描述了这群小人们应得的下场：董卓因罪恶滔天而暴尸街头、遭万人唾骂，曹操、曹丕的欺君之行永载史册，华歆因贪图富贵而留下千古骂名，吕布因多行不义而自毙，灵帝时的十常侍全被诛杀，蜀国的黄皓因蠹国害民被凌迟处死，蔡瑁、张允、张松、杨松等全都直接或间接地因卖主求荣而丢了性命……

的确，《三国演义》塑造了这样一群乱世中的道德失落者，著述中，作者罗贯中对小人们进行了无情地鞭挞，详尽地描写了他们的小人行径，活生生地刻画了他们的丑恶嘴脸。

可以想见，那个时代及后世一代代读者们在欣赏三国故事的同时，必然会看到小人们淋漓尽致、见利忘义的表现及其最后的下场，而这些表现正是那个时代大多数人（从君臣到百姓）普遍存在的暗影失控的表现，于是众多读者可以从中反观到自己潜藏的人性中阴暗的另一面，于是自身的暗影就被自己知觉了，按照荣格的理论，此时暗影将不再控制人于无形。意指暗影被意识化以后，人会对自己内心深处的问题有足够的警觉，并有可能有效处置自己的暗影，人将不会再被自己的暗影所控制。诚如明代蒋大器在为该书作序时所指出的那样，读书的惯例历来是"若读到古人忠处，便思自己忠与不忠；孝处，便思自己孝与不孝。"

至此，我们大致可以归结如下：《三国演义》中的小人形象的塑造，能警示读者，让读者知觉到自己失控了的暗影原型，然后选择让暗影处于意识的关注与警觉之下，慢慢学会对自己的暗影负起责来。而知觉了暗影，进一步则能为重建社会规范和唤醒民众的良知打下深层心理基础。

2. 通过鞭挞小人，来映衬和赞颂那些有道义的君子，从而起到树立核心价值观，重建良知系统，规范整个民族的文化心理走向的作用

《三国演义》所描述的乱世中不仅充斥着小人，也遍布着君子——贤明而怀有仁心的明主、有情有义的英雄、鞠躬尽瘁忠心不二的贤相和至死效忠其主的良臣等。且作者着意对小人们各种道德卑劣的鞭挞，反而鲜明地映衬了这群君

子们品格的崇高，以及人间应有的正义和大道。

　　的确，后世研究者一致认为，其实，作者罗贯中是借用三国故事来叙说"义理"的，他在鞭挞众多小人的同时，来赞颂"忠孝仁义"的君子，从而重建他所处的那个乱世（元末明初）中已经失落的传统的儒家价值体系，并期待以此来唤起整个社会的良知，使人性中失控和过度放任的暗影得到适当约束。这，当然对以上所一再谈到的集体的心理失衡起到了纠偏和补偿的作用，同时也起到了规范整个民族的文化心理走向的作用。

　　我们不妨来看一下作者是怎样通过对"各色小人"进行鞭挞，来更鲜明地表达对这群君子的敬仰和赞颂的。

　　《三国演义》中鞭挞了一群无良的霸主，如猖狂骄奢、不顾大义、妄图称帝的袁术，"重敛于民"、心胸狭隘的袁绍，于国于君于民皆犯下弥天大罪的董卓，出尔反尔、心中无大义的吕布等，通过对这群霸主的描述，从不同角度反衬出礼崩乐坏的乱世中明主的难能可贵，以及广大人民对明君明主的期盼。其中最突出的小人行径与君子之行的反衬，当属残暴的曹操与仁义的刘备的对照，如刘备自己所总结："今与吾水火相敌者，曹操也。操以急，吾以宽；操以暴，吾以仁；操以谲，吾以忠；每与操相反，事乃可成。若以小利而失信义于天下，吾不忍也。"的确，刘备虽自称属汉室之胄，但到他这一辈，已经沦为了平民，只能靠"织席贩履"勉强度日。但最后他能在群雄比比皆是的三国中脱颖而出，且达到"三分天下有其一"，建立了沃野千里的蜀国，主要靠的就是他高仁大义的"德行"。如上所述，曹操的残暴不仁、欺君犯上、爱才又害才那都是有目共睹的（下文还有详尽论述），而刘备则始终忠于汉室，宽厚仁慈，心怀天下且爱民如子，一生不肯做无德之事。他一生恪守的道德名言是："勿以恶小而为之，勿以善小而不为。惟贤惟德，可以服人。"属于一等一的仁君明主。对刘备这一形象，罗贯中是倾注了热忱的感情来塑造的，这也是那个时代民心普遍的向往。

　　第一，刘备是讲究忠孝之道和君臣大义的。曹操挟天子后，朝廷上下趋炎附势者、贪图富贵者、只求自保者甚众，只有少数正义者敢于跟曹操的欺君之行对抗。身为帝室之胄，刘备勇于担当正义，所以他不顾个人安危，毅然参与了除掉曹操的衣带诏密谋，事情败露之后，曹操自此把他当成了眼中钉，一心想除掉他,使他多次陷入穷途末路。等刘备自己有了实力后,也是从不忘作为臣子的本分和责任,他同情人民疾苦具有民族情怀,一心想着匡扶汉室,安定天下。第二,刘备是讲究信义的。汝南兵败后刘备被曹操追杀得东奔西逃,只好暂依荆州刘表,屯兵于新野。不久刘表病重,因为与刘备相交甚厚,临死前把长子刘琦和荆州都托付给刘备,但不想刘表的续妻蔡夫人伙同其弟蔡瑁大搞阴谋——立其子刘琮为主,并在曹操大军逼来时,因贪生怕死而自动领着其子刘琮准备献了荆州投降,一时局势大乱。而此时正处穷途末路、困窘到几无立锥之地的刘备完全有机会和有能力夺下刘琮的大本营襄阳,从而占据荆州,但讲大义的刘备考虑到"吾兄临危托孤于我",从而"不忍乘乱夺同宗之基业",正被曹操追杀的他最后还是选择了带着百姓仓皇逃窜,不仅"抛妻弃子"而且几近全军覆灭。对此诸葛亮赞颂"此真大仁大义也"。第三,刘备是爱民如子的。也是在败当阳走樊城这场大战中,因为在新野深得民心,所以数十万民众甘愿跟着刘备奔走,军民度白河时,见百姓"扶老携幼,将男带女,滚滚渡河,两岸哭声不绝"。刘备深感悲痛和愧疚,曾几次为民"大哭",并曾因此"欲投江而死"。在往江陵进发的过程中,因为情况万分危急,将士们几次苦劝刘备"速弃百姓而走",都遭到刘备坚决拒绝。对此举诸葛亮赞颂"想豫州见有数十万赴义之民,扶老携幼相随,不忍弃之,日行十里,不思进取江陵,甘与同败,此亦大仁大义也"。所以,才有后人作"至今凭吊襄江口,父老犹然忆使君"的诗句流传于世。第四,刘备对待属下是宽厚仁慈的。在他所领导的政治集团内君臣契合、关系融洽、肝胆相照、互相信任,为了"匡扶正义"的大业而齐心协力地奋斗。其中刘备的礼贤下士、求贤若渴,早已成为后世的千古佳话,比如"三顾茅庐"请贤士诸葛亮出山的故事,妇孺皆知。对此,蒋大器在《序》中评论:"惟昭烈汉室之胄,结义桃园,三顾草庐,君臣契合,辅成大业,亦理所当然。"

《三国演义》中塑造了很多见风使舵、卖主求荣的小人,但与此相对照的是,也有大批至死效忠其主的良臣。比如书中就感叹"河北多义士"。袁绍并不算贤明之主,他兵败后,有一群小人迅速叛逃,但还是有一大批义士至死效忠他,比如独排众议誓死也不北面降操的别驾韩珩,被囚禁后不断地逃跑去投靠袁绍余部的沮授,自称"吾生为袁氏臣,死为袁氏鬼"的审配,敢于冒着杀头危险来号哭袁谭的青州别驾王修等。其他政治集团内这样的忠义之士也有许多，比如以逢迎新主为耻的刘表的降将文聘，至死不事曹操忠义于吕布的陈宫，并不被善待但依然"赤胆忠心"忠于吕布的张辽，因忠于国家在一败涂地时还不忘把仓廪府库"遂尽封锁"等待交之于民的张鲁，还有刘备政治集团内忠心耿耿的诸葛亮、张飞、赵云、黄忠、姜维等。当然，其中最值得崇尚的还是千古名相诸葛亮。对此庸愚子说得好："其最尚者，孔明之忠，昭如日星，古今仰之，而关、张之义，尤宜尚也。"其中的"孔明之忠"，则如昭日月。诸葛亮作为一个贤相，有着远大的政治抱负，他有感于刘备的知遇之恩，有信于刘备的托孤之情，辅佐刘备和其子刘禅，为共图王霸事业而奋斗了一生。书中所着意描述的"六出祁山，北伐中原，以及诸葛亮鞠躬尽瘁死而后已"的故事，都反映了古代仁人志士在理想上志存高远，在节操上忠贞不渝和为正义事业而甘于献身的崇高精神境界。另外就是"义薄云天"的关云长了。兵败被俘后，与曹操约法三事，其中一事就是随时追随刘备。曹操待关公不可谓不恩重如山，但"天下名马赤兔、大群美女、大笔财富、汉寿亭侯爵位等"皆不能移其志，最后依然"封金挂印遣散美女"，"千里走单骑"，历尽艰险追随其主刘备去了。这些贤相良臣，至今对后世也一直产生着积极的影响。

《三国演义》中还描述了一群颇具小人嘴脸的朝廷命官，如华歆、董昭之流。他们看到汉家的江山已日薄西山、大势已去，在心底里便完全抛却了"君臣大义"，时刻伺机投靠新的主子，"忠孝"的根本在心中早已荡然无存。曹操挟天子之后，显然成了未来新政权的不二人选，于是朝廷上下大多数人或因为惧于曹操的威势，或因为对富贵功名的贪恋，选择了阿谀奉承和曲意逢迎，至少也是为求自保而选择敢怒不敢言。而与这群趋炎附势、贪图利禄的小人们相对照，涌现出一群以"忠孝为本"的良臣，他们敢于坚守正义，敢于仗义执言，甚至敢于与曹操的欺君之行相抗衡，而毫不顾惜自己的身家性命。比如许田围猎中，曹操对天子无礼至极，身迎百贺，忠义的关云长险些大刀出鞘杀了曹操；"衣带诏"一案中，除时任左将军的刘备之外，还有国舅董承、工部侍郎王子服、长水校尉种辑、议郎吴硕、昭信将军吴子兰、西凉太守马腾、太医吉平等都不顾被诛三族的危险，毅然响应这一忠义之举；曹操因意欲加封魏王一事，又引起了忠义之士的强烈抗议，国丈付完和大臣穆顺决定铤而走险，准备外结孙、刘，共同诛杀曹操；称魏王后威福日盛的曹操对汉献帝更是骄横跋扈，于是又有忠义的一心"欲扶汉室"的侍中少府耿纪、司直韦晃、汉相金日䃅之后金祎、太医吉平之子吉邈和吉穆自动组织起来策划了一场"杀尽曹贼"的"许都纵火案"。虽然这些抗曹的行动最后都以失败而告终，涉事者也皆遭到家族诛灭，但他们的"忠贞和大义"将永远闪耀在史册中，激励着后世人。

正如《三国演义》最早的刻本的编撰者修髯子张尚德（明朝嘉靖元年1522），在《三国志通俗演义引》中对该书的评论："不待研精覃思，知正统必当扶，窃位必当诛，忠孝节义必当师，奸贪谀佞必当去，是是非非，了然于心目之下，裨益风教，广且大焉。"该评论很明确地指出了《三国演义》对于世俗风尚的教化功能。

通过以上一系列的君子与小人的映衬和对照，作者罗贯中要陈述的"义理"，即"有义存焉"的"义"，是指："匡扶汉室天下一统、君主仁慈、臣子忠义、君臣情同手足，同心协办，救困扶危，上报国家，下安黎民……"这也正是作者在著述中着力要弘扬的善和美，也正是作者倡导的社会核心价值观。罗贯中无情地鞭挞了这一群从上到下的道德失落者，同时也满怀深情地赞颂了一群忠孝仁义的君子，并通过二者突出的美与丑的对照，为其当世及后世树立了一群民族道德典范，以期核心价值观被树立起来，良知系统得以重建。无疑，伟大的罗贯中在其伟大的作品《三国演义》中，实现了这一目的。他在作品中通过君子和小人形象的多样映衬，一再地告诉世人，什么是善的，什么是恶的，什么该坚守，什么该放弃，什么是顺应民心和正义的社会政治大道，等等，总之，都是关于什么是"宇宙天地人"的正确认识。而这，正是心理学上所界定的良知系统所包含的内容。

而良知系统一旦确立起来后，在一个人需要承担选择的责任时，首先需要考虑的就是良知，由此就起到平衡我们人性中暗影系统的消极面的作用。因为前文中意义治疗学派的倡导者、美国心理学家弗兰克指出，良知也是一种本能，它是心灵的智慧，它比任何感觉都敏感。即良知系统一旦确立起来后，平时我们的"恶"就处在了道德良知的监控之下，因为人会自发地用自己的"良知"去拒斥自己在意志行为中的恶的意向，自发地用自己的"良知"去实施或实现自己的善的意向。

至此，我们可以说，《三国演义》通过一系列小人与有道义的君子的映衬，从而对整个社会整体的道德失落，尤其对整个社会人性暗影的失控和放任，起到整体纠偏的作用，这无疑补救了世道人心，对以上所言的集体心理的失衡起到补偿的作用。

总之，罗贯中所处的时代，一千多年来以儒家经典为核心的核心价值观已经失落，君民上下无所依从，整体社会道德和良知滑坡，礼崩乐坏，暗影失范。而《三国演义》通过对系列小人的鞭挞，表达了整个社会对传统的儒家道德理念回归的期盼，对明主仁君贤臣良士的期盼，对社会安定、百姓安居乐业、天下大一统的期盼等。其中寄托了作者的社会政治理想，也反映了千百年来民心的向往。当然，作者罗贯中在作品中同时也寄托了个人在现实中不能施展的政治理想和抱负，部分地调适了自己失衡的心理，自发地进行了心理自疗，对此，本文就不过多赘述。

综上，罗贯中在著书中通过鞭挞"小人"、赞颂"君子"，起到了树立核心价值观，重建了良知系统，达到了"正三纲、谨五常"，规范了那个时代的民族文化心理走向的作用。

而且，这一文化心理意义对后世的影响还是深远的，至今还在继续。

二、《三国演义》中小人形象的心理病理学解读

"滚滚长江东逝水，浪花淘尽英雄。"

波澜壮阔的《三国演义》为我们塑造了一群顶天立地的英雄，这群英雄形象至今还活跃在中国民间老百姓的口中，且耳熟能详。但如上篇所言，"烽火四起，礼崩乐坏"的乱世在造就英雄的同时，也造就了小人。所以，本着"七分实事，三分虚构"的著书原则，作者罗贯中在《三国演义》中同时也不忘较为属实地来塑造这样一群小人。从著述内容可以看出，除了"不忠、不孝、不仁、不义"是他们共同的心理特征外，这群小人们却又各有着不同情状的小人行径，而且，他们"忠孝仁义"的丧失又有着各自不同的深层心理原因。

对此，我们就其中的典型小人形象作以下详细分析。

（一）曹操·亦君子亦小人·自我防御机制的过度运用

"功首罪魁非两人，遗臭流芳本一身。"

这是后世人比较认同一致的对曹操的评价。曹操，汉末三国时著名政治家、文学家、军事家。曹操的功德无疑是卓著的，汉末天下大乱，群雄并起，先是宦官专权，接着董卓忤逆，曹操于国家危难之时挺身而出，力挽狂澜，救国家于倾危。正如《三国演义》中长史董昭的总结："栉风沐雨，三十余年，扫荡群凶，与百姓除害，使汉室复存。"为抑制汉末封建割据的恶性发展，促成由乱而治的天下一统，做出了不可磨灭的历史贡献。也如后世的《宋贤赞曹操功德诗》所言："当时若使无公在，未必山河几处分。"另外，曹操在个性上胸怀大志，心系天下黎民百姓，雄才大略，胆识过人，且一生渴慕人才，麾下曾经集结了当时一大批圣贤之才；为人上还有枭雄大气、不拘小节的一面，比如对待敌方降将也从来都是宽宏大量不计前嫌，而且用人唯才，以诚待人，对待下属不分远近一视同仁；法度严明，是非分明，一般言出即行，讲究信义，从谏如流，善于听取各种意见……曹操在这些方面都堪称君子。但纵观曹操的一生，他个性上又存在另一面，比如他欺君犯上、残暴狠毒、多疑阴险，诡谲奸诈、贪婪自私……所以，曹操的"罪过"和"小人"的一面却也是显而易见的。比如他"赞拜不名，入朝不趋，剑履上殿"，对汉献帝作威作福；再比如他不断地残害皇族、诛杀忠良、谋害贤才；秉承"宁教我负天下人，休教天下人负我"的自私霸道的为人哲学……其小人行径具体如下：一步步胁迫汉献帝达成了自己的政治野心——建安十八年（213）曹操荣升魏公，位在诸王上，并加九锡，二十一年（216），又被加封为魏王；建安二十二年（217），又立其子曹丕为魏太子。在此系列事件而起的纷争中他族灭了董国舅，勒杀了董贵妃，诛杀了伏皇后，鸩杀了二位皇子，肢解了吉太医，捕杀了议郎赵彦……他还只因一己之私欲而滥杀了不少无辜，比如杀荀彧、荀攸、孔融、杨修、刘馥、崔琰……他还因多疑而狠毒地杀了善待他的吕伯奢一家，杀了千古名医华佗……曹操身上千古"小人"的一面彰显无遗！

确实，"遗臭"和"流芳"，"君子"和"小人"的两面性共存于曹操一身。很显然，其人格表现是如此冲突和不协调，原因何在？以下即是我们对曹操这一心理和行为的心理病理分析。

1. 曹操的心理失衡·焦虑·长期压抑和郁积的情绪

如前所述,按照弗洛伊德的理论,心理失衡是人格的三个系统的不统一造成的。由于本我、自我和超我的行动原则各不相同,所以冲突是无法避免的。三个系统的平衡遭破坏时,个体的心理是失衡的。此时,个体往往会产生焦虑,这种焦虑是相当痛苦的情绪体验。弗洛伊德把焦虑看做是冲突引起的结果,把焦虑看做是神经症的根本原因。

尔后,弗洛伊德进一步区分了三种不同的焦虑:①现实性焦虑;②神经症焦虑;③道德性焦虑。现实性焦虑来源于外部世界的危险和威胁;神经症焦虑来源于对本我(特别是性冲动)的恐惧,即担心本我的冲动会突破自我的控制而招致严厉的惩罚;道德性焦虑来源于那些与自我理想不相容的行为或想法,由于这些行为和想法与超我相冲突并由此而产生自卑感、罪孽感,遂使个人处在内心的纠葛与精神痛苦之中。

我们认为,曹操的心理失衡主要是由于其人格的三个系统的平衡遭破坏造成的。且曹操因为心理失衡同时产生了焦虑,且焦虑的类型主要属于道德性焦虑和现实性焦虑,以及二者复杂交织在一起的结果。

(1)曹操的道德性焦虑

道德性焦虑是指当个体的行为违反了超我的价值观时,引起内疚感的情绪体验。是一种因良心不安而产生的焦虑,是自我对罪恶感、羞耻感、自我谴责感的体验。

曹操在心理上——存在忠君的理想与欺君的行为之间的强烈心理冲突,这造成了心理失衡,表现为他内心强烈的道德性焦虑。

①曹操人格中的超我·自我理想和良心·忠君·守信。

超我是人格结构中代表理想的部分,它在个体后天的成长过程中通过内化道德规范等社会要求而形成。超我包括自我理想和良心。自我理想为道德行为确定标准,相当于幼儿观念中父母认为在道德方面是好的东西,规定了自我应该做什么。良心则是父母观念中的坏的东西,规定自我不该做什么,负责对违反道德标准的行为提出警戒、进行惩罚。良心是儿童接受惩罚性经验的结果,主要包括罪疚感、羞耻感。自我理想和良心是同一道德观念的两个方面。

下面看曹操的超我，尤其是他的道德理想部分。表面看起来，曹操是阴谋家，是想篡逆的奸雄。但我们认为，在骨子里，"忠孝节义"却始终也是受过儒家文化熏染的曹操的道德理想。正是这一骨子里的信念，使得曹操无论多么位高权重，至死终没有突破君臣之纲常大义，做出以臣废君，篡位称尊的事情。对此，著述中有几处描述得很细致。

董卓造逆之时，曹操自告奋勇、单枪匹马去刺杀董卓，曹操自己坦陈："吾祖宗世食汉禄，若不思报国，与禽兽何异？"刺杀失败后，被董卓追杀，几经周折侥幸捡得性命，辗转逃回家乡，依然开始自散家资"招集义兵，竖起招兵白旗一面，上书'忠义'二字"。并发矫诏遍告天下诸侯，倡导各路诸侯团结一心共同匡扶汉室。虎牢关前，当各路诸侯面对董卓实力强大的大军，各自打着保存自己实力的小算盘，皆"置军不前"时，曹操大怒："董贼焚烧宫室，劫迁天子，海内震动，不知所归：此天亡之时也，一战而天下定矣。诸公何疑而不进？"随之发出"竖子不足与谋"的慨叹后，自己不惜冒着被董卓灭掉的危险，孤军率劲旅追击董卓，当然最后以惨败告终。但曹操对此无怨无悔，事后依然对各路诸侯不"扶汉救民"的自私行径，大加谴责"今迟疑不进，大失天下之望。操窃耻之！"这当然反映了曹操忠于汉室、心系社稷和黎民百姓的信念和道义，同时也反映了曹操在国家危难时勇于挺身而出并敢于担当的历史责任感和英雄本色。

曹操常发出"苟天命在孤，孤即周文王也""孤常念孔子称文王之至德，此言耿耿在心"等语。对此，毛宗岗父子（现在通行的《三国演义》一百二十回本的编撰者）认定这都是曹操的奸诈虚伪。曹操的个性中当然是有另一面的（下面再分析），但即使这是其文过饰非之词，也说明曹操还是在乎"君臣大义"的，还是在乎其一生的政治名誉的，还是始终把"尊帝位"当成他最后的政治底线的。纵观曹操一生，早已功高盖主，但至死也未称帝，尤其是晚年，更是位高权重，懦弱的汉献帝只是一个傀儡，东吴的孙权、侍中陈群、尚书桓阶及部将夏侯惇等都曾劝他早登帝位。曹操坚持不肯，说："位至于王，于身足矣。"最终没有突破君臣之纲常大义，做出以臣废君，篡位称尊的事情。所以，《宋贤赞曹操功德诗》中说："虽秉权衡欺弱主，尚存礼义效周文。"曹操一直推崇的文王的"至德"，是指商纣王时的西伯侯姬昌，因为才德兼备而受到天下诸侯拥戴，达到"三分天下有其二"时，却还遵从君臣大义"以服事殷"。"周文王"的封号也是他儿子武王伐商后，追封给他的谥号。无论如何，曹操是希望自己也拥有文王的"至德"的，并努力想以文王（虽然现实中他没有做到）为榜样，曹操在他留存于世的另一首诗《短歌行》中，明确地表达了这一点，有其中的"周西伯昌，怀此圣德""达及德行，犹奉事殷，论叙其美"等诗句为证。另外，在其他多个场合下他都明确表达了这一想法和意愿，这倒也是不争的事实。他想效忠朝廷、效忠皇上，所以虽功德巍巍，最后还是勉强守住了君臣大义。"忠君"确实也是曹操个性中的一面。

因此，曹操还一贯欣赏和看重"讲究忠孝节义"的人，无论是谁，只要他效忠其主，忠于国家，讲信义，立马会得到曹操的敬重和优待，哪怕刚刚还是与他不共戴天的敌人。在曹操的一生中，如此的例子太多，比如对袁绍的降将沮授，见他忠义，擒获后曹操很厚待他，但沮授还是要逃跑去寻找袁绍的余部，曹操只好杀了他，后来又非常后悔："吾误杀忠义之士也！"下令厚葬沮授。对死也不投降，自称"吾生为袁氏臣，死为袁氏鬼"的审配，曹操只好杀了他，但惋惜之余，还是"怜其忠义，命葬于城北"。袁谭死后，对敢于冒着杀头危险来号哭其主袁谭的青州别驾王修，曹操反而礼为上宾，拜为"司金中郎将"。当因伐袁熙而问计于王修，王修一言不发，曹操反而夸其"忠臣也"。对曾经效命董卓余部李傕、张济、张绣的贾诩，因见其有"今从张绣，言听计从，不忍弃之"的效忠其主之心，曹操后来非常重用贾诩。对刘表的降将文聘，因其自觉"为人臣而不能使其主保全境土，心实悲惭"，并痛哭流涕，从而不愿像其他逢迎者一样抢着为曹军开路，曹操却说："真忠臣也！"并让其身居要职。对忠义于吕布誓死也不降操的陈宫，在不得不处决他时，"起身泣而送之"，并令"即送其公台老母妻子，回许都吾府中恩养，怠慢者斩！"后果然做到恩养。对"赤胆忠心"之士张辽，虽遭到谩骂也不舍得伤害。对曾经与之为敌的张鲁，攻破后，张鲁因忠于国家，把仓廪府库"遂尽封锁"，曹操"见鲁封闭库藏，心甚怜之"，并"优礼相待，封鲁为镇南将军"。如此例子当然还有许多。其中尤其是对关羽的"忠义"品质的敬重和成全，那更是人尽皆知，并留下一段千古佳话。关羽不得已降曹后，对"忠字当头、义薄云天"的关羽，曹操那真是尊敬到五体投地，厚待到无以复加，"封侯赐爵，三日一小宴，五日一大宴，上马一提金,下马一提银"。后关羽为追随刘备不辞而别,"诸将皆不平",意欲"赶上诛之",曹操坚持守信不追,并赞扬关羽"云长封金挂印,财贿不以动其心,爵禄不以移其志,此等人吾深敬之""不忘故主,来去明白,真丈夫也。汝等皆当效之"。并因为太看重关羽的这一节操,慷慨大度地"使归其主,以全其义",而曹操明明知道,关羽的"其主"正是其心腹大患刘备。

另外,在曹操的道德理想中,还包括想"以信义著天下"的部分。当初不杀玄德即是一例。刘备被无义的吕布追杀得"仓皇皇如丧家之犬",情急之下去投曹操。曹操早知"玄德素有英雄之名"。谋士程昱谏曰:"刘备终不为人之下,不如早图之。"但曹操认为:"方今正用英雄之时,不可杀一人而失天下之心。"最后采用了郭嘉的建议"惟仗信义以招俊杰"。接着上书献帝"表荐刘备领豫州牧",并送以"兵三千、粮万斛"。当然,曹操此举一方面确是为了笼络和招揽到更多的"天下智谋之士",但同时,在曹操心里,他还是想在天下人面前举一面"信义"的大旗,也还是注重要以"讲信义"来让天下人敬服的,这一点当然也确定无疑。

总之,曹操的超我——包括他的道德理想和道德良心都希望自己做一个"忠孝节义"的治世之能臣。无疑,"忠孝节义"和"忠君报国"是曹操心中至深的道德理想。

可以推知,如果是治世,如果是良主,曹操则定是忠孝的良臣。在太平盛世,曹操的野心可以这样来实现的:"欲春夏读书,秋冬射猎,以待天下清平,方出仕耳。"

②现实中曹操的另一面:篡逆之心·欺君之行。

然而曹操偏偏生不逢时,因为严酷的现实是,他既没有治世可以安身立命,也没有良主可以归附效忠,汉室倾危以及汉献帝的衰弱无能那是有目共睹的。一番苦闷和无奈之后,满怀雄心壮志的曹操只好自己竖起一面大旗,散尽家资招兵买马,拉来同盟者,一心完成"建功立业"效忠朝廷的大业。如他自己所说:"遂更其意,专欲为国家讨贼立功,图死后得题墓道曰:'汉故征西将军曹侯之墓',平生愿足矣。"

但随着局势的变化和个人实力的增强,再加上汉献帝懦弱无能,这也激起了曹操更大的野心和权力欲,曹操慢慢开始有了王霸天下的政治野心。尤其是在"挟天子"以后,心理上开始屡屡有了与"忠君"相悖的另一面,慢慢地,他开始"令诸侯",慢慢地,他开始有了篡逆之心。所以,曹操虽然在骨子里奉行"忠孝节义"的忠君思想,可是在实际行动中,他"欺君犯上"的行为却时有发生。

而且,"忤逆"的这一面在他挟天子之初就已经初露端倪,更不用说在他后来威福日盛、位高权重之日了。书中述道,曹操是在汉献帝走投无路之时开始护驾的,当时汉献帝正被董卓余部郭汜和李傕二贼轮番劫持,不得已仓皇逃到满目疮痍的故都洛阳,又担心二逆贼追杀而来,万般无奈之际,降诏请求已拥兵二十万的曹操前来救驾。而曹操之所以去洛阳救驾,其初衷实为"奉天子以从众望,不世之略也",是想达成"昔晋文公纳周襄王,而诸侯服从;汉高祖为义帝发丧,而天下归心"的政治目的。可见救驾的初期,曹操就是有自己的政治谋划的,而绝不是表面看起来的是为"效忠朝廷和圣上"。

接着,政治野心极强的曹操因为考虑到洛阳毕竟是汉家天下的故都,汉家公卿在故都都很有根基,所以,当善于媚上的正议郎董昭建议"今若留此,恐有不便"时,正中曹操下怀,大喜之下执董昭之手嘱托"凡操有所图,惟公教之"。并从此引董昭为心腹,待董昭为上宾。因为曹操也正唯恐"诸将人殊意异,未必服从"。又听闻善观天象的侍中太史令王立有言"吾观大汉气数将终,晋魏之地,必有兴者""代火者土也。代汉而有天下者,当在魏"。曹操的政治野心更是被进一步撩拨起来,赶紧私下让王立不要声张。再加上谋士荀彧也说:"汉以火德王,而明公乃土命也。许都属土,到彼必兴。火能生土,土能旺木;正合董昭、王立之言。他日必有兴者。"野心家曹操于是坚定了"挟持献帝移驾许都"的决心。许都是曹操的大本营,到许都后,献帝及百官人生地不熟,一切当然是曹操更能操控,凡事当然更容易是曹操说了算。果然,到许都后,"盖造宫室殿宇,立宗庙社稷、省台司院衙门,修城郭府库;封董承等十三人为列侯。赏功罚罪,并听曹操处置。操自封为大将军武平侯",其亲信如文臣荀彧、荀攸、郭嘉、刘晔、程昱、范成等,武将夏侯惇、夏侯渊、曹仁、曹洪、乐进、于禁、徐晃、许褚、典韦等皆居要职,朝廷相当于新换一班人马,"自此大权皆归于曹操。朝廷大务,先禀曹操,然后方奏天子。"

正当此时,谋士程昱私下里给曹操建议:"今明公威名日盛,何不乘此时行王霸之事?"对此"不臣"之建议,曹操并没义正词严地阻止,而是对答:"朝廷股肱尚多,未可轻动。"可见,曹操的忤逆之心确实早就有的,只是有所顾忌才暂时收敛而已。尤其是在迁都许都、朝廷要职大部分换上自己的心腹之后,乃至献帝背后哀叹"曹操弄权,国事都不由朕主"。

接着就上演了著名的骄横跋扈,视汉献帝如无物的"许田迎众贺"一节。围猎本也是曹操胁迫汉献帝去的,他只不过想趁机刺探一下朝廷的动静。围猎中曹操强用天子的宝雕弓、金鈚箭,射中一鹿。群臣将校都认为是天子射中的,所以,都向汉献帝大呼"万岁"。不想"曹操纵马直出,遮于天子之前以迎受之"。这一"僭越献帝之位而身迎百贺"的忤逆之举使得众人大惊失色,激得当时在场的重大义的关云长差一点"提刀拍马便出",斩了曹操。而且事后,曹操"竟不献还宝雕弓,就自悬带"。许田围猎中,曹操连君臣之间最起码的礼貌和尊重也丢掉了,哪还谈得上什么忠孝呢?

可见,曹操的篡逆之心和欺君之行是确实有之的,而且在挟天子后,这一心理和行为更是愈演愈烈(后文有具体描述和分析),这是确凿无疑的。

一方面崇尚忠孝节义,另一方面又时有违背这一纲常大义的心理和行为发生。所以,曹操在心理上是存在强烈冲突的,是存在道德性焦虑的。因为他知道自己的行为和自己的道德理想并不一致,所以当他用"超我"审判自己时,他灵魂的深处肯定会感到自己的欺君行为是卑鄙的,自己内心深藏的想篡逆的想法是大逆不道的。必然地,曹操会因为这些行为和想法与超我相冲突,而产生自卑感、罪孽感,遂使个人处在长期的内心纠葛与精神痛苦之中。

(2) 曹操的现实性焦虑

现实性焦虑来源于外部世界的危险和威胁;现实性焦虑往往有明显的外来原因,产生现实性焦虑的人也往往能够意识到自己焦虑的根源。

曹操的现实性焦虑之一,也是那个群雄并起的乱世,整个天下人都有的一种现实性焦虑——"良禽是该择木而栖,贤臣是该择主而事",但效忠谁?谁又值得效忠?哪有明君明主可以忠孝?

是汉室的衰微、"汉祚将尽"以及汉王朝的衰败和不作为,才致使天下大乱、烽火连天、民不聊生的。纵观整部《三国演义》,当时的汉献帝懦弱无能、没有志向、不思进取,只想有生之年苟延皇权,而并不以社稷黎民为重,他是万万辅佐不起来的，显然不是"可事之主"。正如曹操在他的名作《短歌行》中所咏叹的那样，"月明星稀，乌鹊南飞；绕树三匝，无枝可依。"这也是曹操多年来在心底对乱世中的自己及贤良之士们无奈身世的哀叹，正是曹操自己的个人忧思。所以，他接着又感慨道"皎皎如月，何时可掇？忧从中来，不可断绝！"有忠君之心，同时又有雄心壮志的曹操在现实的局限面前是忧伤的、无奈的，而且这种忧伤还像永不可掇的明月一样绵绵无绝期。可以想见，"绕树三匝，无枝可依"的现实困境使得曹操体验到了极大的痛苦和煎熬。同时必然对大家维护的皇权的象征——懦弱的汉献帝是不满的，但又必须压抑这种深深的愤懑情绪，对乱世也是无奈的，对自己无奈中生出的篡逆之心违背自己的道德理想同时又是自责的。

曹操的现实性焦虑之二，由于持续几十年的征战沙场，频繁的现实存在的危机而带来的焦虑，表现为持续不断的紧张和恐惧。

曹操戎马倥偬几十年，"讨董卓，剿黄巾，除袁术，破吕布，灭袁绍，定刘表"，且"深入塞北，直抵辽东，纵横天下"。这其中他身经百战，身先士卒，历经无数次的铤而走险，无数次的出生入死，无数次地与死神擦肩而过。如益州别驾张松讽刺的那样，"昔日濮阳攻吕布之时，宛城战张绣之日；赤壁遇周郎，华容逢关羽；割须弃袍于潼关，夺船避箭于渭水：此皆无敌于天下也！"确实，曹操长年累月频繁地处于这些应激状态下，致使情绪长期处在高度恐惧和紧张当中。濮阳大战吕布时，血战中与挺戟跃马的吕布撞了个正面，险些丧命，大火中又逃到城东门边，"城门上崩下一条火梁来，正打着曹操战马后胯……手臂须发，尽被烧伤"。在宛城，被张绣追杀"操右臂中了一箭，马亦中了三箭"，儿子曹昂和大将典韦却被乱箭射死，侄子安民被砍为肉泥，才换得曹操活命。整个"赤壁鏖兵"中，曹操忽而仰天大笑、忽而捶胸顿足地大哭，受尽万般辛劳，历尽千难万险。他先是从烧成火海的战船阵中侥幸逃出；接着就被黄盖"手提利刃"追得"叫苦连声"；在乌林又被凌统的伏兵吓得"肝胆皆裂"；好不容易逃到"宜都之北"，忽然"两边鼓声震响，火光竟天而起"，蜀将赵子龙从天而降，"惊得曹操几乎坠马"；接着是张飞追得曹操"迤逦奔逃"；最后在华容道狭路遇关羽，已经溃不成军的曹操，只好屈身苦苦哀求，最后才得以逃脱保全性命。在潼关与马超的决战中，又割了长胡须，又弃了红战袍，最后靠

"扯旗角包颈"才捡条性命。在汉中兵出斜谷界时，曹操被蜀将魏延一箭射中，"射中人中，折却门牙"并"翻身落马"。接着魏延又"弃弓绰刀，骤马上山坡来杀曹操"，险些又上演了此前"潼关厄"的那一幕，幸得庞德奋力救回。曹操身处如此危难的经历当然还有许多，此处就不一一枚举。频繁地处在应激状态下，经常地生活在极度恐慌中，无疑给曹操带来了极大的情绪困扰。

（3）以上二类焦虑复杂地交织在一起导致的长期情绪郁积

弗洛伊德认为，产生焦虑的根源，可能同时既来自外部也来自内部。三种焦虑的区分只具有相对的意义而没有绝对的界限。所以，以上两类焦虑其实在曹操的心理现实中也是复杂地交织在一起的。由上分析得知，曹操因为自己的道德理想，他对自己是心怀谴责和负罪感的，同时又夹杂着对天下大局的无奈、对汉献帝的愤怒和不满。尤其是对汉献帝的不满，还随着他"事汉"年岁的增加而不断升级。事实上，是曹操几十年如一日地驰骋疆场和呕心沥血，才保得大汉江山苟延残喘，才保得黎民百姓暂时安生。曹操确实是"战绩卓著、功德巍巍"！如他所说的"如国家无孤一人，正不知几人称帝，几人称王""孤败则国家倾危"等。另外，他虽时有篡逆之心和欺君之行，但毕竟隐忍着至死没有实现篡逆。但天下群雄群臣和汉献帝根本不买曹操的账，多数大骂曹操"名为汉相，实为汉贼"。河北袁绍、荆州刘表、汉中张鲁、关中马超以及后来的江东孙权、西蜀刘备等都以讨"汉贼"的名义，直接或间接地反对和征讨过曹操。汉献帝本人和在朝的大臣们也多次策划过除掉曹操的行动。所以于国于民都功勋卓著的曹操当然感觉很委屈，也很窝火。由此，他对汉献帝的怨气也逐步升级，先是对其视若无物、不放在眼里，继而蔑视，继而达到对其作威作福、肆意妄为的程度。但反过来曹操又因此对自己充满了自我谴责。

总之，想忠君又无君可忠，想篡逆又不能篡逆，加上多年频繁地生活在血与火的生死危机当中，多样的强烈的心理冲突导致现实性焦虑和道德性焦虑交织在一起，令曹操产生了既自责又自罪，既怨恨自己又怨恨他人（比如汉献帝）和天下大势的复杂情绪，其焦虑具体表现为不满、愤懑、无奈、自责、紧张、恐惧……这些不良情绪多年来一直郁积在心头，无处宣泄。

以至于，多年的情绪困扰最终造成了曹操的躯体化症状，书中多处写道，曹操常年罹患头风，大半生一直受这一病症的折磨。如御医吉平描述"操贼常患头风，痛入骨髓"。露易丝·海（美国心理学家）的名作《生命的重建》一书中的身心疾病的对应表标明，症状如为头痛，其心理因素通常是长期的情绪困扰、紧张及对未知的恐惧等。由此，可以说，曹操"罹患头风"的躯体化症状恰恰表明了曹操的心理冲突之大，多样复杂的焦虑程度之深和情绪困扰的时间之久。

2. 为降低焦虑，曹操无意识地过度运用了自我防御机制

我们认为，正是因为自我防御机制的过度运用，才导致了曹操的一系列小人行径。

弗洛伊德认为，既然焦虑是相当痛苦的情绪体验，这种焦虑最好通过正常渠道宣泄，否则会变成神经症状。所以人会自发地去降低和防止焦虑。为了减轻焦虑，自我可能采用正常和理性的方法来控制危险，解决问题，也可能采用言语、行为、思想、情感等虚构、否认甚至歪曲现实的非理性的方法，以达到其保护自我，协调本我、超我与现实的关系的目的。后一种非理性的方法就是弗洛伊德所说的自我防御机制。

自我防御机制的启动能避免和减轻消极的情绪状态以减轻焦虑水平。防御机制偶尔被激活的确能缓解紧张情绪，但过度过频地被调动时，则会使人因过分消耗心理能量以及脱离现实而陷入更大的困境，严重的就可能是心理不正常的表现了。

下面我们来看一下曹操在心理失衡的状态下，为降低焦虑而过度地启用了自我防御机制而导致的具体行为表现，而这些行为表现也正是一直为后世所诟病的那些小人行径。换句话说，曹操一生的小人行径，大都与其在心理失衡导致的焦虑状态下，过度地运用自我防御机制有关。

（1）"移置作用"的过度运用

曹操最频繁地过度运用的自我防御机制是"移置作用"。

移置作用是精神分析学派自我防御机制的一种，是指心理能量的释放从原发对象转到另一对象上。即个体将对某人或某事物的情绪反应转移对象，以寻求发泄的过程。第一种为对象移置，这种移置是个体把应该对某个人或物的情感转而表达给另外的人或物。第二种为驱力移置，对象不变，情感改变。它的发生乃是因为这种驱力无法实现，与这一驱力相联系的能量不得不通过另一个

可以表现的驱力发泄出来。

弗洛伊德指出，整个心理能量都具有可移置的性质，但移置的方向和对象的选择却取决于环境、家庭、文化和社会等因素。

从书中描述可以看出，曹操的小人行径的发生，大都在他的激情和冲动状态下。而进一步细究，又可以看出，曹操心理上的引爆点不外乎就是直接或间接与"忠君和篡逆"两件事有关，一旦有人怀疑、非议他对汉献帝忠心，一旦有人要非议他的政治野心和一步步的权力攀升，或一旦有人维护朝廷和汉献帝而想伸张正义等，霎时就会引起曹操的情绪大爆发。因为这正好戳中了曹操自己的情绪痛点。

所以在"衣带诏"一节中，曹操才如此狠毒和残忍。"许田围猎"事件之后，汉献帝不堪忍受其辱，更不堪忍受曹操多年来的作威作福——"操贼弄权，欺压君父；结连党伍，败坏朝纲；敕赏封罚，不由朕主"。于是决定铤而走险，在赐给国舅董承的玉带中密下血诏一份，让董承"纠合忠义两全之烈士，殄灭奸党"。一时除车骑将军董承外，对曹操的"欺君罔上"早就义愤填膺的工部侍郎王子服、长水校尉种辑、议郎吴硕、昭信将军吴子兰、西凉太守马腾、左将军刘备等纷纷秘密响应。后来忠义的御医吉平甘愿请缨，准备在曹操头风发作时，趁机下毒毒死曹操。不想事情败露，曹操暴怒，他不仅残忍地肢解了吉太医，还"将董承等五人，并其全家老小，押送各门处斩。死者共七百余人"。不仅如此，他还亲自带剑入宫，当着汉献帝面就要杀死董承的妹妹董贵妃，在献帝及伏后苦苦哀求下，才同意保留已有五个月身孕的董妃的全尸，最终在宫门外勒杀了怀着皇家血脉的董妃。而且，事后他还"欲废却献帝，更择有德者立之"。看起来，他连多年来苦苦坚守的表面的君臣大义也想丢弃了。曹操，实在是气疯了。

类似的移置现象还有很多。如"棒杀伏皇后，鸩杀二皇子"一事。上文所述，建安二十年（215）左右，趋炎附势的臣子们"议欲尊曹操为魏王"。在这个当口，在曹操的一贯威逼下，"旦夕如坐针毡"的汉献帝和伏皇后，更感到了空前的危机。于是伏后与父亲伏完密谋，准备外结孙、刘，共同诛杀曹操。但不想事情很快就暴露了。曹操这次当然更震怒，令人从殿后椒房内夹壁中揪捕出伏皇后，并"喝左右乱棒打死"。而且，当晚就将参与此事的伏完、大臣穆顺等的"宗族二百余口，皆斩于市"。更为大逆不道的是，棒杀皇后之后，曹操"随即入宫，将伏后所生二子，皆鸩杀之"。曹操欺君罔上的行为简直无以复加！致使"朝野之人，无不惊骇"。

"许都纵火案"中的曹操也是疯狂至极。曹操称魏王后"出入用天子车服"，威福极盛。这引起了一班忠义大臣们的强烈不满，并担心他"早晚受禅""将来必为篡逆之事"。于是怀报国之心"欲扶汉室"的侍中少府耿纪、司直韦晃、汉相金日磾之后金祎、太医吉平之子吉邈和吉穆，共同策划元宵之夜在许都燃起大火，准备趁机"杀尽曹贼，以扶汉室"。事败后，疯狂的曹操杀死敢于忤逆他的五位主谋后，传令将"五家宗族老小，皆斩于市"，至此，事情还远远没有结束，曹操又开始丧心病狂地迁怒于并无干系的在朝大小百官，强行"将百官解赴邺郡"。接着，曹操传令"如曾救火者，可立于红旗下"，并把站到红旗下的无辜的众官"牵出漳河边斩之"，死者多达三百余员。趁此机会，曹操又把整个朝廷重新"换一班人物"，当然全是他的心腹。至此，曹操才感觉解了心头大恨。

无故"横槊刺刘馥"的小人行径，也是因为移置作用。建安十三年（208）冬，曹操平定北方后，越发心高气盛、踌躇满志，亲帅百万之师杀气腾腾奔江东而来，准备实现统一天下的政治野心。月明星稀之夜，曹操在浩瀚长江上与众将宴饮，慷慨地感叹自己大半生纵横天下的英雄功绩之时，又涌起了许多忧思，感叹人生"譬如朝露，去日苦多"，感慨乱世中有志者的无奈犹如"月明星稀，乌鹊南飞；绕树三匝，无枝可依"。不想这时曾为扬州刺史且多有政绩的刘馥指出"大军相当之际，将士用命之时"，大战（赤壁之战）即将开始之际，"月明星稀……"一句不是吉言。不想这一下戳中了曹操的痛点——而如前所分析，这也正是曹操由来已久的个人的深深无奈。又由于此时曹操已大醉，所以他霎时爆发了，一边喊着"汝安敢败吾兴"，一边"手起一槊，刺死刘馥"。疯狂的举动使得众人大为惊骇。确实，"无枝可依"的现实困境曾使得曹操的内心长期体验到了极大的痛苦和煎熬，此时的无故"横槊刺刘馥"只不过是这一痛苦无奈情绪的过度移置而已。

另外，轻易就逼死劳苦功高的功臣荀彧、荀攸叔侄，也是因为曹操潜意识的移置作用。曹操未发迹之时，因举的是为汉室讨贼的忠义大旗，荀彧和荀攸皆来投奔，叔侄二人鞍前马后跟随曹操近三十年，出良谋划奇策无数，为曹操的纵横天下立下了汗马功劳。尤其是荀彧，对曹操的作用不亚于当年的子房（张良）对刘邦的贡献。但由于曹操准备就魏公之任并加九锡时，荀彧提出了不同的看法："不可。丞相本兴义兵，匡扶汉室，当秉忠贞之志，守谦退之节。君子爱人以德，不宜如此。"曹操便"勃然变色"，起了杀心，不久深谙曹操为人的荀彧"会其意，遂服毒而亡"。几年后，当谄媚者想尊曹操为魏王时，中书令荀攸说："不可。丞相官至魏公，荣加九锡，位已极矣。今又进升王位，于理不可。"曹操也大怒并扬言："此人欲效荀彧耶！"荀攸也是深知曹操的，于是"忧愤成疾"，十数日之后便郁郁而亡。同时，为晋升魏王，曹操还杖杀了尚书崔琰，只因他"力言不可"，并"大骂曹操欺君奸贼"。平日也算深明大义的曹操为什么轻易就如此忘恩负义、翻脸不认人？轻易就如此无情地对待老陈故旧？只是因为荀彧提到"义兵、匡扶汉室、忠贞之志……"等字眼，而荀攸指出"进升王位，于理不可"。这当然都是曹操由来已久的心病。此时忽然如此无常的"无情至极"显然是移置了他平时郁积已久的情绪。

总之，以上各类"恶性"事件中，曹操所展现的近似疯狂的小人行径，不仅与这些事件本身给他带来的情绪冲击有关，更重要的是他多年来郁积的情绪的移置，所以他才有强度如此之大的情绪的疯狂大爆发。

（2）心理投射作用的过度运用

书中述道，曹操因多疑而滥杀不少无辜。他之所以多疑，是因为心理上的投射作用——自我防御机制的一种，指把个人固有的心理内容外射给对象（他人或外物），从而以为这些东西是对象所固有。被投射的心理内容往往是个人自身中的无意识倾向，而投射过程也是在无意识中完成的，所以投射者自己并不觉其为投射。如果被投射的心理内容是一些病态的、消极的东西（如敌意、攻击性、破坏性、恐惧等，但有时也包括某些正常的、积极的东西），主体就通过投射作用而摆脱了那些痛苦的、不能容忍的东西，并将它转嫁到他人身上，从而部分地降低了内心的焦虑。

以上分析，曹操内心是存在强烈的道德性焦虑的，曹操自己内心是冲突的，因为既想忠君却又欺君，且心怀篡逆之心，自己也认为此心有违君臣之道，是大逆不道的。因为这一欺君和篡逆之心，他觉得自己是有罪的，是该受惩罚的，甚至是罪当该诛的,这给曹操带来了焦虑,为减轻自罪感,他把这一心理内容投射到了他人身上。所以,他怀疑别人也觉得他应该被杀,于是怀疑人人都有害他之心——会遭别人嫉恨,会遭别人击杀。

梦中杀人一例即是。书中述道"操恐人暗中谋害己身",而且更怕睡梦中别人会害了他,当然这是因为他的心理投射作用,所以故意经常对左右放话:"吾梦中好杀人;凡吾睡着,汝等切勿近前。"不仅如此,他还要实际做一回给别人看看,以达到"杀一儆百"的效果。一次,曹操大白天在寝帐中歇息,恰好被子掉在地上,"一近侍慌取覆盖。操跃起拔剑斩之,复上床睡;半晌而起,佯惊问:'何人杀吾近侍?'众以实对。操痛哭,命厚葬之"。可见曹操是真心怀疑和害怕"别人随时会害他",所以他才不惜草菅人命,达成了期望中的效果"人皆以为操果梦中杀人",他睡着时不再有人敢靠近他。

"无故害死神医华佗"的小人行径也是因为他心理失衡带来的过度投射作用所致。曹操一直罹患头风,发作时头疼欲裂,应召而来的华佗建议"先饮麻肺汤,然后用利斧砍开脑袋,取出风涎,方可除根"。多疑心极重的曹操一听要"砍开脑袋",便不问青红皂白暴跳如雷,认定"汝要杀孤耶!""此人欲乘机害我,正与吉平无异!"登时把华佗送进大狱,整日严刑拷打。华佗是传世神医,如谋士贾诩所谏:"似此良医,世罕其匹,未可废也。"但就是因为曹操自己心理上的过度投射,一生爱才如命的他这次竟昏了头,谁的劝谏也听不进,把世所罕见的奇才华佗折磨致死,致使其传世医药著作《青囊书》也不知所终。曹操因个人好恶而滥杀贤良无辜——华佗,可以说,这一小人行径无疑给那个时代及整个中医学的发展都造成了巨大损失。曹操因此也留下了千古骂名。

都是过度的心理投射作用使得曹操多疑和糊涂至此!因为自己有篡位之心,并自感这是该受谴责的,所以就认定别人肯定也会谴责他,所以就怀疑人人都有害他之心。不仅如此,因为这一心理的过度投射作用,曹操甚至怀疑死后定会有人来掘他的坟墓,所以临终前,他"又遗命于彰德府讲武城外,设立疑冢七十二",目的是"勿令后人知吾葬处"。

曹操的心理投射作用的运用可见一斑!

(3) 否认机制的过度运用

无意识的否认机制是指个体在现实生活中遇上痛苦的难以接受的事情时,

会在无意识中对之加以拒绝和不承认。即拒绝承认那些使人感到焦虑、痛苦的威胁性事件，并加以重新解释。

以上分析过，曹操虽在道德理想上有"忠君"的一面，但他内心也确是有另一面——篡逆之心的。但碍于君臣大义，碍于天下豪杰的强烈抵触，另外尤其是，因为他自己内心深处的道德理想（骨子里崇尚忠孝节义）和道德良心，所以"篡逆之心"给他自己造成了焦虑和痛苦，所以在意识上他并不想承认这一心理内容，于是他在多种场合下，都对自己的不臣之心加以断然否认。如他的一些言论"专欲为国家讨贼立功，图死后得题墓道曰：'汉故征西将军曹侯之墓'""身为宰相，人臣之贵已极，又复何望哉？"并指出有些人是乱怀疑他"或见孤权重，妄相忖度，疑孤有异心，此大谬也"。后来也多次表明自己的这一道德立场。

同时，曹操对自己逐步晋升要职的欺君之行又加以了合理化解释：我必须辅佐汉帝，否则天下将群雄争霸、导致大乱，"如国家无孤一人，正不知几人称帝，几人称王"；另外，如果我放弃权利，天下生灵也必遭涂炭，"但欲孤委捐兵众，归就所封武平侯之国，实不可耳：诚恐一解兵柄，为人所害；孤败则国家倾危；是以不得慕虚名而处实祸也。诸公必无知孤意者。"所以，我的行为纯粹是为了国家和黎民百姓的利益而抛弃了个人的利害。

显然，曹操为了宽慰自己，为了减轻良心对自我的拷问和谴责，硬是否认了自己的篡逆之心，并"理智"地把自己类比为周文王，表明自己还是"忠义"的。人不这么经常骗骗自己又能怎样呢？确实，为了减轻内在焦虑，他自己就先不想承认"抛却忠孝节义、王霸天下、篡逆之心"等想法，当然更不想被别人识破，以免遭天下人嫉恨和非议。

正是由于此，一向爱才如命、宽宏大度的他才以表面的反常的"忌恨"之名杀了杨修。只因为才思过人的杨修"每每能猜中其心事，觉察他隐秘的内心"。

杨修是丞相府内的主薄，是个不折不扣的大才子，博学能言，智识过人。所以，唯有他常常能猜中曹操深藏不露的心思。曹操曾造了一座花园，工程结束时，曹操视察了一圈，并不明说自己的意见，只在一扇门上写了一个"活"字，修曰："门内添活字，乃阔字也。丞相嫌园门阔耳。"曹操开始"心甚忌之"。无独有偶,曹操案头曾放着塞北送的酥饼一盒,他随手在上头写了"一合酥"三个字,喜欢咬文嚼字的杨修便解读为"一人一口酥",并自作主张和众人分吃了。曹操知道后,"虽喜笑,而心恶之"。尤其是"梦中杀人"事件,曹操梦中杀了为他盖被子的侍卫后,佯作是梦中不知,醒来后痛哭起来,并命厚葬近侍。但这一花招没瞒过聪明的杨修,所以临葬侍卫时,杨修指着侍卫的尸体感叹"丞相非在梦中,君乃在梦中耳!"不料曹操知道了,当然"愈恶之"。还有,曹操想在曹丕和曹植二人中选一人立世子,所以经常考察他们的才干,而聪明的杨修却总能猜中曹操要考查什么。一次,曹操令二人"各出邺城门;却密使人分付门吏,令勿放出"。因为杨修与曹植相交甚厚,所以私下给曹植授意"君奉王命而出,如有阻当者,竟斩之可也"。曹植果然这么做了,曹操起初也认为曹植更有才干。另一次,因为曹操经常"以军国之事"来问难于二兄弟,深知曹操的杨修就事先"为曹植作答教十余条",所以曹植每次都"对答如流"。但后来曹操都了解了内情,于是他大怒:"匹夫安敢欺我耶!"如此一再被杨修窥伺到内心,曹操此时已有了杀害杨修之心,只是一时没找到借口。也是天假其便,在刘备取了西川后,曹刘两家交兵于汉中,曹军被诸葛亮设谋打得大败,不得已退回斜谷界口,此时曹操"欲要进兵,又被马超拒守;欲收兵回,又恐被蜀兵耻笑,心中犹豫不决"。在这当口,操随说出口当夜军中口号为:"鸡肋!"结果这次杨修又看透了曹操的心思,"今进不能胜,退恐人笑……来日魏王必班师矣"。并擅自令兵士先行"收拾行装",以待退兵。于是曹操以"惑乱军心之罪",立即斩了杨修,并"将首级号令于辕门外"。

　　杨修之死,固然与他自己恃才放旷的性格有关,但更主要的原因当然是:曹操内心隐秘的另一面自己都不想承认(总是极力加以否认),更不想让别人知道,而杨修总能深知其心,所以杨修对曹操来说是危险的,所以曹操要寻找机会除掉他。后人有诗说得好:"身死因才误,非关欲退兵。"

　　曹操在嘴上甚至在心里确实怎么也不承认自己的篡逆之心。在庆祝铜雀台落成的宴会上,曹操大宴文武百官,武官比试弓箭,文官进献诗篇,谄媚逢迎者"诗中多有称颂曹操功德巍巍、合当受命之意",这正戳中曹操的心病,当时的曹操赶紧极力否认,并拉上周文王自比来表明心迹,"孤常念孔子称文王之至德,此言耿耿在心"。后人有诗专门讽刺此事:"周公恐惧流言日,王莽谦恭下士时,假使当年身便死,一生真伪有谁知!"曹操总是极力否自己的另一面——篡逆之心,显然是自欺欺人,果然,他说的是一套做的却是另一套,他后来又不断地胁迫汉献帝封魏公、加九锡、称魏王、立世子等,离篡逆只一步之遥。由此,曹操也被后人一致认为是虚伪奸诈的化身。

(4) 几种自我防御机制复杂交织起来的过度运用

曹操的有些小人行径是过度运用的几种防御机制复杂交织的结果。杀孔融并灭其一家的毒辣行径,即属于此。

我们认为,曹操因言差语错而竟诛灭孔融一家的毒辣行径,一是移置了对刘备的恨意,二是在他人身上投射了对自己不仁不义的自我谴责。随着刘备羽翼渐丰,对自己曾经善待过而如今却与之争锋的刘备(上文说过刘备曾穷极投靠他,曹操想以信义著天下而没杀他)恨之入骨,唯想除之而后快。而且,曹操生平最忌讳别人说他不仁不义,哪怕只言片语也不行。其深层原因是因为他自己时常有不仁不义之行,而且内心对自己也有谴责,并把这一心理投射到别人身上,总认为别人定会谴责他不仁不义。

孔融乃正宗孔门之后,满腹才华,"文章惊世俗,谈笑侮王公",生性慷慨好友,"座上客常满,樽中酒不空",为人刚直不阿,讲究大仁大义。比如当曹操得知献帝的故臣太尉杨彪与劲敌袁绍有亲戚关系时,就找人诬告杨彪,并准备杀害他。满朝文武只有孔融敢于仗义执言救下了杨彪。当曹操欲斩到徐州征讨刘备未果的部将刘岱、王忠时,又被刚直的孔融劝住了。孔融为官为政仁慈爱民,曾经"在北海六年,甚得民心"。

当日孔融任北海太守时,曾被黄巾余党围困,多亏刘备发兵相助才得以解围。后又共同到徐州救助被曹操为报父仇而征讨的陶谦,刘备和孔融因崇尚信义、意气相投而结下患难友谊。

孔融对"不伐刘备"的劝谏,第一次是在曹操还未打下袁绍时。当时暂时依附曹操的刘备,因为汉献帝衣带诏的原因,也因为曹操对怀有英雄之志的自己开始有了戒心,于是刘备托故去了徐州,逃脱了曹操的牢笼。先派部将刘岱、王忠征讨刘备,未果。曹操大怒,又要亲自起兵征伐刘备,孔融劝道:"方今隆冬盛寒,未可动兵,待来春未为晚也。"殊不知还没等到明春,不想衣带诏事发,刘备竟然属于背后要谋害曹操的人。于是曹操便气汹汹"遂起二十万大军,分兵五路下徐州"。虽然这次交锋，曹操把刘备打得落花流水，但曹操当然更加痛恨刘备了，而且对孔融的先前劝谏曹操肯定也是耿耿于怀的。

孔融的第二次劝谏，发生于曹操已大致平定北方，准备进军向南，一统天下之时。在这之前，徐州兵败后的刘备侥幸屯兵汝南，逐渐又有了一些实力。所以，趁曹操先去征讨袁绍时，刘备就去偷袭空虚的许都，曹操这次当然是简直恨刘备入骨了，袁绍也顾不得去征讨了，他亲率大军直奔汝南。这次又把刘备打得东奔西突只好去依附刘表，暂时屯兵新野。在新野刘备又在徐庶、诸葛亮的辅佐下，采用"博望烧屯，白河用水"之战术，两次大败杀奔新野而来的十几万曹军，使得夏侯惇、曹仁之辈心惊胆战，败回许都。此时，刘备更成了曹操的眼中钉、肉中刺，如夏侯所言："刘备如此猖狂，真腹心之患也，不可不急除。"

于是，建安十三年（208）秋，曹操"便传令起大兵五十万"，准备出师。但就在此时，刚直太过又与刘备私交深厚的太中大夫孔融又开始了劝谏："刘备，刘表皆汉室宗亲，不可轻伐。""今丞相兴此无义之师，恐失天下之望"。被曹操斥退后，刚直的孔融背地里还仰天长叹："以至不仁伐至仁，安得不败乎！""刘备、汉室宗亲、不仁、无义"等字眼皆戳中以上所说的曹操的痛点！果然，曹操的情绪又疯狂地爆发了——强烈的情绪移置和过度投射所致。他认定孔融是谴责他为人上的不仁不义，所以暴跳如雷，并把对刘备的恨全都移置到孔融身上，于是"操大怒，遂命廷尉捕捉孔融""尽收融家小并二子，皆斩之，号令融尸于市"。至此，曹操还不解气，听闻"京兆脂习伏尸而哭。操闻之，大怒，欲杀之"。事实上，孔融不就是仗义执言了几句书生气的实话吗？而且他也只是说"不仁、无义之师"，如不是心理上存在过度的自我防御机制，曹操何至于神经过敏并疯狂至此？

还是因为多年的情绪郁积才使得曹操如此出格和疯狂！

以上即是我们对曹操的小人行径的心理病理分析。总之，曹操人格内部各成分的强烈、持久的冲突造成了曹操的心理失衡，这同时给他带来了焦虑，这种焦虑是相当多样的、复杂的、痛苦的情绪体验。为降低焦虑，减轻心理痛苦，曹操无意识地过度运用了多种自我防御机制，从而导致了其一系列"不忠、不仁、不义"的小人行径。

纵观曹操波澜壮阔的一生，他胸怀天下，忧国忧民，"事汉多年""功德及民"，确实功勋卓著；他餐风饮雪，舟车劳顿，身先士卒征战沙场三十余年，最终逐鹿群雄，平定混乱，总揽了动荡不安的时局，建立了不朽的功业；他豪迈大气，包容豁达，礼贤下士，使天下大批有志之士得以报效国家及黎民……不愧是一位"胸怀大志，腹有良谋，有包藏宇宙之机，吞吐天地之志"的大英雄。另外，他还文采过人，"登高必赋，对景必诗"，曾经开启并繁荣了建安文学，是历史上少有的几位具有诗人情怀的留名青史的政治家之一。但同时，曹操又有为后人所不齿的另一面，他欺君忤逆、专权僭越、任意杀戮、陷害忠良、谋害贤臣……曹操确是一位集千秋功罪于一身的矛盾的人！虽然，其中某些"欺君和忤逆"是部分地出于无奈和形势所迫，但"不仁不义、凶狠残暴"等小人行径却是他病理心理状态导致的结果。

总之，曹操是一位有强烈心理冲突的人，是一位多面性的、复杂的"治世之能臣，乱世之奸雄"。但无论怎样，还是明代钟惺的《邺中歌》说得好，"雄谋韵事与文心，君臣兄弟而父子；英雄未有俗胸中，出没岂随人眼底？"虎踞龙盘的邺城和滔滔的漳河水都预示着"定有异人从此起"。曹操的一生千古文章光彩夺目、英雄气概雄霸天下，潇洒自如，不落俗套，绝不是历史上那些流沙般的庸常官僚之辈可以比拟的！

最后，我们还是套用一句《邺中歌》的词句来作结，"书生轻议冢中人，冢中笑尔书生气！"英雄本色，纵横天下的曹操如若地下有知，对我们在此文中的浅薄解读，或许真要见笑了。

（二）董卓·罪恶滔天、人神共愤·反社会型人格

董卓可称得上是《三国演义》中最大的恶人，堪称"大恶棍、大无赖"。东汉末年宦官张让等"十常侍"作乱期间，为剪除宦官，外戚何进情急之下招外兵入京，于是时任西凉刺史统帅二十万大军的董卓被招进京。董卓早在据西州时，便"常有不臣之心"。不久，在发生宫廷之变时，已进京城屯兵于城外的董卓混乱中保驾仓皇出逃的少帝安然回宫，从此借机骄横跋扈起来，"每日带铁甲马军入城，横行街市""出入宫廷，肆无忌惮"。并逐渐开始了他一系列罪恶滔天的恶行。而且，东汉末年由各路豪杰混战导致的天下大乱，实则也是从董卓

的造逆开始的。

我们认为，与众多小人一样，董卓的罪恶行径有其心理病理原因，"反社会型人格"即是董卓作恶多端的深刻心理原因。

心理学上认为，反社会人格者是指这样一类人：他们的行为不符合社会规范，不顾社会道德及法律认可的规范。情绪暴烈，行为冲动，冷酷仇视社会及他人，缺乏同感和同情心，缺乏责任感。经常发生反社会言行，且在违法乱纪后，缺乏内疚、焦虑感和罪责感，也无羞耻之心。道德观念败坏，自我控制力差。

董卓的所作所为正是如此。以下即是董卓反社会人格的具体行为表现。

首先，违反纲常的反社会行为时有发生。

在此，举典型的三件事为例。一件是"欺天罔地，灭国弑君"。入京不久，董卓便凭借自己手握兵权倒行逆施，强行废少帝刘辩，立陈留王刘协为新帝，且对这样一件大逆不道的废立之事，丝毫没有愧疚感。大臣中有不从者便"以军法从事"！接着便捏造罪名，派人杀死何太后和唐妃，并"以鸩酒灌杀少帝"。另一件是"秽乱宫禁，残害生灵"。杀死少帝后，官拜相国的董卓"自此每夜入宫，奸淫宫女，夜宿龙床"。更有甚者，丧尽天良的他还时常随意杀百姓来取乐，在一次村民社赛上，"卓命军士围住，尽皆杀之，掠妇女财物，装载车上，悬头千余颗于车下……于城门外焚烧人头，以妇女财物分散众军。"第三件是"焚烧宫室，劫迁天子"。董卓专权后，为躲避各路诸侯的大举讨伐，他挟持着天子强行把都城从洛阳东迁到了长安。临行前，董卓竟然连纲常大纪都不顾，"教诸门放火，焚烧居民房屋，并放火烧宗庙宫府……又差吕布发掘先皇及后妃陵寝，取其金宝。军士乘势掘官民坟冢殆尽"。最后，劫持了天子并后妃，载"金珠缎匹好物数千余车"，驱赶着一路号哭的民众，直奔长安而去。在那个讲究君臣之纲，讲究忠孝大义的时代，董卓可谓是"逆天而为"！而行为无原则和不道德正是反社会人格者的最突出表现。

其次，董卓情绪暴戾，骄横跋扈。

他动辄暴跳如雷，肆意妄为。专权后，与大臣只要一言不合，便怒叱："顺我者生，逆我者死！""天下事在我！我今为之，谁敢不从！"接着便是每每拔剑向前欲行施生杀大权。当准备强行迁都长安时，几位有良知的大臣杨彪等皆极力劝谏，认为不宜"捐宗庙、弃皇陵"来骚扰百姓。董卓便不问青红皂白暴怒起来，"汝阻国家大计耶？""汝等再休乱言"，并"即日罢杨彪、黄琬、荀爽为庶民"。尚书周毖、城门校尉伍琼又来劝谏，董卓更是怒不可遏，立即"叱武士推出都门斩首"。一日正宴饮间，吕布在其耳边密告了几句，董卓便命人于宴席上当场"揪司空张温下堂"，片刻间"侍从将一红盘，托张温头入献"，百官都吓得魂不附体。至于"张温结连袁术"到底是真还是假，董卓才懒得去核实呢，"草菅人命"本就是他的一贯作为。董卓一味凭一时性起和一时兴起而胡作非为，行为的冲动性是心理上缺乏约束机制的表现。

第三，董卓严重地缺乏责任感，一味地自私自利。

为满足他个人专权的私欲，轻易就"驱洛阳之民数百万口，前赴长安"。身为一国之相的他扬言："吾为天下计，岂惜小民哉！"临离开洛阳时，为把洛阳富户的巨万"家赀"据为己有，董卓"差铁骑五千、遍行捉拿洛阳富户，共数千家，插旗头上大书'反臣逆党'，尽斩于城外，取其金赀"。迁都长安后，愈加穷奢极欲，骄横跋扈，胡作非为，先是"自号为'尚父'，出入僭天子仪仗"；再是驱赶奴役"民夫二十五万人"为他个人造都城和宫殿，而且要和皇家一个等次，并达到"仓库囤积二十年粮食；选民间少年美女八百人实其中，金玉、彩帛、珍珠堆积不知其数；家属都住在内"的极度奢华。无法自制某些意愿及个人欲望，是这类人反社会行为的内在原因。

第四，董卓在情感上表现为冷酷无情。

董卓不仅对百姓毫无怜悯和同情之心，还肆意涂炭生灵。迁都长安的路上，他"纵军士淫人妻女，夺人粮食；啼哭之声，震动天地。如有行得迟者，背后三千军催督，军手执白刃，于路杀人"。在长安，一日与百官于路设帐宴饮，正好遇上"招安降卒数百人"，董卓便开始拿杀戮俘虏取乐，"或断其手足，或凿其眼睛，或割其舌，或以大锅煮之"，以致"哀号之声震天"，同饮的百官惊恐到战栗不已，连筷子都拿不住，董卓却照样谈笑自如。其罪恶滔天与人性沦丧程度可见一斑！违法乱纪后，缺乏内疚、罪责感，更无羞耻之心，正是反社会人格者之所以嗜血和冷血的内在心理原因。

总之，反社会人格者的表现即是如此。他们撒谎、欺骗、伤害他人及社会已经习以为常，为人冷酷无情，极端自私自利，不诚实，不守信用，缺乏起码的责任感与基本道义感,自尊心极强,自我中心甚至是唯我独尊,而且道德观念败坏,自我控制力差。

纵观董卓的一生,真可谓是"上欺天子,下虐生灵,罪恶贯盈,人神共愤"。但俗语说得好"多行不义必自毙",果不其然,心怀社稷苍生的司徒王允在美女貂蝉的帮助下,运用美人计和反间计的双双夹攻,使得大恶棍董卓落了个"暴尸于市、诛灭家族和万人唾骂"的境地。文中如此描述了逆贼董卓的下场:"卓尸肥胖,看尸军士以火置其脐中为灯,膏流满地。百姓过者,莫不手掷其头,足践其尸。"

恶贯满盈的董卓实乃罪有应得!

(三)吕布——马中赤兔、人中吕布·消极的儿童自我状态

"温侯吕布世无比,雄才四海夸英伟。"

吕布的骁勇异常是《三国演义》中盖世无双的。与他座下的"火炭般赤,无半根杂毛",犹如"火龙飞下九天来"的嘶风赤兔宝马堪称绝配,所以当时人称"人中吕布,马中赤兔"。但吕布的"勇而无谋,见利忘义"也是人人皆知的。纵观吕布的一生,主要由于他不断地投靠他人,又不断地利用和背叛他人,所以最后落得个众将叛离、军中上下离心、危难之时众人落井下石,以至于命丧白门楼的下场。

我们认为,吕布的反复无常、见利忘义和不断地背叛他人也是有深刻的心理病理原因的,"被消极的儿童自我支配"即是吕布小人行径的深层心理原因。

美国心理学家埃瑞克·伯恩的人际沟通分析理论认为,我们的人格由三种自我状态组成:父母自我状态(父母我)、成人自我状态(成人我)和儿童自我状态(儿童我)。其中每一种自我状态都包括完整的思想、情感和行为方式,人与人之间的交往就是人们各自的"三我"之间的交往。只要是发生在人与人之间的关系,就会牵涉到我们自我状态的表现。父母我,源于幼年从父母或担任父母角色的人那里承袭来的行为思考模式和感觉状态,即与人交往常常会表现出教育、批评、教训、控制的一面;或者常常会表现出温暖、关怀、安慰、鼓励的一面。成人我,是一个人对既有的资源和环境条件进行理性分析后决策行动,即针对此时此刻所反映出的行为、想法和感受。一个人处于成人自我状态

时，其思想、行为和情感都指向于此时此地，具体表现为理性、精于计算、尊重事实和非感性的行为。儿童我，则多表现出自发的情绪和行为，容易感情用事、任性、自我中心等，或者相反，自卑懦弱，屈从于人。每个人在自己的内心深处都住着一个小小的儿童，当一个人以儿童自我状态与人交往时，他的情感、思考和行为表现等就会表现得像孩子一样。总之，父母我——完美主义、自责，成人我——理性、客观、周到，儿童我——自卑、自大、任性等。

　　该理论还指出，人都是一身兼有三我的。如果一个人的有效整合的成人我在人格中所占比例恰当，并且能够把握自己的父母我和儿童我，即一个人处于有效整合的成人我的影响下，那么他的心理就是健康的。但当父母我或者儿童我的某一负面因素占主导地位时，就会影响成人我。伯恩是从人际关系角度谈三我的状态和健康人格的，因此特别强调成人我的重要性。他认为，要拥有健康的人格，与人交往时应努力扩大自己的"成人我"。即知道识别自己的父母我并降低其干扰，同时成人我还有一个功能是检验儿童意识，看其情感是否适宜，是否过时，是否是父母意识的翻版。如此，成人意识就会强大并且自主，就会有助于在平等、公正、合作的基础上与人建立起积极的人际关系。

　　根据人际沟通分析理论，吕布的心理不健康的实质具体可以解读为：其人格中"成人我"所占比例严重不足，而同时在人际交往中，时常被"消极的儿童我"所支配。成人我在人格中所占比例不恰当，所以也就不能用"有效整合的成人我"来识别自身的消极"儿童我"并降低其干扰。心理被消极的儿童我所支配，使得他的所作所为时常会像孩子一样，变得感情用事、任性、自我中心，并且缺乏自我控制，为人处世情绪化等。而同时，"儿童我"的某些负面因素占了主导地位，又反过来影响了他的"成人我"的作用发挥。这是一个恶性循环。

　　我们来看吕布在这一病态心理下的具体行为表现。

　　首先，吕布一味地任性、反叛，对人对事都缺乏持久、稳定的情感。

　　吕布心中只有为满足个人需要而一时兴起的情绪，缺乏持久、稳定的情感，更缺乏深刻的道德感。一个典型事例是：他连杀了两任干爹。吕布当初在干爹丁原（荆州刺史）麾下时，两人并没有任何嫌隙，而且看起来相处得还颇为融洽，丁原对他相当信任，比如他可以不受任何约束地在深夜"提刀径入丁原帐中"。但因为董卓送来的"赤兔马一匹、黄金一千两、明珠数十颗、玉带一条"

等，就使得吕布霎时见利忘义，自愿主动地提出杀了丁原作为投靠董卓的见面礼。吕布丝毫没顾及丁原多年来对他的知遇之恩。他的内心就是个孩子，他只凭一时兴起和一时性起而为人处事。果然，当董卓挡了他"获取美女貂蝉"的道时，他又毫不犹豫地诛杀了董卓。可见，在他的心里一贯缺乏对人的稳定的持久的情义。吕布的这一心理特征还表现在另一个典型事件中，那就是，他处理与刘备方面的关系也很不仁义，以至于最后自食其果。吕布当初被曹操攻破兖州、濮阳时，不想袁绍也借机想合谋铲除他，此时的吕布可以说是走投无路，只好投奔了已领徐州牧的刘备。刘备仰慕他的英武，对他敬若上宾，尊重有加，甚至想把徐州让给他。最后因为关、张二将的极力阻拦，刘备也暂且把小沛让给他屯兵。不久，刘备还仗义违背了实力强大的曹操让他铲除吕布的意图。应该说，刘备此举对当时的吕布实属一份恩德。但不久，吕布却"受恩而反图之"，趁刘备出兵攻打袁术的时候，出其不意夺了徐州。让刘备委屈地去了小沛。而且就在此刻，袁术借机笼络吕布"许以粮五万斛、马五百匹、金银一万两、彩缎一千匹，使夹攻刘备"。吕布便不假思索地一口答应了下来，果然"令高顺领兵五万袭玄德之后"。这一忘恩负义的举动为日后曹刘两家联合攻打他和刘备纵容曹操杀掉他埋下了后患。另外，在吕布心中也缺乏"对国家忠孝"这一深刻的道义。杀丁原投董卓时，丝毫不顾及丁原的仗义执言和一身的浩然正气，更不考虑投靠董卓是在为虎作伥。而且，在董卓专权、倒行逆施之际，吕布却在董卓帐下言听计从、助纣为虐，为董卓的滔天罪行处处保驾护航。在内，为讨董卓欢心，先是替董卓诛杀图谋行刺的越骑校尉伍孚，而早已将个人生死置之度外敢于在朝堂刺杀逆贼董卓的伍孚，实乃是"冲天豪气世间无"的汉末忠臣！后于筵席上吕布又密告司空张温私通袁绍，董卓于筵上"揪司空张温下堂"，并立马斩下张温的脑袋。在外，吕布为董卓一次次杀退讨伐逆贼的各路正义之师，比如虎牢关一战，若不是因为吕布，八路诸侯很可能讨伐董贼成功。还有董卓劫迁天子建都长安一事，吕布于荥阳大战来追杀董卓的曹操，"布引铁骑掩杀，操军大败，回望荥阳而走"，这一战致使曹操大败而逃。可以说，没有吕布的一路保驾，董卓的"劫迁天子，流徙百姓"的罪恶计划不可能得逞。所以，自从有了吕布，董卓的作恶多端更是有恃无恐了。问题的关键是，吕布做这些不仁之事时，全然不考虑自己的这些行为于国家于黎民的危害。吕布这种个性放任（为满足个人欲望连忠义这样的道德信条都敢不顾）的性格是他内心深处消极的儿童我一直在作祟的结果。

确实，吕布的内心就是个孩子，他还一味拜别人为干爹，杀了干爹丁原后，霎时又自愿拜董卓为干爹，"公若不弃，布请拜为义父"。"总是认干爹"其实是他内心被消极的儿童我支配的一个象征性表现。吕布就是如此地缺乏"成人我"对人该有的稳定的情感，同时也缺乏对国家社稷该有的深刻的道义感。

其次，为人做事情绪化，从不思前想后。

这也是消极的儿童我状态的一个特点。诛杀董卓后，一时天下大乱。董卓的西凉兵余部趁此来犯京城，按说凭借吕布的骁勇善战和他手下所拥朝廷军队，以及麾下张辽、臧霸、侯成等八员干将和一干谋略人才等，相较之下，西凉兵在天时地利上都不占优势。但就是因为吕布的动辄"怒气填胸"，行为和决断完全被情绪控制，被李傕等共议以"彭越挠楚之法"就玩弄于股掌之间，最后一败涂地。具体是李傕、郭汜故意每日轮流"诱他厮杀""忽报郭汜在阵后杀来，布急回战。只闻鼓声大震，汜军已退。布方欲收军，锣声响处，傕军又来。未及对敌，背后郭汜又领军杀到。及至吕布来时，却又擂鼓收军去了"。就这样不断地用"鸣金进兵"和"擂鼓收兵"，且"一连如此几日"，使得吕布每每"怒气填胸"，过于强烈的愤怒情绪果然使吕布丧失了明智的判断，中了对方设好的圈套。单是他每日里只顾左冲右突，就"折了好些人马"。而且，当李傕、郭汜引诱吕布大军外出长安并连续几日拖住他，把他玩得团团转的时候，张济和樊稠"却分兵两路，径取长安"。在这一起对峙中，吕布总是像孩子一样被情绪所左右和支配，被不断的愤怒冲昏了头脑，一味地凭意气用事，丝毫不用理智和头脑来全面周详地决断全军的行为，所以，最后的失败也是可想而知的了。另外，吕布还"孩子气"地在军中任意随意杀伐，使得将心和军心也渐渐丧失，以致最后众叛亲离。西凉军进犯之初，与他合谋诛杀董卓的郡骑都尉李肃请缨当先迎战，大败西凉军，但不想当夜遭到劫寨，毫无防备的李肃军折军大半。吕布即大怒，"遂斩李肃，悬头军门"。李肃虽然也不是什么贤良之辈，但此时正当用人之际却杀了李肃，显然不是明智之举。接着又随意诛杀了叛逃敌方来投靠他的胡赤儿。殊不知，吕布如此一来二去的妄杀，已经动摇涣散了军心，不久，就出现了"军士畏吕布暴厉，多有降贼者"的局面。因此，动辄"怒气填胸"、情绪化、意气用事的吕布，纵然骁勇无双，最后还是被西凉军攻破京城，吕布从此也就开始了他仓皇如丧家之犬的逃亡之路。这一结局实则是因为吕布缺"成人我"该有的筹划和头脑。

如此情绪化的行为当然还有许多。一听见袁术送来钱粮结交，便大喜，即刻"令高顺领兵五万袭玄德之后"，丝毫不考虑刘备曾经对他的情分。袁术的钱粮没及时兑现，便大怒，"骂袁术失信，欲起兵伐之"。一听得"是刘备之弟张飞，诈妆山贼，抢劫马匹去了"，便大怒，"随即点兵往小沛来斗张飞"。最终把刘备赶出小沛投靠了曹操，所以才有了日后曹刘联合攻打他的后患。对待曹操方面的笼络和算计，吕布也是如此，他完全不细究曹操的背后意图，来使王则"在吕布面前极道曹公相敬之意"，吕布便大喜，一听说陈登出使曹营后"父赠禄，某为太守"，吕布便大怒，但陈登的几句文过饰非之词，接着便换来"布掷剑笑曰：'曹公知我也'"。吕布真是个容易哄也容易骗的孩子！他该有的"成人我"的理智和谋划时时被他的情绪化冲垮，所以才被别人一再算计和利用，而他的言行同时也常常表现得背信弃义，十足是个"小人"。

再次，被消极的儿童我支配的人还表现为自我中心，有超强的自我优越感。

纵观吕布的言行，即是如此。他自恃武艺高强，总是一意孤行，骄矜傲慢，刚愎自用且听不进任何合理化谏言。当初西凉兵来犯长安时，吕布就大言不惭地对王允说："司徒放心。量此鼠辈，何足数也！"于是轻率地领李肃出兵长安城外，果然中了对方的阴谋。被西凉军攻破长安后，情急之下先投靠了袁绍，"绍纳之，与布共破张燕于常山。布自以为得志，傲慢袁绍手下将士。绍欲杀之"。无奈，吕布只好开始了新的投靠和再投靠，好在不久，在陈宫的谋划下夺得了曹操的兖州和濮阳。待曹操来反攻时，他不听陈宫的极力劝谏，非让能耐不大的薛兰驻守兖州，不仅如此，骄矜傲慢的他还相当轻视陈宫的进谏，"吾屯濮阳，别有良谋，汝岂知之！"驻扎濮阳后，陈宫又劝谏，"今曹兵远来疲困，利在速战，不可养成气力。"吕布大言不惭地说："吾匹马纵横天下，何愁曹操！待其下寨，吾自擒之。"于是又犯下了第二次致命的错误。与曹军几番胜负不分的混战之后，曹军又来进军濮阳，陈宫极力阻止吕布不要擅自出战，优越感极强、不可一世的吕布竟回言"吾怕谁来？"径自引军出战。是吕布的"自我中心、刚愎自用"导致他三次不纳陈宫之言，才最终招致了兖州和濮阳的覆灭。

后来吕布的最后根据地——下邳的失守也部分地源于此。万般无奈退守下邳时，曹军接着来赶尽杀绝，陈宫又进谏："曹操远来，势不能久。将军可以步骑出屯于外，宫将余众闭守于内；操若攻将军，宫引兵击其背；若来攻城，将军为救于后；不过旬日，操军食尽，可一鼓而破；此乃掎角之势也。"确实，胜败乃兵家常事，吕布此时还存有最后一搏的机会，但他依然自我感觉过于良好，并仰仗着自己超常的个人实力，所以仍然发出"吾有画戟、赤兔马，谁敢近我"等狂妄之言。再加上一味听取妻妾的妇人之言，所以这次又没有采纳陈宫的意见，最终导致回天无力。而且自我中心的吕布，也从不考虑、顾及和体谅他人的感受，对待手下将士一贯寡恩少义，所以也慢慢激起了将士们的集体叛离。侯成是多年跟随他征战南北的八员干将之一，在下邳，因为区区小错，吕布就要斩首他，在众人苦苦求情下，还是"打了五十背花"以示羞辱。加之此时的下邳大势已去，其情状是"军围城下，水绕壕边"，魏续、宋宪等干将更是因此对吕布完全丧失了信心。于是众将集体叛离，侯成盗了其坐骑赤兔马，宋宪盗了其兵器方天画戟，并与魏续一齐动手，将熟睡中的吕布用绳缠索绑献给了曹操。至此，曾经纵横四海、不可一世的吕布终于被曹操灭掉了。

总之，吕布的情感、思考和行为表现等就像一个孩子一样——他对人对事不太负责任、常常率性而为，缺乏自我控制，有时甚至有些许任性胡为；他自制力差，自我要求低，但同时也是自我中心的，好冲动，情绪化……其所作所为从来不像成人一样约束自己的感情而达到理智化和现实化，也不去用规则、章程、纪律等来限制自我从而对他人和社会负责，所以他的行为常常不符合社会规范、文化标准和道德要求等。吕布在一系列人际交往中，就像一个任性、反叛、自我中心、感情用事的孩子，为所欲为，全然失去了作为一个成人该有的理智和现实感。

总之，吕布的小人行径的根源在于，他人格中的成人我没有很好地发展起来，他是被消极的儿童我所支配的人。

这同时也导致了吕布个人命运的大悲剧！

（四）曹丕——亲情泯灭·权力情结

煮豆燃豆萁，

>　　豆在釜中泣，
>
>　　本是同根生，
>
>　　相煎何太急！

　　这是曹操的三子曹植的《七步诗》，该诗就写于他的亲兄弟曹丕要置他于死地的那千钧一刻。

　　曹丕，曹操的长子。他"八岁能属文，有逸才，博古通今，善骑射，好击剑"，可以说，后来曹丕在文韬武略上也都颇有建树。比如在文采上与其父曹操、其弟曹植合称三曹，"三曹"与建安七子被视作汉末三国时期文学成就的代表。但同时，曹丕也以争夺王位时不惜骨肉相残和公然篡汉而臭名昭著于三国。曹丕素有权谋，曹操死后，他继位魏王，但就在同一年，便运用阴谋迅速达到了篡汉的目的，从而结束了东汉末年自曹操以来曹家二十多年的"挟天子以令诸侯"的局面，最终达成了"废除汉献帝取而代之"的卑劣目的。可以想见，在当时那个讲究"忠义至上"的时代，曹丕的行为无疑是最大逆不道的。

　　我们认为，曹丕的亲情泯灭和篡逆之行皆源于他潜意识中的一个解不开的情结，那就是权力情结。是这一情结时时控制了他的意识和行为，是这一情结使得曹丕成了一个千古小人。

　　在前面有关的章节中，我们阐述过荣格的情结理论，情结是一种无意识的心理纠葛，是被意识压抑在心灵深处日积月累形成的具有本能冲动与情绪倾向的各种意念群。它潜藏于无意识的深层。此时，人根本不知道压抑的是什么，或者根本不知道自己有所压抑，人可能成为无意识力量的受害者，即被情结所控制。

　　而且，人人都有情结，只是在内容、数量、强度和来源等方面各不相同。情结的种类繁多，此处谈到的权力情结可以具体描述为：一个有权力情结的人，一味地崇尚权力，把拥有和获取权力看成是生活的轴心。为了获取权力，会不择手段甚至不惜牺牲亲友去达到目的。在获取权力之后，往往又会滥用手中的权力，以至于给他人或社会造成极大危害。人一旦受困于权力情结，那么头脑和心灵就被"追逐权利、获取权利、占有权利"强烈地占据着，从而无法考虑其他的东西，它使个体沉溺于这种情绪而不能自拔，而他本人对此是意识不到的。

下面来看一下曹丕在心理上受困于权力情结的几个典型表现。

第一，多年的阴谋、欺骗和陷害，用尽心机。

曹操封魏王之爵后，欲立世子。在曹操的所有儿子中，对曹丕的继位最具有潜在威胁力的是曹植，曹植一生才华横溢，能"应声而作诗"，本文前那首流传甚广、影响深远的诗就是他的出口成章之作。曹操极欣赏曹植的"极聪明，举笔成章"，也曾一度有立其为"后嗣"之意。但在曹丕的一系列阴谋策划下，曹操最终打消了这一念头。

比如，曹操因为酷爱曹植的"聪明冠世"，开始是倾向于立曹植为世子的。曹丕知道后，赶紧秘密地请朝歌长吴质入内府商议，怕人发觉，偷偷藏吴质于大簏中运进府内，不想还真是被主薄杨修发现了。考虑到曹植与杨修一度关系密切，二人私交甚厚到"爱修之才，常邀修谈论，终夜不息"的程度，于是奸猾的曹丕干脆将计就计，再次运大簏进府，不过这次经查证真的是绢匹，曹操因此就怀疑是杨修想陷害曹丕，本来不喜杨修的曹操于是更厌恶杨修了。这对曹植当然很不利。另外，曹操曾多次试曹丕、曹植的才干，每次都是曹植更有胜算，曹丕对此当然很恐慌。不过，曹丕知道曹操厌恶杨修，所以就暗暗买通曹植的左右，每次都向曹操密告是杨修在背后替曹植谋划的。而其实，二人背后都各有自己的幕僚，但因为曹操不喜杨修，所以每每会大怒，因此也渐渐地"亦不喜植"。

再比如，曹丕因为"恐不得立"，便拉拢了深知曹操为人的中大夫贾诩。按贾诩的指示，每逢曹操出征时，不学曹植的"称述功德，发言成章"，而是每每"流涕而拜"，极力表现出对父亲曹操的深切惦念和依依不舍。当然曹丕的这一切都是假装的和事先策划好的。但时间一长，曹操就认为曹植只是在对他卖乖卖巧，而曹丕对他则是一片赤诚之心。而且，曹丕还买通了曹操的近侍，天天在曹操耳边称赞曹丕的品德。中大夫贾诩是曹操最信任的人，因为曹丕早就疏通好了，所以当曹操立后嗣而犹豫不决时，贾诩进言："思袁本初、刘景升父子也"。他是在巧妙地向曹操指出"废长立幼"的前车之鉴，从而也就适时地左右了曹操立嗣的倾向。

对权力极度崇尚的曹丕为了登上魏王的宝座，还不惜运用各种阴谋诡计来进行欺骗和陷害，他的一系列处心积虑的经营都是为获取至高的权力。终于，在建安二十五年（220），曹操临终时，留下遗言："孤平生所爱第三子植，为人虚华少诚实，嗜酒放纵，因此不立……惟长子曹丕，笃厚恭谨，可继我业。卿等宜辅佐之。"

曹丕的阴谋暂时得逞！

第二，强烈的权利欲时时过度投射到他人身上，猜忌心很重。

经过一番苦心营诣，曹丕终于得到王位后，由于他自己在心理上极度沉醉和看重权力——权力情结的存在，也由于这一权力的来之不易，所以，他极为担心这一权力的不稳固，并不由自主地把这一心理投射到了他人身上。

投射作用，前文说过，是指把个人固有的心理内容外射给对象（他人或外物）从而以为这些东西是对象所固有。被投射的心理内容往往是个人自身的无意识倾向，而投射过程也是在无意识中完成的，所以投射者自己并不觉其为投射。被投射的心理内容往往指一些病态的、消极的东西（如敌意、攻击性、破坏性、恐惧等），但有时也包括某些正常的、积极的东西。例如甲对乙怀有敌意却不自觉，而将这种敌意外射到乙身上，遂认为乙对自己怀有敌意。又如一个人内心中原有某种病态的恐惧，在投射作用影响下，遂认为整个世界无时无刻不在威胁着他的安全。投射作用人人都有，但如果过度，就是心理不健康的表现。

而曹丕，在权力情结的无意识地驱使下，即是把自己极度的权力欲——这一无意识心理投射到了他的兄弟们身上，即他否认自己有不可接受的欲望，反而责怪别人也有这样的想法和欲望。所以，在曹丕心里，他认为其兄弟们都如他一样必有觊觎王位之心，而且必然对他怀有敌意，同时由于对王位（权力）的失去怀有恐惧，所以他认定兄弟们无时无刻不在威胁着他的王位的安全。

曹丕的二弟曹彰，曹操评价他"勇而无谋"，且从小善骑射不喜读书，立志成为大将军，曾如此勉励自己"大丈夫当学卫青、霍去病，立功沙漠，长驱数十万众，纵横天下"。可以想见，曹彰根本没有"立志图王"的企图。但当其父曹操刚刚薨逝，曹丕刚即位，曹彰接到报丧即领十万大军自长安远来邺郡奔丧时，曹丕获讯后大惊，既而断定"黄须小弟，平日性刚，深通武艺。今提兵远来，必与孤争王位也。如之奈何？"这当然是曹丕多虑了，片言交际之后，并无异心的曹彰便"即时斥退左右将士，只身入内，拜见曹丕"。但曹丕毕竟还是不安心，最后还是令"曹彰将本部军马尽交与曹丕"，这基本上相当于解除了曹彰的兵权，如此，曹丕才放心让曹彰回了鄢陵。由于高度恐惧自己好不容易获取的权力不稳固，所以曹丕生活得诚惶诚恐，遂认为整个世界无时无刻不在威胁着他的权力。为了捍卫自己的权力，曹丕真是风声鹤唳、草木皆兵。

对待另两位弟弟也是如此。四弟曹熊和三弟曹植在曹丕继位后果真有谋反夺位之心吗？曹熊一生"多病"，自身都"难保"长久，会蓄意谋反吗？而在个人能力上曾与其一直相抗衡的曹植，生性旷达、嗜酒不羁、好吟咏喜散淡，当初在"争士子位"时也从没见曹植花过什么心思，在父亲去世曹丕即位之后，因为郁闷与文人雅士们日日烂醉如泥，这像是要谋反的样子吗？但就是因为权力欲极强的曹丕心理上的不安全感造成的投射，使他对身心衰弱的曹熊也极度充满顾虑，一旦找到借口就上门问罪。"怀才抱智"的曹植更是曹丕的一大心病，时时要严加防范，时时想除之以绝后患。所以，才有了不久骨肉相残的一幕。

"权力情结"使得曹丕成了一个典型的"猜忌心极重、对谁也不再相信放心"的心理病态者。

第三，对待亲人故旧冷酷无情，百般残害亲兄弟。

未获得王位前，曹丕对其父曹操表现得可谓父子情深，并用这一招打动了曹操，使得曹操认定其生性"笃厚"。这也为他的继位加了一筹砝码。曹丕对其父亲真是感情深厚吗？且看，当曹操刚驾崩，棺椁刚运到邺郡、灵柩还停于偏殿的当日，曹丕就"即日登位，受大小官僚拜舞起居"，并开始"宴会庆贺"。曹丕这一极端不孝的无良行径，虽部分是由于受了谄媚者的鼓动，但也还是曹丕的权力情结在作祟。为了尽快得到权力，人伦大义也暂时可以抛却，因为权力在他心中是至上的，尽快登位也就是至上的，哪还有心思去管"父亲新丧尸骨未寒"呢？

对待老臣故旧，曹丕也相当绝情。于禁跟随其父曹操三十余年，一生戎马倥偬驰骋疆场，屡次立下赫赫战功。曾被曹操"赐以金器一副，封益寿亭侯"。但就因为在樊城被关公水淹七军后被俘，一念之差不得已而降了关羽，这给他功勋卓著的一生留下了些许瑕疵。关公败走麦城后，孙权把被羁押的于禁还给了曹操，曹操对这位功不可没的老臣依旧待之如初。但等曹丕继位后，考虑到于禁没有选择死节来报效魏国的行为，可能会影响其他将领，而这可能会对他的政权稳固不利。所以曹丕极其鄙视于禁。他要杀一儆百，清除于禁造成的不良影响。于是，他故意让于禁去守曹操的墓，并事先处心积虑地令人在陵屋中白粉壁上画了图："图画关云长水淹七军擒获于禁之事：画云长俨然上坐，庞德愤怒不屈，于禁拜伏于地，哀求乞命之状。"可想而知，于禁见到这图画后，又羞恼，又气愤，郁郁成病，"不久而死"。于禁毕竟是为曹家鞍前马后效命三十年的旧交呀！曹家哪能忍心待劳苦功高的于禁如此！如上所说，有权力情结的人，一旦拥有了权力，就要炫耀一般地滥用手中的权力。是滥用权力导致了曹丕的阴险毒辣。曹丕骨子里的权力情结可见一斑！

曹丕的无情无义更表现在"王丧未远，便问罪于骨肉"的事件中。曹熊、曹植之所以不敢来奔父亲曹操的丧，是因为他们肯定深知曹丕为人之狠毒，谁对他的权力存在威胁，谁就会有杀身之祸。所以来奔丧会有生命危险，不来或许能幸免。所以当曹丕遣使问罪时，萧怀侯曹熊还是选择"自缢身死"。曹熊自杀是因为他知道只要他还活着，就会被认为是对曹丕权力构成威胁的，曹丕不会放过他的。果不其然，没自裁的曹植等一干人即刻被擒拿到邺郡，先无端杀了其党丁仪等，准备接着诛杀曹植。在其母卞氏的苦苦哀求下，也还是不想放过曹植，于是决定采用一条权宜之计，曹丕当众扬言："限汝行七步吟诗一首。若果能，则免一死。"不想才气冲天的曹植果然七步成诗，这即是本文前曹植讽刺曹丕不惜骨肉相残"应声而作"的《七步诗》。后因为母亲卞氏的再次哭求，曹丕无奈，只得暂时留了曹植一条性命。

权力是曹丕生活的轴心，无论是谁，只要对他的权力不利或可能不利，就唯有赶尽杀绝才称心快意。曹丕已经被权力情结所控制，而且是一种无意识地控制，所以他才如此无情地对待自己的亲人故旧。

第四，篡逆的嘴脸欲盖弥彰、丑陋无比。

经过一系列对异己力量的剪除，曹丕终于安居了王位。但在权力情结的支配下，他依旧欲壑难填，因为他对权力的追寻是无止境的。不久，就在一群贪图富贵、惯于溜须拍马的大臣们的纵容下，开始一步步逼迫汉献帝退位。但正如曹后（其妹，嫁于献帝为后）痛斥的那样："吾父功盖寰区，威震天下，然且不敢篡窃神器。今吾兄嗣位未几，辄思篡汉，皇天必不祚尔！"的确，连"功德巍巍"的其父曹操都至少还有自知之明，至少表面上还顾及"君臣"大义："吾事汉多年，虽有功德及民，然位至于王，名爵已极，何敢更有他望？"所以，曹操一直未敢如逢迎者所一再劝谏的那样"应天顺人，早正大位"而公然篡汉。而曹丕，却肆无忌惮地敢于冒天下之大不韪！可见，他追逐权力的欲望之高已使得他忘乎所以，不顾一切。而更为可耻的是，曹丕还想极力掩饰和洗白自己的篡逆行为，竟然想把自己的无耻行为美化成是在仿效尧、舜、禹禅让之道，于是他上演了一出"受禅坛"丑剧。

先是华歆等一班文武去威逼和恐吓，汉献帝只好忍辱含泪草诏天下，并"令华歆赍捧诏玺，引百官直至魏王宫献纳。"曹丕果然大喜，即刻"便欲受诏"。但在狡猾的司马懿的授意下，暂且假意推让，并开始着意进行了以下表演：曹丕"令王朗作表，自称德薄，请别求大贤以嗣天位"。接着，华歆又命令汉献帝第二次草诏让位，曹丕接到诏书后当然更为欣喜，但这次他更学乖了，提出"虽二次有诏，然终恐天下后世，不免篡窃之名也"。所以又主动辞让了。接着为更能掩人耳目，堵住天下人的口，在贾诩的谋划下，大张旗鼓地举办了一个禅让的仪式——"令汉帝筑一坛，名受禅坛；择吉日良辰，集大小公卿，尽到坛下，令天子亲奉玺绶，禅天下与王，便可以释群疑而绝众议矣。"于是，堂而皇之地，于延康元年（220）十月庚午日寅时"魏王曹丕即受八般大礼，登了帝位。"

在这出丑剧中，曹丕情绪上一而再的"大喜"，和行为上一而再的假装"辞让"，无一不彰显了曹丕对权力的极度垂涎和贪婪。其篡逆的嘴脸欲盖弥彰、丑陋无比。

总之，曹丕是一个极度猜忌多疑、无情无义、奸诈阴险、大搞阴谋诡计的人，而这都是由于他内心的权力情结，而也正是这一情结，使得文化修养极高、本来应该知书识礼明义的曹丕，最终堕落成了一个连君臣大义也不顾及的历史小丑。

（五）华歆·趋炎附势、为虎作伥·市场取向性格

"习得文武艺，货与帝王家。"

中国的这句古语含有传统的儒家理念"学而优则仕"的意思，但这句古话

也误导了不少后世人，使得一些文武士子们最终要关注的不再是他们自身价值的提升和实现，而是其自身的销路如何。对此，三国时魏国的谋臣华歆就深谙其道。在他的从政生涯中，华歆确实是一直把自己当成了待价而沽的商品。而且，他给自己卖的价也相当不错。与他的同窗管宁的"终身不肯仕魏"大不相同，华歆"先事孙权，后归曹操"，曹操任魏公时，他任尚书令，曹操当魏王时，升为御史大夫，到曹丕即位时，华歆被拜为相国，到曹丕称帝时，荣升为司徒……这一步步的飞黄腾达都源于华歆的善于投机和钻营，尤其是他努力想尽一切办法来逐步抬高自己的身价，为此，他甚至不惜扔掉了一切做人的准则，甚至不惜无视纲常大纪。

我们认为，华歆的一系列小人行径，皆取决于他心理上不健康的重占有的、非生产性的市场取向性格。

市场取向性格是美国心理学家弗洛姆的理论体系下的一种不健康的心理状态。前面已经多次提到过，弗洛姆认为，人格不健康的人不仅持有重占有的生存方式，而且也具有非生产性取向性格。

如前所述，重占有的生存方式指的是：生活的中心就是对金钱、荣誉和权力的追求。人与世界的关系是一种据为己有和占有的关系。关注的是占有对象，持这种生存方式的人要把所有的人和物都变为自己的占有物。在重占有的性格中包括了以下四种非生产性取向：接受取向、剥削取向、囤积取向和市场取向。世界上并不存在单一性格取向的人，只不过某一项较为突出而已。

市场取向的人认为人的价值不是由他自身的内在特性所构成，而是由一个不断变化着的竞争市场所决定。他所关心的不是他的内心需要和幸福，而是他的销路。于是，他们放弃个性，机械地自动适应，根据市场效应自动地与他人保持一致，把个人价值当作交换价值。比如，取得了社会所认为的成功，他就认为自己有价值，他的价值不是由他自身的内在特性所构成，他只为市场而活，为市场的标准、市场的需要、市场的要求而活，不关心自己的内在需要。

具有这种性格的人把自己当作商品，努力把自己变成"我就是你所需要的"。可见，具有市场取向的人把自己的力量异化成了商品，他的力量已不属于他，因为他所关心的并不是他如何在使用这些力量的过程中自我实现，而是如何出卖自己来获得成功。所以他们趋炎附势、见风使舵，一切都顺着上司的意思，当然目的是升官发财。他们心中没有正义、良心和道德，只是时刻顺着领导的意思去努力做和说，所以他们有时甚至会助纣为虐、为虎作伥。纵观华歆一生，不就是如此吗？

华歆先是帮着曹操诛杀伏皇后。建安二十年（215）左右，一帮贪图富贵、趋炎附势的臣子们"议欲尊曹操为魏王"。曹操虽早有此心，但因大臣荀攸提出了异议，所以一时踌躇未决。汉献帝和伏皇后当然一直知道曹操的狼子野心，在这个当口，他们更感到了空前的危机。其实，自打曹操专权以来，帝与后多年来度日如年且惶惶不可终日，于是伏后决定铤而走险，她与父亲伏完密谋，准备外结孙、刘，共同诛杀曹操。但不想事情很快就暴露了。曹操当然勃然大怒，尚书令华歆感到讨好邀功的好时候到了，于是他甘当急先锋，引五百甲兵直接进入后宫，华歆估计伏后可能躲藏在从殿后的椒房内夹壁中，他"便喝甲士破壁搜寻"，考虑到兵士们惧皇后国母的威仪下不了狠手，他便亲自动手揪住伏后的头髻，将伏后从夹壁中拖了出来。接下来，华歆不仅对伏后的苦苦哀求充耳不闻、视而不见，还厉声呵斥伏后："汝自见魏公诉去！"临出宫，伏后想与献帝诀别，华歆竟然都不让："魏公有命，可速行！"一气命令甲兵将披散着头发赤着脚的伏后，捉拿到了曹操面前。后人有诗为证："华歆当日逞凶谋，破壁生将母后收。"华歆如此对待献帝与伏后，其行径显然连畜生都不如，他把做人的最基本的礼义廉耻、最基本的底线都丢到九霄云外了，更谈不上什么做人臣的本分了。为了在曹操面前把自己卖个好价钱，为了获得荣华富贵，华歆不惜助纣为虐，更不惜留下骂名千载。果然，华歆因为收捕伏皇后有大功深得曹操欢心，不久曹操趁着平叛许都叛乱后"朝廷又换一班人物"的时机，提拔华歆为御史大夫。由此，华歆终于达成了提升自己价值的目的，成了曹操的亲信，成了曹操政权中的大红人。

但不久曹操就薨逝了，新的当权者当然是世子曹丕。为了在新政权中再次取得优势地位，华歆可谓煞费苦心，他能想别人所未想，凡事替主子想在前头。华歆是极善于研究上司心理的，所以他深知曹丕的权力欲极强。在曹操薨逝后，在众官都忙着各处报丧，"将操入殓，星夜举灵榇赴邺郡来"之际，华歆却能急曹丕所未急，自己赶忙起草了一份诏书，亲自跑到汉献帝那儿，威逼汉献帝同意降诏，在华歆的逼迫下，汉献帝只得"下诏即封曹丕为魏王、丞相、冀州牧"。华歆拿着诏书，便直接飞马送到邺郡曹丕的手中，华歆此举对权力欲极强的曹丕来说不亚于雪中送炭，因为曹丕此时正愁等不及朝廷诏命但又想即刻即位，有了华歆索来的诏命，曹丕当然顺理成章地登上了魏王之位。由此，"谄事魏"的华歆在新政权中又站稳了脚跟。他被曹丕拜为相国，位列三公。

尝到了甜头，华歆愈发得意起来，竟然开始纵容曹丕骨肉相残。华歆是极善于揣摩上司心底的隐秘意愿的。他知道曹丕的权力欲压倒一切，他更知道曹丕为了权力的稳固起见，是极不想他的几个兄弟活在世上的。但这一卑鄙的想法当然是曹丕不能说出口的。华歆揣摩透了主子的心思，主人不便开口或不便去做时，他甘于当急先锋。于是，华歆开始主动启奏："临淄侯植、萧怀侯熊，二人竟不来奔丧，理当问罪。"曹丕巴不得一声，当然"从之"。曹丕的这一举措逼得他的四弟曹熊自缢身亡，这当然正中无情无义的曹丕的下怀。华歆琢磨透了曹丕的这一心思，为进一步讨好曹丕，又力劝曹丕尽快杀了曹植。当看到曹丕母亲卞氏泪流满面来替曹植求情时，华歆赶紧力谏并怂恿："子建怀才抱智，终非池中物；若不早除，必为后患。"看到曹丕对母亲的感受和天下文人的指摘有所顾虑时，又给曹丕出了另一个更巧妙的杀害曹植的主意，即"七步不能成诗便借口杀之"。如此挖空心思劝人骨肉相残，这绝不是一般人所能为和所敢为的，而华歆却能够去做，一方面能看出华歆为了在曹丕那儿抬高自己的身价，提高自己在曹丕政权中的政治地位，实在是仔细揣摩过曹丕，并对曹丕的隐秘内心有完全的把握，另一方面也可以看出他急于讨好曹丕的心是多么迫切！可以看出，市场取向性格的华歆认为人的价值就在于把自己当作商品，使自己具备适合"雇主"所需的价值为第一要著。为此，他成天忙于琢磨曹丕的意图，琢磨令曹丕欢欣的策略，满脑子都是交易和投机取巧，只要消费，只要交易，是弗罗姆所概括的典型的市场型人格。

此类市场取向性格的人，其生存方式是重占有的，所以生活的中心就是对金钱、荣誉和权力的追求，而且没有止境。为占有更多，华歆接下来在曹丕的"废帝篡位"一举中，又是身先士卒冲锋在前。自从华歆当着献帝的面捉拿伏皇后，并威逼献帝降诏册封曹丕等事件后，他早已不把汉献帝放在眼里了。所以他带领着众官率先启奏献帝应仿效尧、舜之道，将社稷江山禅与魏王。见献帝迟疑不下，他开始恐吓，"陛下可依臣等昨日之议，免遭大祸"。继而厉声呵斥，"若非魏王在朝，弑陛下者，何止一人？"甚至跑上前，扯住献帝的龙袍，勃然变色,"许与不许,早发一言!"直吓得汉献帝"战栗不能答"。在华歆等一再威逼之下,汉献帝只好同意让位。接着在整个逼汉献帝"禅让"的闹剧中,华歆为讨好新政权,动辄对汉献帝颐指气使。比如令汉献帝第二次降诏,令汉献帝筑受禅坛,在禅让仪式上,华歆当场主动启奏让献帝"退就藩服",并强拉献帝"跪于坛下听旨",当听到曹丕封献帝为山阳公时,华歆竟然"按剑指帝",厉声说:"今日便行,非宣召不许入朝!"因为华歆这次的确劳苦功高,曹丕称帝后,即"封华歆为司徒"。

至此,我们小结一下华歆的一系列无良行径,他收捕皇后,他威逼献帝降诏,他劝人骨肉相残,他强拉献帝跪于受禅坛下听旨,他"按剑指帝"令其速速离开都城……我们不禁要问,"素有才名"知书识礼的华歆到底是怎样的一个人?他到底有怎样的价值观和怎样的人生坚守?其实,市场取向性格的人并无固定人格,因为他们认为一个人的价值取决于是否能被卖出,他的个性在自己心里也就变得毫无价值了,因此他们并无稳定的价值观和稳定的人生坚守。他们与人的交往就是"交易"和"利益互换",他们与人是以"利"相交的,所以见利忘义是他们惯常的行为。

由于市场取向性格的人把自己当成了商品,这样其自身的力量已变成了外在于他并与他自己相脱离的东西,变成了供他判断和使用的东西。所以他们缺乏真实的自我存在体验,弗洛姆称之为"人的异化",是一种心理不健康的表现。

可以说,华歆的一生即是如此,他一生关心的不是真实自己的自我实现,而是把自己如何卖出去,并卖个好价钱,为了卖出去获得更好的交换价值,他不惜用任何方式把自己打造成上司最赞赏和最需要的样子。我们认为,华歆在获得了荣华富贵的同时,长期丧失的却是真实的自我存在体验,所以,华歆是一个心理不健康的人,也是一个内心深处并不幸福和快乐的人。

总之,《三国演义》中的小人形象也如其他古典名著中所言的任何小人一样,其小人行径背后也有着深层的心理病理原因。《三国演义》中的小人当然还有许多,如灵帝时专权祸国的十常侍,卖主求荣的张松、法正、许攸,贪财害主的杨松,不停地劝主子投降的谯周,蜀国的佞臣黄皓……但正如书中借"古风"一首所感叹的那样,"纷纷世事无穷尽,天数茫茫不可逃。"这群小人们因其小人行径而无一得以善终。所以,这群小人们的做派和下场还会警示更多的后来人,并引发后来人更多的感慨,正所谓"后人凭吊空牢骚"。

第三章 《红楼梦》中的小人形象
——膏粱锦绣中的怪胎

一、曹雪芹塑造膏粱锦绣中的男权小人的文化心理意义——为女性唱一首赞歌，为人类的心理原型阿尼玛唱一首赞歌

《红楼梦》中刻画了一群贵族小人形象，他们整日纵欲于酒山肉海、声色犬马之中，无所不为也无恶不作，堪称"锦绣膏粱中的怪胎"。通过研究发现，这群小人除了自身一些特有的个别化的心理缺失之外（在下篇我们将对其进行个别化的心理病理学解读），他们还普遍地存在崇尚男权、蔑视女性和鄙视女性心理品质的共同心理特征，当然这也是那个"男尊女卑"的封建时代的群体意识。在本篇，我们认为，《红楼梦》创作及成书的那个时代（大致是清代康雍乾时期），在社会意识方面具有的局限之一是——男尊女卑、男权主义及贬低和蔑视女性等，且这一封建社会意识已发展到极致。这也正是当时的时代弊病之一。而按照荣格的观点，一个时代就像一个人，它的意识观有自己的局限，所以需要艺术来对此作补偿性的调整。其著作者曹雪芹正是通过《红楼梦》的创作，通过创作一系列受"男权主义"压迫的优秀的女性形象和受"男尊女卑封建意识"毒害的一系列小人形象，象征性地为那个时代召唤出人类心灵集体无意识中的原型——阿尼玛，并对阿尼玛这一心理意象进行了全面的赞颂。而这，按照荣格的说法，不仅整合了作者个人的内心分裂，医治了作者的心理失衡，而且这一新象征又正是当时整个社会所缺乏，整个时代精神所背离了的人类生活的基本要素，所以它一旦被发现，就会迎合整个时代的"无意识需要"，起到纠正时代弊病，恢复社会心理平衡，有机地补偿和调节时代人精神生活的作用。而这，正是曹雪芹在《红楼梦》中塑造这群男权小人的文化心理意义所在。

（一）曹雪芹所处的时代在社会意识上对女性的压制

我们认为，"对女性的压制"是那个时代的社会意识方面的重要局限性之一。几千年积淀下来的封建礼教，重重地压迫、钳制着那个时代下女性们的思想和灵魂。

据红学研究者多年的考证，《红楼梦》的创作者曹雪芹约1715年（即清初期康熙五十四年）出生，约卒于1763年（即乾隆二十七年），他历经康、雍、乾三个时期。而且，一般认为，《红楼梦》原著的创作及基本成书时间为乾隆八年到乾隆十九年（1744—1755），曹雪芹呕心沥血"披阅十载，增删五次"，才成就了这部中国最伟大的古典小说。

二百多年后的今天，我们重新来审视曹雪芹生活及创作的那个时代，并考量那个时代女性的社会地位及权益方面，社会对女性的态度方面及男女双方互动的关系等方面，都可以明显看出，其时，"男尊女卑、蔑视女性"等封建社会意识已发展到了极致，是女性受压制最深的时代。

当然，这一封建意识从古代社会既已开始。由于当时生产力水平低下，男性因着在生理和体力上的优势，在社会生产中的作用越来越突出，父系社会逐渐取代母系社会，随着原始社会中父权制逐渐确立，男子成为家长，从此，就开始了奴役女子的漫长历史。尤其是封建制度建立以来的两千多年当中，女性被鄙视、女性备受摧残的现象是普遍存在的。而且，女子还被视为男性的附属，供他们淫乐，作他们传递子嗣的工具。可以说，在中国整个封建社会的历史上，女人都是没有地位的，向来以男性为中心，女性作为附庸，处于被歧视、被压迫的地位。这除了自然的男女社会能力的差别之外，还要拜孔老夫子的纲常礼教所赐，因为一直受儒家思想和三纲五常伦理道德的禁锢，女人更加没有地位。在汉代，史学家班昭被列为女教的圣人，所以又被称为女教家。班昭虽身为女性，但她自幼便深受儒家纲常理念熏染，所以她反而站在男性立场上严格规范女性的生存空间，正是她作《女诫》，为后代女子树立了一套更为明确的"男尊女卑、夫为妻纲、三从四德"的思想。"三从"即在家从父、出嫁从夫、夫亡从子；"四德"为妇德、妇言、妇容、妇功，将之作为妇女的行为准则，"四德"是为"三从"道德服务的。"四德"后来泛化为对所有妇女的要求。东汉末年儒家学者、经学大师郑玄对此的解释是:"妇德谓贞顺,妇言谓辞令,妇容谓婉娩,妇功谓丝橐。""妇德"是女教妇学中最重要的一项,郑玄所说的"贞顺"是妇德的核心。"贞"是坚守节操,守身如玉,对丈夫忠贞不二;"顺"就是《礼记》中说的"婉娩听从",对公婆、丈夫甚至对家族所有人谦恭有礼。可以看出,这套封建礼教满含着"夫为妻纲、男尊女卑、女性只是男性的附属"的理念。

纵观整个封建社会,唯一在唐朝的时候,妇女还多少有过一些自由,女人的地位有过些许提高,比如可允许女子根据自己的意愿自主选择与男子离婚。但这在历史上也只是昙花一现。自宋代起,妇女又开始完全处于受支配的地位。男尊女卑的现象随处可见,后随着北方蒙古人入侵中原,妇女的地位再次被降低。可以说,中国古代妇女的社会、政治地位一直处于卑微的状态,尤其是到了明清时期,由于封建统治者极力维护腐朽的封建统治制度,满足"男权"的欲望,他们不惜压制妇女在社会中的地位。到明代,此种现象愈演愈烈,据女教家班昭的理念,儒者们更是推演出"女子无才便是德"的荒唐说法,这竟然成了自此之后被整个社会奉行的信条,从而束缚了女性的才智,扼杀了女性的人性,给后世中国女性又套上了一道难以解脱的精神枷锁。到了满清入关,女人地位落到了历史低点,这是因为自入关后,满族上层面对现实,不得不努力吸收汉族文化,推崇儒学,以巩固自身的统治。比如清朝统治者尤其推崇朱子理学,理学家们提出的三纲五常、三从四德更是成为禁锢妇女思想的枷锁。"三从四德"的大力倡导,使清代妇女在思想和行为上受到的束缚比过去更严紧得多。在曹雪芹生活的那个时代,封建礼教对女性的约束愈演愈烈已经到了登峰造极的程度,已经遭受歧视几千年的女性更是倍受侮辱和损害,且已经发展到极限。崇尚程朱理学的清朝对女性更加系统化和具体化的压制主要表现在以下方面。

清代是我国封建时代的晚期,封建统治者依然利用封建宗法制度剥夺女性的各项权利,并通过礼教构筑的正统意识形态,尤其是《女训》《女诫》等,对女子进行灌输熏陶,使其在思想意识中将"男尊女卑""三从四德"作为天经地义的信条,女子要崇尚贞洁,将"为夫守贞"作为自己人格的主体。男性当然可以纳妾,却要求妇女们从一而终。有清一代,对妇女贞节的强调发挥到了极致。地方志中满满记录着那些为丈夫守寡的贞烈节妇,由朝廷旌表的节妇、烈妇、贞女人数竟有百万以上，超过了历史上任何一个朝代，至于够格而因故未得旌表者，当更多于受旌者。可见，封建父权家长制度和封建道德规范已使男女关系成为主从与尊卑关系。

　　清代封建礼法制度使清代妇女在思想和行为上受到的束缚也比过去严紧得多，反映在婚姻制度上，如有关丈夫"出妻"七出的条规，几乎一沿《唐律》，"七出"正式归入律法，虽是从唐代开始，但清代在具体实施上则更为严格。"七出"指的是：不顺父母、无子、淫、妒、有恶疾、多言、窃盗。丈夫可以根据七条中的任何一个理由休弃妻子。虽然"七出"是规定夫妻离婚时所要具备的七种条件，但实际是当妻子符合其中一种条件时，丈夫及其家族便可以要求休妻。其中的某些条件，对女性来说显然是极为不公的。比如"不顺父母"，只要丈夫认为妻子不孝顺自己的父母就是罪责一条，而不分青红皂白。"有恶疾"，指妻子患了严重的疾病，可见，遭遇天灾人祸患了重病（耳聋、眼瞎、腿残疾等）的女人，不仅得不到夫家的温暖和同情，反而有了被夫家休妻的理由！"无子"，即妻子生不出儿子就是罪大恶极，不管是男方还是女方的原因，都推在女子的身上，认为是女的犯了罪，列为七出之条，可以撵出家门，理由是"绝世"。再如"妒"，指妻子好忌妒。认为妻子的凶悍嫉妒会造成家庭不和这个暂且不说，更认为妻子对丈夫纳妾的嫉妒有害于家族的延续。意指妻子对丈夫纳妾应该毫无怨言才是贤良之道，否则就有被休弃的可能。这当然不符合人性在性爱心理上的自私和排他性。这些无端加害在女子身上的罪责，在今天的我们看来，是多么可笑、可悲又可叹！但在当时，"七出"是以维护家长权、父权、夫权为核心内容的家礼的体现，是维护男权至上的一种有力手段，当然，也是对广大妇女权利和地位的极端漠视和贬低。

　　妇女地位卑微还体现在清朝的律法当中，吃人的封建礼教对妇女应有的人权极端漠视和抑制。这种意识反映在法律条文中就体现了对妇女权益赤裸裸的践踏。清朝和明朝一样，严格区别尊长与卑幼犯罪，给予不同的处分。在清朝，丈夫对妻子的家长（尊长）地位得到法律的进一步承认。这就在夫妻关系中，进一步巩固丈夫的优越地位。比如"妻殴打丈夫，不管丈夫告发与否，均杖一百，如果有伤，加凡人斗殴三等治罪，若致残废，绞立决，倘若致死，则斩立决，若故杀就凌迟处死。妻子殴打、杀害丈夫，属于'恶逆''不睦'的'十恶'之条，罪大恶极，为常赦所不原。而丈夫殴打妻子，没有成伤的不论罪，致伤的，妻子告发，依凡人斗殴减二等治罪……"至于"丈夫杀卖妻子"，其实早在明代法律中，就不再属于"十恶"中的"不睦"之罪了。因为夫妻实质为尊卑关系，怕人不理解，故而律文明白地把丈夫与尊长、尊属并列，强调夫的地位，使夫权得到进一步提高。在这个问题上，清律完全继承了明律。清朝司法机关完全按照这些规定处理夫妻纠纷案件。可以看出，在男女双方的法律权益上，是严重不平等的。此外还有朝廷和各级官府的诏令、告示等无不约束着妇女的行为举止。如有的地方法令为进一步保证妇女的贞洁，甚至明文禁止妇女进山烧香礼佛，不许到茶馆、戏园听书看戏等等。此类官府诏令对妇女最起码的人身自由的限制可见一斑。

　　另外，整个封建时代的包办婚姻制度对女性也是一种压迫和摧残，清代当然也不例外。因为女子被认为是低贱的，所以女婴降世，立即就有被淹毙的危险。侥幸活下来的，大多在幼年就由"父母之命、媒妁之言"莫名其妙地被订了婚，没有选择伴侣的权力，只能"听天由命""嫁鸡随鸡，嫁狗随狗"，把命运交给原来陌生而后又为"所天"的丈夫。另外，早婚制度也使她们在身心还没有成熟的时期就被束缚在家庭中，加上女子只被男子当做附属物和玩物，婚姻的悲剧中她们多是主角，婚姻的痛苦对女子当然要来得特别深沉。所以，女子的人生权力和人生幸福普遍受到无情地践踏。"争取爱情自由、婚姻自主"是她们连想也不敢想的一个幻梦。

　　总之，数千年来，中国妇女尝尽辛酸、受尽压迫，背负着封建道德的枷锁。尤其到了封建社会的末期——清代，男尊女卑的封建礼教对女性的压制更为严苛，历史上所有的对女性的压迫都在这一时代重演。女子们从出世到死亡，在人生的道路上，一项项制度、风俗，一股股封建势力，随时向她们扑来，或窒息她们的生命，或使她们的人生艰难、惨淡。总体来说，女性的品质及女性的价值是不被男权社会认可的，妇女们处于附庸的地位，作为男性的附庸，无独立人格，无主体意识，政治经济地位卑微，这使她们也同时失去了作为人应有的价值。

　　这，在今天的我们看来，无疑是一种社会意识的扭曲和片面发展。此种社会意识无疑也是对人类心灵的极大戕害。

（二）社会意识的局限给时代人造成的普遍的特定的心理失衡

从心理学的角度来看，按照荣格的观点，以上所述时代意识的局限性，会导致普遍的社会心理的失衡。原因如下所述。

荣格认为，心理失衡是由于人为了适应外部现实而使自己的精神变得单一、枯竭、分裂和破碎的结果。首先他认为，人类的心灵包含一切有意识和潜意识的思想、情感及行为，它由意识、个人无意识及集体无意识三个层次组成。此处我们有必要先解释一下集体无意识，荣格理论界定，集体无意识是指不依赖于个人后天经验的无意识心理构成，是人类种性遗传的结果。这部分无意识的含义，不是个别的，而是普遍的，是指人类自原始社会以来世世代代的普遍性的心理经验的长期积累，它既不产生于个人的经验，也不是个人后天获得的，而是生来就有的。它与个性心理相反，具备了所有地方和所有个人皆有的大体相似的内容和行为方式。

接着荣格又指出，"人的一生是一个无意识自我实现的过程"，但由于种种原因，可能一种心理内容进入意识并充分获得发展，另一种与之相反的心理内容（人的精神先天的具有各种潜在的可能性）被压抑在无意识中，只能集结待命，而不能得以展现，而人的天性中又有一个要趋向完整的欲望，即达到自性化，一种一个人注定要成为的状态。自性是个人以及人类心理生活不断整合的一种共同趋向性，是导致统一性的一种先天倾向，它赋予生命以意义并维护个人心理的整合性。也可以说，人的精神一生是一个自性化的过程，自性化是人格发展的最终目的，任何妨碍心灵自性化进程的因素都将导致心理失衡，而人的心灵在个性化和适应外部现实的过程中又时时存在着心理失衡的危险，因为这会导致精神上的单一、枯竭、分裂和破碎。

之所以说个人在个性化和适应外部现实的过程中时时存在着心理失衡的危险，是因为人在整个发展过程中必须由一个生物的人变成一个社会的人，这是人人都必经的一个过程。在必须社会化的过程中，人势必会努力去适应现存的外部现实环境（内容当然包括社会意识），整个社会同时也要求每一个人必须这么做。如此，社会意识上的局限性也就反映到每个时代的个体心理上。而片面和局限的主流意识更会导致人精神上的单一、枯竭、分裂和破碎。那么，如果某一时代的时代意识具有某些突出的局限性，身处其中的人们，心灵在适应外部现实的过程中势必会存在更大可能的心理失衡的危险。

至此，我们可以说，由于曹雪芹所处的时代在社会意识上的突出的局限性，也就导致了处在那个时代的人更为普遍的特定的心理失衡状态。以下简略地分析一下以上所谈时代意识上的局限性是如何反映到一些小人心理结构上的。

《红楼梦》中塑造了一群身处锦绣膏粱贵族阶层的小人，这群小人的心理无一不受着当时的社会意识的局限性的影响，心灵在成长过程中的完整化趋向被打破，而导致人精神上的单一和片面。具体表现为：轻视女性，鄙视女性品质，只把女性当做玩乐的工具和男性的附属。崇尚男权，男性品质过度夸大，男女两性不能和谐共处，对女性的人格甚至生命都缺乏起码的尊重，任意欺凌和压迫女性。这是由那个时代局限性导致的特定的精神上的单一、片面、分裂和破碎。

如果用荣格的原型理论来界定这群小人的心理失衡，其心理失衡的具体心理机制则是：阿尼姆斯原型过度发展，阿尼玛原型过于压抑。荣格提出，每一个人的集体无意识层面都潜伏着一个异性原型，分别是阿尼玛和阿尼姆斯两类原型。我们每一个人都具有异性的身心特征。阿尼玛，男性心灵中女性成分和意象，又称女性意向，是指男性心理中的女性原型。其特征包括：非理性的、神秘的、情绪化的、软弱的、过于敏感的和感情易受伤害的等。阿尼姆斯，女性心灵中男性成分和意象，又称男性意向，是指女性心理中的男性原型。其特征包括：理性的、信仰力量、固执、争强好胜、喜欢争辩等。由于每一个人都天生具有异性的某些精神特征，对立性别的双方始终共存于无意识心灵之中。如果一个人不能充分发展或过度发展自己无意识中的异性原型，就有可能产生不协调。而反观上述《红楼梦》中塑造的那群小人，都普遍表现为不能充分发展（压抑）自己的异性特征——阿尼玛原型的表现。他们特别蔑视女性，蔑视女性品质，从而也排斥自己身上的异性特点。换句话说，阿尼姆斯和阿尼玛的双性品质在这群人心理上始终没有达成协调与和解。

阿尼玛、阿尼姆斯原型是荣格在众多原始意象中发现的主要的四种原型中的两种。两者是远族遗传的主要原始意象，都属于上述所谈到的集体无意识的构成内容。荣格对此具体阐述到，"集体无意识"即为人生下来时就先天地带来了一种"种族记忆",就像动物身上先天遗传着某些本能一样。集体无意识主要由各种原型构成。原型也称原始意象,主要是一些先天的知觉、情绪和行为的心理倾向定型,是人类心灵中一些先天的倾向或可能性。这些可能性一旦被触发,就能以特定的形态和意义表达出来,成为我们个人的意识内容。

因为整个社会意识歧视女性,而体现女性品质的是阿尼玛心理原型的品性和特点,所以男性们也由此鄙视和排斥自己身上天然存在的部分女性特征——阿尼玛原型,男性们由此不能与自己身上的阿尼玛品质达成协调及和解,由此表现在与女性的关系上,普遍表现为对女性缺乏基本的尊重与平等。且来看一下《红楼梦》中个个男权小人对女人的态度:那些贵族男子们三妻四妾,迷恋色情,只把女性当做玩物,哪有什么尊重可言?同时他们蔑视女性,高高地凌驾于女性之上,从身心两个方面来奴役和压迫女性,更谈不上会与女性和谐平等相处及有效地沟通与合作。而这正是他们在人格上存在阿尼姆斯与阿尼玛的双性品质没有和解,蔑视自己心中的女性原型的原因,也正是他们心理失衡的表现。

而阿尼玛本是我们的天然的心理品质之一,在女性是,在男性也是如此。通俗故事里说的那个"小和尚下山",即是一例。从小被封闭在山顶寺庙里的小和尚从没见过女人,更不知女人为何物。但当他下山第一次看见千娇百媚的女性时,即刻变得心荡神驰。说明他天性中原本就存在对女性形象的向往,说明男性心中对女性的那种崇尚就存在于种族遗传下来的集体无意识中。

而且,荣格还说,如果过分压抑自己的阿尼玛原型,则显得冷酷、缺乏感情并具有攻击性,同时会过分夸大力量、勇气、冒险和反抗的意义。男孩如以极端的性别表现为荣,会追求极端的男子气并对同性或自己所表现出的温和与关怀产生抵触情绪,会对一切多愁善感的表现表示不屑和嘲讽。《红楼梦》中主流价值观和正统意识的卫道士们对于贾宝玉的非议、不接纳和谴责,不也正是因为此吗?

反观以上男权小人们对待女性的冷酷无情,不也正是因为此吗?这种排斥自己的异性气质的现象,也导致他们在心理上不能与自己的女性气质和解,不能理解女性的心理特点,更不能与女性有效地进行沟通,在行为上也就不能恰当地与女性和谐相处或有效地合作。

更重要的是，因为排斥自己的异性气质——阿尼玛，妨碍了他们心理的全面发展，而心理健康的标志是恰到好处地协调并表现自己天性中的两性特征。比如一个男性身上有二分或三分的女性心理特征就比较合适。所以，《红楼梦》中的那群小人们，是一群心理发展不协调的人，他们存在着普遍的心理失衡。当然，这也是那个时代的一种普遍的"集体的心理失衡状态"，是那个时代的一种集体无意识的压抑。

（三）普遍的特定的集体无意识的压抑在曹雪芹心理上的个别化表现

这种时代意识的走偏，这种时代弊病，当然会影响到所处其时的每一个人，作家是同样受着时代弊病压抑的人，而且他们比一般人感受更深，心理波动更大，更敏感，更易受这些时代的不足的伤害。这是作家特定的人生经历和个性使然。

曹雪芹是同样受着时代弊病压抑的人。可能很多人都听说过曹雪芹就是贾宝玉这个说法。对此，红学会权威的观点是："曹雪芹是以自己的经历为背景，在贾宝玉（也包括甄宝玉）的形象中有着曹雪芹的影子。"所以，我们大可以从《红楼梦》著作中主人公贾宝玉的命运来部分地窥视曹雪芹的人生经历和个性特点。

首先，我们来看一下曹雪芹特定的人生经历。

据红学研究考证，曹雪芹出身于康雍盛世时期的名门望族——江宁织造府，那曾是地处花柳繁华地南京的一等一的诗礼簪缨之族。曹雪芹的曾祖父曹玺，祖父曹寅，父辈的曹颙和曹頫相继担任江宁织造达五十八年之久，颇受康熙帝宠信。曹家也因此成为当时的"百年望族"。康熙六次南巡，其中四次由曹寅接驾，并以织造府为行宫，由此可见其家族曾经的富贵和显赫。但雍正初年，由于封建统治阶级内部斗争的牵连，曹家遭受多次打击，曹頫因亏空获罪被革职入狱，家产被抄没，举家迁回北京，曹家从此一蹶不振，家道日渐败落。最后曹雪芹几乎变为赤贫，从闹市迁到"满径蓬蒿老不华"的北京西郊结庐而居，过着"举家食粥酒常赊"的生活。从赫赫扬扬的官宦世家坠入"蓬牖茅椽""绳床瓦灶"的地步，生活上这种前后的巨大反差、社会地位的变化以及生活的困顿等，无疑使曹雪芹深刻地领略了世态的炎凉。记得也曾遭受过家庭变故的鲁迅先生在《呐喊·自序》中就写道："有谁从小康人家而坠入困顿的吗？我以为在这路途中，大概可以看见世人的真面目。"这种更巨大的生活变故给曹雪芹心灵上造成的心理创伤无疑是肯定的。

无疑，家运的衰败，世态的炎凉给曹雪芹个人带来的心理创伤是多方面的，在此，我们只谈以上所述大时代下的普遍的特定的心理失衡——阿尼玛原型的普遍压抑，在曹雪芹身上的更突出和更强烈的体现。

抄家时曹雪芹大致虚岁十四，所以家道中落前，曹雪芹确实在温柔富贵乡尽享过一段锦衣玉食、富贵风流的公子哥生活。后来的著述中就有他当时生活的影子。少年时，他曾生活在一群美丽、单纯的女孩子们中间，比如著述中的"每日只和姊妹丫鬟们一处，或读书，或写字，或弹琴下棋，作画吟诗，以至描鸾刺凤、斗草簪花、低吟悄唱、拆字猜谜""只在园中游卧，每每甘心为诸丫鬟充役，竟也得十分闲消日月"等描述即是。另外，时任苏州织造的是曹雪芹的舅爷李煦（祖母的兄弟），曹李两家因政治和姻亲关系，历来亲如一家，曹雪芹年少时即与李家的家眷及李家的姐妹们十分熟悉。而且据考证，李家有一个从小父母双亡的女孩，即李煦的亲孙女，亦即曹雪芹祖母的侄孙女、曹雪芹的李姓表妹"李梦霞"，曾长期住在曹家，与曹雪芹两小无猜、青梅竹马、耳鬓厮磨，相处十分融洽，这都是曹雪芹难忘的少年时光。

但随着政治大气候的变化以及封建统治阶级内部斗争的牵连，雍正元年（1723），李煦家被抄家并下了大狱，登时，一门男女，皆陷绝境。其惨状有文字记载："准总督查弼纳来文称：李煦家属及其家仆钱仲璿等男女、并男童幼女共200余名口，在苏州变卖，迄今将及一年，南省人民均知为旗人，无人敢买。……送往内务府衙门……在途中病故男子一、妇人一及幼女一不计外，现送到人数共227名口，其中有李煦之妇孺10口，除交李煦外，计仆人117名，均交崇文门'监督五十一'等变价。"红学家周汝昌推论说：李煦家属及其家仆中，除了由有战功受奖赏的年羹尧挑选以外，剩下的变价卖为奴隶的117名中，可能包括李煦的孙女李梦霞，后李梦霞迫于生活，竟沦为贱业，昔日金闺花柳质的豪门千金竟是如此的下场！而刚被年羹尧挑选去的李煦家的奴婢，两年后随着年大将军的倒台，又沦为另一轮被变卖的命运。这其中最受摧残的当然还是那些花朵般的女儿们。

曹李两家历来一荣俱荣一损俱损，果不其然，雍正五年末（1727）、六年初（1728），曹頫因织造差员勒索驿站及亏空公款等罪，被下旨抄家，曹頫被"枷号"，曹寅遗孀与小辈等家口迁回北京，靠发还的崇文门外少量房屋度日。新上任的江宁织造隋赫德将曹江南家产人口查明接收，曹在京城的家产人口，也由内务府全部查封。对抄家时的惨状，周汝昌写道："派兵围了钦差织造府，将全家主仆拘押在一个角落，不许活动，然后清点一切物资，用大封条固封，谁也不许再动丝毫。"接着周汝昌又引用明朝人对官府抄家一贯情景的描述："宅一封而鸡豚大半饿死，人一出则亲戚不敢藏留。加以官吏法严，兵番搜苦……少年妇女，亦令解衣。"最后是，家人大小男女100余口及田屋，尽赏于继任的隋赫德了。但五年后，隋赫德也被革职，奴婢们又遭受了一次被变卖的命运。

曹李两家这一次次巨大变故中，首当其冲地、必然地会被摧残、被蹂躏的当然是那些"如水一般的晶莹"的女儿们！抄家后，轮番被变卖后，那些曾经围绕在曹雪芹身边的身为侯门千金而又知书识礼、能诗善画、风流婉转似仙子一般的姐妹们呢？那些或聪明伶俐风流灵巧，或善解人意温柔和顺并与曹雪芹从小一起玩大的丫鬟们呢？她们的命运如何？她们都遭受了什么？她们都去了哪里？正如曹雪芹在以后著述中借林黛玉的《葬花词》来感叹的那样："花谢花飞花满天，红消香断有谁怜""明媚鲜妍能几时，一朝飘泊难寻觅""一朝春尽红颜老，花落人亡两不知""天尽头，何处有香丘？"在那个男权至上、女性处于被奴役受压迫地位的时代，她们的悲惨命运自然是可想而知的！

而这其中，谁又是摧残女性的罪魁祸首？当然是那一"男尊女卑"的、"蔑视女性的品质及女性的价值"的时代的弊病，当然是那一些维护时代弊病的男权小人！

曾经生活中的那些"如花"一般的女儿们的"沦落天涯"和"备受摧残"，使得曹雪芹悲愤不已。"花开易见落难寻，阶前闷杀葬花人，独倚花锄泪暗洒，洒上空枝见血痕。"含泪泣血中，曹雪芹日后著书怜惜她们，讴歌她们，字里行间中都可以看出他对女儿们的满怀悲悯，悲悯中他不时地为"千红一窟（哭）"，为"万艳同杯（悲）"！

这一特定的人生经历，使得曹雪芹对时代弊病的感受比一般人更深，心理波动更大，所以时代的不足给他带来的心理伤害也就更大。

其次，我们来分析一下曹雪芹的个性心理。

这也是有艺术天赋的艺术家们特定的个性。

红学研究者们大都从留存的曹雪芹当年与两位挚友敦诚、敦敏兄弟互相应答唱酬的诗词中，来更准确地研究曹雪芹其人。敦敏的诗集《懋斋诗钞》中，有一首诗是写与曹雪芹别有一年，忽而重逢，惊喜意外之余的感慨："可知野鹤在鸡群，隔院惊呼意倍殷。雅识我惭褚太傅，高谈君是孟参军。"另一首《题芹圃画石》中说："傲骨如君世已奇，嶙峋更见此支离！"意思皆是说，曹雪芹当属不流于俗，鹤立鸡群、傲骨嶙峋之辈。历尽坎坷后，他的全部心思是"醉余奋扫如椽笔，写出胸中块垒时"，从不为五斗米而折腰。此二诗都可见曹雪芹为人的胸襟、气度和风骨。在《赠芹圃》中又写道"新愁旧恨知多少，一醉毷氉白眼斜"，是说曹雪芹像"竹林七贤"之一的阮籍一样，即使是酩酊大醉，也是一见到世俗小人、庸碌之辈，就翻起白眼，傲然相对。

敦诚在《赠曹雪芹》中也把其比作阮籍，"司业青钱留客醉，步兵白眼向人斜。"写当过步兵校尉的阮籍对自己所不齿的人以白眼相对，也以此类比曹雪芹的孤高，意指他只尊重人品高尚的人。敦诚的其他部分诗作更是为后人研究曹雪芹提供了珍贵的资料。《四松堂集》有五首诗写曹雪芹，这些诗作中的某些句子，如"知君诗胆昔如铁，堪与刀颖交寒光""爱君诗笔有才气，直追昌谷破篱樊""残羹冷炙有德色，不如著书黄叶村"等，不仅明确赞扬和赏识曹雪芹的才气和傲骨，还鼓励不被世俗接纳的曹雪芹要远离污浊，完成自己著书立说的大业。

正因为曹雪芹不阿权贵、不随流俗、超尘脱俗，他的朋友们更多地把他比作"竹林七贤"之一的阮籍。虽然曹雪芹家道衰败后已穷得"举家食粥酒常赊"了，但还是傲骨犹存，仍像阮籍一样以青白眼分看世人，而且也像阮籍一样愤世嫉俗、狂放不羁，并敢于背叛封建礼教。所以曹雪芹也曾自号"梦阮"。

至此，我们可以论断，曹雪芹在个性上即属于荣格所言的"不能适应外部世界或对现实生活不感兴趣的人"，而荣格的主要意旨是指"不流于俗"的人。曹雪芹鄙视世俗的个性是相当鲜明和突出的，他傲兀不驯，鄙薄主流文化中"崇尚仕途经济"的世俗价值取向，更瞧不起那帮趋炎附势、溜须拍马、一味贪求官位俸禄的小人，在巨著《红楼梦》中一再骂他们为"国贼禄蠹"。

由于个性的原因，曹雪芹从小就表现出不盲从社会主流价值观，更不受社会偏见的制约，他满怀一颗赤子之心，本着人性的本心去对己和待人。前面论述过，从人的本性上讲，每个人都天生地具有异性的某些性质，要想使人格和谐平衡，就必须使男性人格中的女性特质和女性人格（阿尼玛原型）在个人的意识和行为中得到展现。然而曹雪芹从小生活的那个时代，由于社会意识的局限性，女性是备受歧视的，象征女性品质的情感化的阿尼玛这一面是不被看重的人性品质，男性人格中的女性方面更是为社会主流意识所不齿。而由于"不流于俗"的个性使然，曹雪芹天然地要去表现他本性中女性品格的那一面。但在现实中，他的"女性气质"是遭到严重贬议的，一如书中的贾宝玉。

　　一方面，宝玉也是由于天性使然，自小就有部分女性气质的显露，他敏感、细腻、怜香惜玉、温情而且善解人意。以至于跟了他多年的小厮茗烟，竟因此错认为宝玉是希望自己"要是生为女孩儿就好了"。所以有一次他讨好宝玉道："哪位天上无双，极聪明极俊雅的一位姐姐妹妹……你在阴间保佑二爷来生也变个女孩儿，和你们一处相伴，再不可又托生这须眉浊物了。"此话把宝玉都逗乐了。祖母贾母也开玩笑说："只他这种和丫头们好却是难懂……想必原是个丫头错投了胎不成。"而且，宝玉见到具备女性气质的男性就相当赏识，一如他喜欢和接纳自己身上的女性气质。比如对秦钟，宝玉见他"眉清目秀，粉面朱唇，身材俊俏，举止风流，似在宝玉之上，只是怯怯羞羞，有女儿之态，腼腆含糊……"便自行惭秽起来，感叹"天下竟有这等人物"，并立下了"早得与他交结，也不枉生了一世"的决心。对于部分地具有女性气质的风流婉转的男性优伶如蒋玉涵、柳湘莲等也是敬重有加，并曾因结交他们而被父亲重重鞭笞过。

　　宝玉正因为要勇敢地表达自己天性中的女性特质，而倍受世俗价值取向的非议。《红楼梦》中宝玉的这一性格特点遭到父亲厌恶是人人皆知的。冷子兴述道："那年周岁时，政老爹便要试他将来的志向，便将那世上所有之物摆了无数，与他抓取。谁知他一概不取，伸手只把些脂粉钗环抓来。政老爹便大怒了，说：'将来酒色之徒耳！'因此便大不喜悦。"再比如有一次，黛玉见他脸上有红色痕迹，便问缘由，原来是宝玉才刚替丫鬟们淘漉胭脂膏子沾上的。相知的黛玉便劝导道："你又干这些事了。干也罢了，必定还要带出幌子来。便是舅舅看不见，别人看见了，又当奇事新鲜话儿去学舌讨好儿，吹到舅舅耳朵里，又该大家不干净惹气。"身为女性的袭人也非议他，"再不可毁僧谤道，调脂弄粉。还有更要紧的一件，再不许吃人嘴上擦的胭脂了，与那爱红的毛病儿。"关键时刻袭人只拿这一点来要挟宝玉，言外之意是"你如再不改，我就走人"。可见，她最不能容忍的也是宝玉这一女性倾向的性格特征。

再者，宝玉对男性世界里热衷和追捧的经世之学毫无兴趣，称他们为国贼禄蠹，而对偏向女性特征的情感化的情诗艳词却颇有心得。所以当再提到上学时，父亲贾政竟冷笑道："你如果再提'上学'两个字，连我也羞死了。依我的话，你竟顽你的去是正理。仔细站脏了我这地，靠脏了我的门！"父亲贾政对宝玉这一特点的厌弃程度可见一斑。

再比如他尊重女性的态度和善待女性的行为也遭到主流社会的非议。由于贾宝玉在个性上的不苟且、不随俗，所以他敢于展现自己的女性人格的那一部分。荣格认为，我们与自己身上异性品质的关系，直接决定了我们与异性的关系。阿尼姆斯和阿尼玛的双性品质在宝玉的心理上是协调的，是达成了和解的。这也就决定了贾宝玉非常接纳、尊重甚至是热爱女性。他的名言是："女儿是水作的骨肉，男人是泥作的骨肉。我见了女儿，我便清爽，见了男子，便觉浊臭逼人。"又常对跟他的小厮们说："这女儿两个字，极尊贵，极清净的，比那阿弥陀佛，元始天尊的这两个宝号还更尊荣无对的呢！你们这浊口臭舌，万不可唐突了这两个字，要紧。但凡要说时，必须先用清水香茶漱了口才可，设若失错，便要凿牙穿腮等事。"风流灵巧的丫鬟晴雯被封建礼教迫害致死，宝玉悲愤不已，为地位卑贱的晴雯写下泣血祭文《芙蓉女儿诔》，前序后歌，赞扬晴雯的高洁品性，"其为质则金玉不足喻其贵，其为性则冰雪不足喻其洁，其为神则星日不足喻其精，其为貌则花月不足喻其色。"一唱三叹，低徊不已。此类言行都被世俗人一致认为是疯癫怪异。因为世俗人心灵中的阿尼玛原型是一直备受压抑的。

宝玉善待女性的行为更是遭到耻笑。一次，黛玉又跟宝玉怄气，宝玉叹道："当初姑娘来了，那不是我陪着顽笑？凭我心爱的，姑娘要，就拿去，我爱吃的，听见姑娘也爱吃，连忙干干净净收着等姑娘吃……丫头们想不到的，我怕姑娘生气，我替丫头们想到了……"另一次，三伏天巧遇唱戏的龄官因思恋贾蔷在地上画"蔷"字，突然下起大雨，宝玉被大雨淋得水鸡似的，他反告诉龄官"下雨了，快避雨去罢"。回到怡红院后，心里却还记挂着那个身子骨单薄的龄官没处避雨。又一次，玉钏儿把汤洒了，宝玉自己烫了手倒不觉得，却只管问玉钏儿："烫了那里了？疼不疼？"贾宝玉真堪称是一位"天下古今都少见的闺阁良友"！但他这一切善待女性的行为，却一概被世人贬抑为"没出息"。玉钏儿洒了汤时，正遇通判傅试家的两个婆子在场，她们笑话道："怪道有人说他家宝玉是外相好里头糊涂，中看不中吃的，果然有些呆气。他自己烫了手，倒问人疼不疼，这可不是个呆子？""我前一回来，听见他家里许多人抱怨，千真万真的有些呆气……且是连一点刚性也没有，连那些毛丫头的气都受的。"更甚者，宝玉的"尊重女性和善待女性"竟被某些封建卫道士们污蔑为"天下古今第一淫人"。岂不悲哉！

综上，我们可以做一总结，由于曹雪芹独立不迁的个性，使得他敢于不假矫饰地表现自己的天性，其中包括自己的异性特质——阿尼玛原型，然而由于那个时代意识上的普遍的局限性，所以在那个时代，曹雪芹必然是倍受时代意识和主流价值观打压和责难的，正如著述中的警幻仙子之言"然于世道中未免迂阔怪诡，百口嘲谤，万目睚眦。"很显然，以上所言的那个时代的弊病对曹雪芹的压制和伤害要比一般人来得更深、更大。

正如在《红楼梦》中，曹雪芹一再进行自贬和自嘲的那样——那是"无能第一""不肖无双""潦倒不通世务，愚顽怕读文章""于国于家无望""背父兄教育之恩，负师友规训之德""一技无成、半生潦倒""行为偏僻性乖张，那管世人诽谤"的纨绔膏粱。其实，这也正是那个时代的世俗社会对曹雪芹本人的真实非议之辞。

由此，再加上曹雪芹独特的个人经历，我们可以总结说，普遍的特定的集体无意识的压抑在曹雪芹身上的表现要更突出和更明显，由此造成的心理失衡也就更深切。

（四）《红楼梦》中男权小人的塑造对曹雪芹个人的心理治疗意义

前面分析，由于时代弊病中普遍的心理失衡，集体无意识中阿尼玛原型过于压抑，女性品质被蔑视，阿尼姆斯和阿尼玛的双性品质在心理上始终没有达成协调及和解等,这一普遍的集体无意识的压抑给时代中的每一个人都带来了不同程度的心理失衡。但由于特定的人生经历和个性使然,这种普遍集体无意识的压抑在曹雪芹身上的表现势必要更突出和明显,从而给曹雪芹造成了强烈的心理失衡。

以上所论述到的那个时代的一种集体无意识的压抑,虽需要补偿性的调整,但可能并没有被太多的人意识到,因为它属于无意识,属于更深层的集体无意识。荣格指出,只有当人对于外部生活的自觉兴趣逐渐减弱,人变得越来越内向,越来越返回和沉醉在自己的内心生活中,这些被压抑的无意识原型才能积聚起力量,被人意识到。而艺术家恰恰具有这一特定的个性。而这也是荣格从更深层明确提出的,他认为艺术家是一些不能适应外部世界或对现实生活不感兴趣的人,他们的精神发展表现出"退化""回返""逆行"的倾向,回返到远古,即回到人类的童年(集体无意识)。意指诗人和艺术家是一些不能像普通人那样认同时代精神和历史潮流的人,他们由于对现代文明缺乏适应能力或由于对外部世界不感兴趣而沉湎于内心生活,从而在重返集体无意识的心理行程中找到了能够满足自己精神需要的东西。由于这一心理倾向,集体无意识的压抑会首先被他们意识到。

无疑,如前所述,孤高清傲、不流于俗的曹雪芹在个性上就具有这一倾向。个性使然,曹雪芹的精神发展也表现出不同于常人的回返到远古即回到人类的童年(集体无意识)的倾向。由于对现实世界的弊端(时代弊病)不能同流合污,从而心存不满乃至缺乏兴趣,在心理上习惯回返到人类的集体无意识的曹雪芹,随着越来越沉醉在自己的内心生活中,所以,终有一天,他清醒地意识到那个时代下普遍的特定的集体无意识的压抑。而这一清醒的意识,是当时一般大众所不能达成的。

所以,正如荣格所指出的那样,优秀的艺术家常常是一个时代的先知先觉者,而每当此时,艺术家们就会涌起强烈的精神调整的愿望。这种调整通常是由集体无意识来实现的。意指个人无意识来自于集体无意识,文学创作即是作家从集体无意识的原型中为自己和那个时代片面发展的无意识找到新的象征。曹雪芹心理失衡后,在重返集体无意识的过程中,为压抑的无意识找到了新的象征——阿尼玛原型。

由于特定的人生经历和个性使然，曹雪芹强烈地感受到集体无意识中阿尼玛原型被压抑的苦闷和无奈，所以，曹雪芹把这一时代无意识所缺乏的新的象征写进了著述《红楼梦》中，而且，他在著述中大书特书这一新象征——为阿尼玛心理原型唱一首赞歌，为阿尼玛的典型代表——女儿们唱一首赞歌，并为阿尼玛原型和女儿们的被贬抑而愤慨不已，为时代意识的局限而无端强加给女性的悲惨命运而悲悯和感叹。而这一点正是通过鞭挞那一时代的社会意识中所存在的弊病，鞭挞那些从身心两个方面损害女性、欺压和剥削女性的男权小人来实现的。

所以在书中，曹雪芹首先塑造了一群优秀的女性，这如他开篇所言的那样"今风尘碌碌，一事无成，忽念及当日所有之女子，一一细考较去，觉其行止见识，皆出于我之上。何我堂堂须眉，诚不若彼裙钗哉？实愧则有余，悔又无益之大无可如何之日也！……我之罪固不免，然闺阁中本自历历有人，万不可因我之不肖，自护己短，一并使其泯灭也。"而这同时，也塑造了一群蔑视女性的膏粱锦绣中的男权小人，而正是他们，制造了这群优秀女儿的悲惨命运。我们且来看书中他对于男权小人们的鞭挞吧。

比如贾赦，好色成性的贵族老爷，只把女性当玩物。平儿评论"这个大老爷太好色了，略平头正脸的，他就不放手了。"纳鸳鸯不成后，发狠道："凭他嫁到谁家去，也难出我的手心。"对待其妻邢夫人颐指气使，像对奴仆一样呼来唤去。其子贾琏也是"惟知以淫乐悦己，并不知作养脂粉"，肮脏下流地偷情不止，完全不顾礼义廉耻一味地在女人身上寻欢作乐。贾珍，在对待女性方面甚至到了丧伦败行的程度，私通儿媳、诱奸小姨、与儿子贾蓉素有聚麀之消等等，不一而足。贾蓉也是整日嫖娼狎妓，一味只知淫乐。呆霸王薛蟠更是肆意玩弄女性，对女性丝毫不带些许感情，所以一贯好"得陇望蜀""喜新弃旧"，还总是欺凌女性，香菱之死与他的迫害直接有关。另外，还有行为还比较正统的贾政对待妻妾的态度，也是冷漠无情，且极端厌恶儿子宝玉对待女性的那些人性化态度。得志便猖狂的孙绍祖，把千金闺秀迎春作践致死才罢休。品性低劣的色鬼贾瑞对女性更是只有淫欲，邪恶的欲望之高都令他失去了理智。这一"蔑视阿尼玛心理原型、蔑视女性及女性品质"的社会意识上的偏见，不仅影响到男性，而且也同样影响了女性的心理发展。比如王熙凤的阴险狠毒和缺乏女性温情，恰是由于她在心理上认同刚强的男子，而同时过于蔑视自己心理上情感化的女性的一面。

这群男权小人之所以有如此不良行径，之所以如此欺凌和损害女性，当然是社会意识的局限所造成的——导致他们在心理上普遍存在特定的心理失衡的结果。而"蔑视自己心灵上的阿尼玛心理原型、蔑视女性及女性品质"则是更深层的心理原因。另一方面，鞭挞男权小人，也是为了反衬和讴歌女性及女性品质的价值，彰显阿尼玛心理原型的难能可贵。由于曹雪芹独特的个人阅历，由于他不媚俗的个性，所以即使生活在那个"男尊女卑、女性价值被严重贬抑"的时代，曹雪芹依然发现了女性及女性品质的独特价值。据此，我们可以说，在那个时代，曹雪芹是真正发自内心同情、尊重和怜惜女性的，也是真正认识到女性价值的，而且堪称古今"第一人"！

但由于封建礼教及男权小人的作祟，这些集"山川日月之精秀"、美丽聪慧的女儿们最后都入了"薄命司"。在著述中，曹雪芹深切地表达了这一悲叹。

著述中，曹雪芹最推崇和钟爱的是"女性气质"的集大成者，堪称"世外仙姝"的林黛玉。她外表"风流袅娜"，内心诗化、情感化、毫无功利心，气质高贵典雅，"闲静时如姣花照水，行动处似弱柳扶风"。"心较比干多一窍，病如西子胜三分"，而且有思想有感情，有独立的人格，敢于蔑视那个时代的礼教规范。其诗作《五美吟》一反传统理念，认为西施虽然貌美，却甘心成为被男权社会政治斗争利用的牺牲品，是缺乏女性独立人格；而对效颦之东施、不贿赂画工之昭君所具有的个性精神，却给予肯定与颂扬。表达了女性的自主意识和独立意识，崇尚婚姻爱情自由并为女性被动受奴役的地位鸣不平。但就是这样一位优秀女性的代表，却不为世俗所容纳，最后被封建礼教迫害致死。

宝钗兼具"停机之德和咏絮之才"，被赞是"山中高士晶莹雪"。她品格端方，外表鲜艳妩媚，为人周全，最后也成了封建礼教的牺牲品；史湘云不拘小节，乐观开朗，个性"英豪阔大宽宏量"，被赞"好似霁月光风耀玉堂"，却落了个"云散高唐，水涸湘江"的悲苦下场；妙玉"气质美如玉，才华馥比仙"，却被男权小人们作践得"风尘肮脏违心愿"，曹雪芹感叹"好一似，无瑕白玉遭泥陷"；被曹雪芹称赞"才自精明志自高"，自强自立的探春，在男权社会里哪由得她自己来主宰自己的命运；老实本分的迎春，本是"金闺花柳质"，却直接丧命于男权小人——丈夫孙绍祖的手中，从而"一载赴黄粱"；被赞为"根并荷花一茎香"，女性气质相当突出的香菱，也是被"夫权"压迫致死的；"心比天高，身为下贱"、风流灵巧的丫鬟晴雯，又何尝不是间接地死于封建礼教的卫道士之手呢？

总之，主要由于男性强权主义的迫害，书中优秀的女儿们大都命运多舛，其中有两首"怜惜同情女儿们，抨击礼教弊端，抒发作者愤懑情怀"的诗词值得一提。书中女子们无一能善终，原因在《葬花词》中一目了然。"一年三百六十日，风刀霜剑严相逼"。"风刀霜剑"当然是指主流社会意识中吃人的封建礼教以及时代弊病的维护者——男权小人们。在他们的迫害下，最后女儿们只能落得"花落人亡两不知"！《葬花词》是曹雪芹为女性们注定遭受摧残的悲苦命运而作的一首哀叹之歌。另一首《芙蓉女儿诔》是为天下被摧残被迫害的女子满怀悲悯而作，"花原自怯，岂奈狂飙，柳本多愁，何禁骤雨。"花柳本娇弱，哪耐得如此摧残，以至于"樱唇红褪，韵吐呻吟，杏脸香枯，色陈颔颔。"到头来"自蓄辛酸，谁怜夭折"！这同时也是为天下被礼教弊端所摧残的女子们所唱的一首挽歌。

通过讴歌女性和女性品质，通过鞭挞男权小人，曹雪芹在书中淋漓尽致地表达了集体无意识中阿尼玛原型被压抑的苦闷和无奈，同时为自己个人被压抑的无意识——阿尼玛原型找到了新的象征。书中所赞扬的那些女性的特质——非政治化的、非权力化的、非功利化的、诗化的、情感化的、人性化的人格特质即是阿尼玛原型的本质和象征。至此，按荣格的话来说，曹雪芹也正是通过整部《红楼梦》的创作给压抑的无意识一个对象化的机会，一个表达的机会，从而来整合心灵经验，实现意识与无意识的对话与沟通，达到心理自愈的目的。

另外，著述中，其实曹雪芹一再地曲折委婉地向读者昭示：这些心理失衡的——缺乏阿尼玛心理特质的男权小人们是多么丑陋！而这些阿尼玛心理特征的主要代表——女儿们是多么纯美和珍贵！一再形象生动地向读者昭示："原来天生人为万物之灵，凡山川日月之精秀，只钟于女儿，须眉男子不过是些渣滓浊沫而已。"正如书中主人公宝玉的口头禅"我见了女儿，我便清爽，见了男子，便觉浊臭逼人。"通过这些书写，曹雪芹同时也在进行自我心理的调节——既然女性及女性特质如此可贵，我个人身上所展现的女性品质以及我善待女性的态度，凭什么就该受到世俗的排挤、责难和非议？如此，创作的心理治疗意义显而易见。

所以，借助文学创作，曹雪芹也就一定程度上医治了自己的心理失衡——被社会意识的局限性所压抑和责难的片面发展的无意识。

（五）男权小人的塑造对于整个时代片面发展的精神具有心理补偿的意义

如上所述，荣格指出，一个时代就像一个人，它的意识观有自己的局限，所以需要补偿性的调整。他接着指出，人类生活中的艺术活动可以承载这一使命。"艺术的奥秘，就在于深入到集体无意识中，去激活人的原型，并从而使我们有可能找到一条路返回到生命最深的源泉。艺术家完成了这一使命，他那永远得不到满足的愿望，便通过一直追溯到无意识深处的原型而实现。正是这些被艺术家召唤出来的原始意象，最好地补偿了我们时代的片面和匮乏。"

曹雪芹的《红楼梦》的创作即是如此。

如上一再所阐述的这种时代的意识的走偏，这种时代弊病，当然影响到所处其中的每一个人，具有艺术家气质的曹雪芹是敏感的人，对此感受很深，所受的伤害也相当大。加上独特的个人经历，在长期沉湎于内在世界的过程中，此时来自无意识中的原始意象，限制、影响和帮助了作家们的想象，它使艺术家的想象沿着人心中的某些固有的方向发展，并因而使他们创造的艺术作品具有震撼人心的效果（荣格认为）。在这一过程中，诗人（还有先知或领袖）接受他那个时代难以表达的愿望的引导，并且用自己的言行或作品指出一条人人都在盲目追求和期待的成功之路。果然，在返回集体无意识的过程中，曹雪芹找到了被压抑的心理能量——阿尼玛心理原型，并在著述中一再委婉含蓄地表达了自己的观点——男性们应看重自己身上的阿尼玛特质，与自己的阿尼玛原型和谐相处，由此也能与女性们和谐相处，也就能真正看重女性，并且，他一再鞭挞那些侵害女性的男权小人，为阿尼玛品质的典型代表——女性们唱了一首赞歌！

而这一思想和理念，也正是其时整个时代所缺乏的。可以说，曹雪芹的《红楼梦》恰好纠正了那个时代的片面、反常、危险的时代意识——女性的品质及女性的价值不被男权社会认可，妇女们处于附庸的地位，而且作为男性的附庸，无独立人格，无主体意识，政治经济地位卑微，女性同时失去了作为人应有的价值（这在前文有详细论证），并医治了那个时代由社会意识的局限性所导致的普遍的心理失衡——阿尼玛和阿尼姆斯之间的不平衡，阿尼玛原型过于压抑，女性品质被蔑视，阿尼姆斯和阿尼玛的双性品质在心理上始终没有达成协调及和解等。

正如个人的意识态度的片面性可以由无意识的反应所纠正一样，艺术代表着民族和时代生活中的自我调节的活动。艺术的社会意义正在于此——它不停地致力于陶冶时代的灵魂，魔术般地召唤出这个时代最缺乏的形式，能够在人们心中唤起强烈的共鸣。

据考证，《红楼梦》一出，便在当时的士大夫和知识分子之间被争相传抄和传阅。尽管当时歧视小说的传统偏见还很深，清初文字狱引起的恐怖余悸还犹存，这部小说还是在社会各阶层中发生了前所未有的影响。特别是乾隆五十六年（1791），补续的一百二十回刻本刊行后，广大知识分子乃至一些名公巨卿，很少有人"开谈不说《红楼梦》"。而且，从此印本风行，抄本淹没。但这却推动了这部伟大艺术作品的广泛传播，使它吸引了成千上万的读者，并随之在知识分子中形成了研究它的热潮，以致很快发展成一门专门的学问，被人们称作"红学"。《红楼梦》最早成书于约乾隆十九年（1754），而乾隆五十九年到六十年（1794—1795），第一本"红学"专著——周春的《阅红楼梦随笔》便已刊出。可见当时《红楼梦》之风行。以后的有清一代近200年间，"红学"的热潮一直未断，研究者中不乏文艺及思想大家，如二知道人、王希廉、姚燮、梦痴学人以及王国维等。

荣格是如此来评价这种现象的，艺术作品之所以激动着我们，因为它唤起一种比我们自己的声音更强的声音。一个用原始意象说话的人，是在同时用一千个人的声音说话。而那些从灵感中产生的想象，由于打上了无意识原型的烙印，因而具有不可思议的艺术魅力，能够在人们心中唤起强烈的共鸣。

如前所述，因为《红楼梦》所象征的，是人类心灵中最古老、最深邃、最广阔无垠的东西——集体无意识中的原型（阿尼玛原型等）。而这些东西，按照荣格的说法，又正是整个社会所缺乏，整个时代精神所背离了的人类生活的基本要素，所以它一旦被发现，就会迎合整个时代的"无意识需要"，起到纠正时代弊病，恢复社会心理平衡，有机地补偿和调节人类生活的作用。

总之，正是这一被艺术家曹雪芹召唤出来的原始意象，最好地补偿了那个时代意识上的片面和匮乏。

至此，曹雪芹塑造锦绣膏粱中男权小人的文化心理意义，我们已经较为详细地阐述完毕。《红楼梦》是一部伟大的著作，其文化心理意义当然也是意蕴丰富和多样的，如著述中作者自述的那样"满纸荒唐言，一把辛酸泪。都云作者痴，谁解其中味。"曹雪芹在《红楼梦》中寄寓的天才洞见和良苦用心，还需要后世人不断地去探索和努力。在此，我们也只是做了一次粗浅的尝试。

二、《红楼梦》中小人形象的心理病理学解读

古典文学名著《红楼梦》被誉为中国古典小说的巅峰之作，其思想性、艺术性之高超已是定论。《红楼梦》的伟大和复杂是表现在众多方面的，而尤为突出的是，在《红楼梦》中，作者曹雪芹凭借其生花妙笔塑造了一群个性鲜明、活灵活现的、具有典型性和代表性的人物形象，这些文学形象一直让后世几代读者为之痴迷。而这群人物形象也终将以其心理描写的真实性、人物内心的丰富和复杂性等价值，永远载入世界文学史册。

在本篇，我们只选取其中一部分"小人形象"来进行心理病理学方面的解读。这群小人或贪赃枉法，或嫖娼狎妓，或好色淫荡，或横行乡里，或恃强凌弱，或专横无情，或阴毒刻薄等，不一而足。我们认为这些"小人行为"背后，一定蕴含着深层的心理病理原因，我们期望解读出这群身处"富贵温柔之地、膏粱锦绣之乡"的小人们在心理深层到底有着怎样的故事。

（一）贾赦——好色和冷漠·真爱的不满足·分裂性的人

贾赦，作为贾氏荣国府的长子长孙，世袭着祖辈"一等将军"的官职，到他这辈，贾家已经钟鸣鼎食、坐食皇家俸禄好几代了。贾赦身为朝廷命官，入则锦衣玉食，出则香车宝马，"谈笑有鸿儒，往来无白丁"，交游来往的大都是皇亲国戚、达官贵人，所以，他是个不折不扣的侯门老爷，是个有身份、有地位的人。而且在《红楼梦》书中，贾赦一出场，就已经是个胡子苍白、儿孙满堂、有一把年纪的人了。作为贾府的长房，作为世袭着家族官职的人，照理说，

贾赦不仅应该义不容辞地担当起"修身、齐家"这一责任，应该是一位宽厚仁慈的长者，应该是一位温暖的大家长，还应该是一位中兴家族的使命担当者。但在整本《红楼梦》中，他却一直是个冷漠无情，一味贪图享受女色，且不顾身份、为老不尊的人。

贾赦为什么会如此冷漠无情和好色成性？其深层心理原因是什么？且看下面的分析。

1. 贾赦在心理上亲密关系的缺失和真爱的不满足导致其成为"分裂性的人"

从书中多处描述中可以看出，贾赦虽袭了世职，做了官，却整日游手好闲，贪图享乐，天天"笙歌聒耳，锦绣盈眸"，所以一贯不受长辈们待见。黛玉的父亲林如海曾评说："若论舍亲……大内兄现袭一等将军，名赦，字恩侯，二内兄名政，字存周，现任工部员外郎，其为人谦恭厚道，大有祖父遗风，非膏粱轻薄仕宦之流。且这贾政最喜读书人，礼贤下士，济弱扶危，大有祖风。"话中用大段细节来赞扬贾政，对贾赦却只是简单一提。在开篇第二回《冷子兴演说荣国府》中，也论道："长子贾赦袭着官，次子贾政，自幼酷喜读书，祖、父最疼。"冷子兴的描述显然暗示贾赦不是"祖、父最疼"的那个后辈。不仅如此，可能是由于贾赦一贯的为人和行事做派，连亲生母亲贾母也一直不太喜欢这个大儿子，而更喜欢二儿子贾政，贾赦自己也知道贾母是不喜欢他的，所以潜意识里贾赦认定母亲偏心，这才有了中秋节家宴上贾赦无意中讲的那段"天下父母心偏的多"的笑话。等觉察贾母对这个笑话相当介意后，贾赦内心也开始介意起来，所以才在下宴席后回家路上因为满怀心事而"被石头绊了一下，崴了腿"。贾母忙客气地命两个婆子快看去，又命邢夫人快去。过会还感叹道："我也太操心。打紧说我偏心，我反这样。"无论在这一节中母子俩是谁多心，都可以明确看出，贾赦与母亲的关系是生分的，相互之间是存有芥蒂的。也是在这次中秋家宴上，集全家上下尤其是贾母的百般宠爱于一身的宝玉，因为行酒令作了一首诗，备受贾母和贾政的赞扬，而一贯不受待见的庶出的贾环也作了一首诗，但贾政并不看好，贾赦见到这一幕后，出于惺惺相惜之意，很是气不过，于是特要了贾环的诗来看，并对贾环不爱读书的想头妄加赞扬，比如"这诗据我看甚是有骨气""所以我爱他这诗，竟不失咱们侯门的气概""以后就这么做去，方是咱们的口气，将来这世袭的前程定跑不了你袭呢。"等，并吩咐人去取了自己的许多玩物来赏赐与贾环。这从侧面可以看出，贾赦对贾母的"偏爱二房"是早有意见并满怀不满情绪的。所以，甚至有红学专家详细研究《红楼梦》有关情节后做出大胆推断，贾赦可能并非贾母亲生，系庶出。不管原因究竟如何，反正小说中明明白白表达了这一看法：贾赦与母亲的关系是不亲密的，母子之间是缺乏真正的爱的联系的。

  和母亲的关系如此，那么，和本该亲密的妻子的关系又是如何呢？且不说贾赦身边总是坐拥许多盛妆丽服之姬妾丫鬟，而且书中的许多情节也都表明，贾赦与自己的太太邢夫人的关系也是疏离的。据邢夫人的弟弟邢大舅所言，邢夫人是把持着一大笔娘家的家私嫁过来的，但即便如此，邢夫人在贾赦那儿还是一点地位也没有的。他的儿媳王熙凤在心里评论："邢夫人禀性愚犟，只知承顺贾赦以自保，次则婪取财货为自得，家下一应大小事务，俱由贾赦摆布。"邢夫人只是贾赦的附庸，一点自主权也没有。甚至在贾赦坐拥一群姬妾丫鬟的情况下，邢夫人还是心甘情愿地替丈夫说媒想纳鸳鸯为妾，而不敢有半句怨言。她不是不知道这可能得罪婆婆和获得大逆不道的罪名，只是太惧怕丈夫的威势了。当贾母责备她："你倒也三从四德，只是这贤惠也太过了！你们如今也是孙子儿子满眼了，你还怕他，劝两句都使不得……""他逼着你杀人，你也杀去？"邢夫人只好满面通红地告罪："老太太还有什么不知道呢，我也是不得已儿。"因为她知道一旦得罪了丈夫，日子会更不好过。所以，她在丈夫贾赦面前永远是"不得已"，永远是"敢怒不敢言"。这样看起来，贾赦和邢夫人之间，哪还有什么亲密的夫妻感情可言？

  先是与母亲后是与妻子，贾赦与生命中最重要的两个女人之间的关系都是疏离的。可以说，连最可能也最应该亲密的两个人，贾赦都没能与之建立起心灵的真正亲密感。

  罗洛·梅称这种在人际关系上明显地具有疏离性的倾向，且畏惧亲密的关系的人为"分裂性的人"。此处的"疏离性"即是丧失亲密人际关系的一种感觉，是指无法沟通，丧失了亲密的人际关系以及无法感受生命等。

  而作为一个人，是天生有着对亲密关系的需要和对爱的需要的。罗洛·梅在《爱与意志》中称这种需要为"爱欲"。他接着阐述，爱欲是推动我们和我们所属的物结合的一种驱力，它使我们和我们的可能性结合为一，它使我们和促使我们自我完成的其他人结合为一，爱欲是内在于人类的一种渴求，它引导我们，使我们奉献自己，去寻求高尚而善良的生活。而爱和意志的缺乏都导致冷漠，导致与人的疏离。

罗洛·梅又引用史德尔氏的观点来说，这种"疏离性"的现象乃是长期压抑爱的渴望的一种复杂面具。此种分裂的"割离性"乃是对抗敌意的一种防卫机制，源于对爱的歪曲，源于其童年期以来，长期对于真正的爱的畏惧。

而很显然，贾赦亲密关系的需要和真爱的需要没能从他重要的人际关系中得以满足。贾赦一直以来压抑了对爱的渴望和需要，可以推断，尤其是在童年期与母亲的心灵亲密感的缺失可能影响了他后来的一生，使得贾赦与人建立亲密关系的能力是欠缺的，甚至不再有与人建立亲密关系的能力。比如后来与他的太太以及其他任何女人也没能建立起亲密的爱的关系。但无论原因如何，贾赦在人际关系上明显地具有疏离性的倾向。

总之，贾赦由于长期以来的亲密关系的缺失和真爱的不满足，导致其在人际关系上明显地具有疏离性的倾向，且成为畏惧亲密关系的"分裂性的人"。

2. 贾赦在心理上受困于"分裂性"的典型表现

(1) 冷漠无情

如前所述，罗洛·梅指出，爱和意志的缺乏都导致冷漠。"分裂性的人"通常没有感情，欠缺热情、情感或激情，冷漠。体验到自身同借以点燃自己情感及意志的对象相隔离的状态。贾赦即是如此。

首先他对母亲相当冷漠。表面上看他也经常在母亲面前承欢，好像很孝顺。但鸳鸯是贾母最得力的大丫头，就像王熙凤所说："老太太离了鸳鸯，饭也吃不下的"，贾母自己也坦陈："我这屋里有的没的，剩了他一个，年纪也大些，我凡百的脾气性格儿他还知道些……我有了这么个人，便是媳妇和孙子媳妇有想不到的，我也不得缺了，也没气可生了……"但作为亲生儿子且已有一把年纪的贾赦却想纳鸳鸯为妾，当然后来有人分析，贾赦这次的行径不单单是贪色，可能是觊觎贾母的万贯遗产，因为毕竟鸳鸯是贾母最信任、最亲近的人，对贾母的家私知根知底，况且还掌管着部分资财。但无论贾赦出于什么目的，都暴露了对高龄老母的所愿所欲及其心理感受的无所顾忌，在那个崇尚孝道的时代，贾赦的这一行径无疑暴露了他对母亲的冷酷。

对亲生女儿迎春也是冷漠无情。仅仅为了五千两银子，就葬送了迎春的一生。这从被曹雪芹比喻为"中山狼"的迎春夫婿孙绍祖的谩骂中可看出——"你别和我充夫人娘子，你老子使了我五千银子，把你准折卖给我的。"其实，当初订这门亲时，贾政是再三阻拦的，因为孙家的为人贾政早有所知，并且相当厌恶。他深知孙家并非什么"诗礼名族之裔"，只不过是些善于攀附权贵、趋炎附势的小人而已。况且，既然两家是世交，贾政如此了解孙家，贾赦何尝不知道孙家的为人？但贾赦只为了偿还自己由于穷奢极欲而欠下的亏空便丝毫不考虑这一切，丝毫不考虑亲生女儿迎春的死活。当迎春婚后屡遭虐待时，迎春连向父亲诉说的想头都没有，可能因为她早已深刻感受过父亲的无情。而且自始至终，也并没见贾赦对此事过问一句。女儿迎春的悲苦遭际是贾赦一手造成的，而直到一年后迎春被孙绍祖作践致死，贾赦始终对这一切视而不见、不管不问，足见他的无情。

贾赦对外人更是冷酷加狠毒。比如为一己私欲，倚势强索石呆子古扇，最终逼死人命。古扇收藏的痴迷者石呆子，虽穷得连饭也吃不上了，却藏有二十把旧扇子，"全是湘妃、棕竹、麋鹿、玉竹的，皆是古人写画真迹"（平儿语），不巧被贾赦看上了，但石呆子视扇子为生命，死了也不肯卖给贾赦。于是贾赦狠毒地和趋炎附势的贾雨村串通一气，设了个阴谋，诬陷石呆子"拖欠官银"，将他拘押，并且抄没家产。古扇，当然悉数归了贾赦。石呆子被弄得家破人亡，最后自尽了。凭如此狠毒无情的手段得到古扇后，贾赦竟一点也没有良心上的自责，反而拿着扇子责骂儿子贾琏没能为，继而吹嘘人家贾雨村怎么就有本事弄了来呢。贾赦这次的行径，连品行并不怎么好的儿子贾琏都看不下去了，所以硬生生顶撞了贾赦一句："为这点子小事，弄得人坑家败业，也不算什么能为!"贾赦听后不仅丝毫没有良心发现，反而恼羞成怒，暴打了儿子一顿。这正如罗洛·梅所说，分裂性的人会冷淡、冷漠、具有强烈的优越感，以及对世俗漠不关心等。而此种特性有时会突然迸发成强烈的侵略性行为。贾赦对石呆子的逼勒致死，个中原因即在于此。

（2）好色成性

前面分析过，按罗洛·梅的理论界定，贾赦属于分裂性的人。而这种人很难与人建立亲密关系，其外在表现除情感冷漠外，还有就是由于真爱的需要和激情的压抑而导致的性泛滥。

在罗洛·梅的理论框架下，冷漠与性泛滥又是相关的。当个人的生活开始枯竭，冷漠感增强，因为冷漠，导致与他人的疏离，而疏离性是丧失亲密人际关系的一种感觉，会导致无感觉存在的状态，会导致个人的孤独感和空虚感。正如贾赦，在爱和亲密的需要受伤后变得冷漠了，把对人的、对己的真实感情压抑，跟自己真实的感觉隔离，与人的关系是疏离的，所以倍感孤独和空虚，但他在意识上又不知道是什么原因，而冥冥中只想在性上与异性连接，因为在性行为的过程中，他们能从另一个人身上发现回应与渴求，以证明自己的感觉并没有死掉。所以，当冷漠的状态持续存在时——个人长期无法影响甚至真正地接触到另外一个人时，就会出现性泛滥，因为他们希望借此克服自身的孤独感，希望借此逃避空虚感和冷漠的威胁。

基于此，性泛滥究其实还是源于"想与他人有深层心理连接，想与他人亲密，想与他人有真正的爱的联系的"的深层渴望，源于真爱的需要。真爱的需要是在喜悦和激情中寻求与另外一个人的结合，是建立结合，建立全面关系的一种渴望。是渴望两个人克服了个人所囿的个体性与分离性，而参与一种两人真正结合的关系。而现实是，由于亲密感不满足，由于真爱的不满足，分裂的人便盲目地寻求更多地与人的连接，与更多的异性进行身体的性的连接和结合，妄图来填满心里的饥荒——真爱的缺失，但他们心里的饥荒永远填不满！

所以，"好色成性"也是因为人的"分裂性"。至此，我们也就理解了为什么在整本《红楼梦》的描述中，一把年纪的贾赦一直是个一味贪图享受女色、不顾身份、为老不尊的人。原来还是由于贾赦在心理上存在真爱的不满足，从而他过度追求身体的亲密而妄图来填补心灵亲密的缺失。当然这一切都是贾赦不自觉的行为。我们且来看他的表现：

在"林黛玉进贾府"一章中，当林黛玉第一次去拜见母舅贾赦时，穿过曲曲幽幽的三层仪门，一进入正室，"早有许多盛妆丽服之姬妾丫鬟迎着"，这许多姬妾当然是贾赦的，这便是书中贾赦当头给读者的第一印象。另外，在书中第六十九回中，写贾赦为奖赏贾琏将"房中一个十七岁的丫鬟名唤秋桐者，赏他为妾"时，提到："贾赦姬妾丫鬟最多""如这秋桐辈等人，皆是恨老爷年迈昏愦，贪多嚼不烂，没的留下这些人作什么，因此除了几个知礼有耻的，余者或有与二门上小幺儿们嘲戏的。甚至于与贾琏眉来眼去相偷期的，只惧贾赦之威，未曾到手。"此段描写，从侧面明明白白地道出了贾赦的姬妾之多和性之泛滥。

正如他儿媳妇王熙凤转述的那样（他母亲贾母的评论）："老爷如今上了年纪，作什么左一个小老婆右一个小老婆放在屋里，没的耽误了人家。放着身子不保养，官儿也不好生作去，成日家和小老婆喝酒……"平儿也评论道："真真这话论理不该我们说，这个大老爷太好色了，略平头正脸的，他就不放手了。"更甚者，姬妾丫鬟最多的贾赦，都五十三四岁、胡子一把的人了，在"纳鸳鸯为妾"的歪主意被贾母强行阻拦后，接着"只得又各处遣人购求寻觅，终究费了八百两银子买了一个十七岁的女孩子来，名唤嫣红，收在屋内"。其好色程度可见一斑。

总之，亲密关系的缺失和真爱的不满足使得贾赦成了一个"分裂的人"，他与别人的感觉是疏离的，他与自己的真实感觉也是疏离的，他成了一个无感觉存在的人，所以他对所有人都是冷漠的，但同时他倍感孤独和空虚，为冲出这种无感觉存在的孤独和空虚感，他变得好色成性，以期能从与异性的身体连接中穿透匿名及疏远等令人难以忍受的状态。

为贾赦的一生悲哀！

（二）王熙凤——女汉子的专横无情·阿尼姆斯过度发展

> 凡鸟偏从末世来，
> 都知爱慕此生才。
> 一从二令三人木，
> 哭向金陵事更哀。

这段判词说的就是金陵十二钗之一的王熙凤，她是贾琏之妻，王夫人的内侄女。她长着"一双丹凤三角眼，两弯柳叶吊梢眉，身量苗条，体格风骚，粉面含春威不露，丹唇未起笑先闻"。如判词所说，王熙凤确实是位才干超群的女中豪杰，她精明强干，善周旋、有心机，能周全承应整个贾府几百口人的各种事务，包括饮食起居、人员调配管理、纠纷调解、利益分配以及外部人情交际等等，王熙凤把这一切都打理得井然有序，对此合族上下无不叹服。曹雪芹在书中由衷地称赞她"金紫万千谁治国，裙钗一二可齐家"。因此，王熙凤深得贾母和王夫人的信任，成为偌大贾府最有实权的实际大管家。但这位聪明有决断、能呼风唤雨、赫赫扬扬的二奶奶却同时又是被贾府好多人诟病的人，这首先是因为她专横霸道，飞扬跋扈，凌驾于贾府众多人之上，她除了一味讨好贾母和王夫人等当权派之外，对下人和失势者却是作威作福，颐指气使，完全是另一副嘴脸；另外她残忍阴毒，"毒设相思局"残酷地报复了好色之徒贾瑞；"弄权铁槛寺"为了三千两银子的贿赂，逼得张家的女儿和守备之子双双自尽；还以最狡诈、最狠毒的方法害死了情敌尤二姐以及她腹中的胎儿；锦衣玉食的她还极度贪婪和极尽权术机变，以至于最后因为机关算得太尽，而落了个悲惨的下场。

精明强干的王熙凤为什么却有如此不堪的个人道德修为？且看以下的分析。

1. 王熙凤的阿尼姆斯原型过度发展

如前所述，根据荣格的观点，每一个人都天生具有异性的某些精神特征，对立性别的双方始终共存于无意识心灵之中。如果一个人不能充分发展或过度发展自己无意识中的异性原型，就有可能产生不协调。

迷恋阿尼姆斯的女性表现为刚强、理性和争强好胜，常以男性自居而无法对女性角色认同，此即为阿尼姆斯过度发展。而迷恋阿尼玛的男性则正好相反。我们认为，王熙凤在心理上就存在阿尼姆斯过度发展的症状。

先来看王熙凤的成长经历。家庭因素的影响方面，早有红学研究专家通过详细研究指出，王熙凤的家人主要是父亲在王姓家族中是比较不得势的。小说第六回借刘姥姥之口曾有"王夫人之大兄凤姐之父"之语，再结合全书来看，说明王府在王夫人之辈是有兄妹四人，长兄为王熙凤之父，次兄王子腾，薛姨妈和王夫人为妹。一个王家的长子，在小说里居然没有名字，显然是非常次要之人物，这似乎已经很能说明问题了。而且，王熙凤的父亲曾经和王夫人一起跟随他们的父亲在京城居住。也就是说，当时王家的当家人王熙凤的祖父在京城做官，只有王熙凤的父亲（长子）和女儿王夫人跟随父亲居住在京城，说明后来发迹的王子腾当时的地位是不如长兄王熙凤之父的。但从后来的小说描写中可以知道，王家后来真正发达的不是王熙凤之父、王府的长子，而是次子王子腾。王子腾官运亨通，做到了九省都统制。也就是说，曾经随父居住在京城的王熙凤之父又回到原籍金陵居住，取而代之的是王熙凤的叔叔王子腾，他来到京城，官居高位。不难看出，王熙凤家在整个王家是处于下行态势的。对此，王熙凤的父母难免会有巨大的心理落差，于是像大多衰败的家庭一样通常更希望儿女能有出息，但时运不济偏偏儿子王仁又极不争气，是个只会利用亲戚的地位和名望去蹭吃蹭喝的纨绔之流，所以又被人戏称"忘了仁义礼智信的那个'忘仁'"。可以推测，王熙凤的父母可能出于不得已，只好从心理上把期望寄托在女儿身上。这有证可考，比如据周瑞家的告诉刘姥姥："你道这琏二奶奶是谁？就是太太的内侄女，当日大舅老爷的女儿，小名凤哥的。"在亲近的长辈贾母、薛姨妈嘴里，也总是"凤哥儿凤哥儿"地叫。王熙凤身为女孩，在娘家的小名却叫"凤哥"，这不能不说明一些问题。再比如连幼小的黛玉初进贾府时，当众姐妹告诉她道："这是琏嫂子"时，黛玉便知道"大舅贾赦之子贾琏，娶的就是二舅母王氏之内侄女，自幼假充男儿教养的，学名王熙凤。"说明亲戚们都知道，王熙凤的父母确实有把女儿"自幼假充男儿教养"的望女成凤的行为。这一童年经验当然会影响王熙凤对性别身份的认同。果不其然，正如见过王熙凤小时候的贾珍所评论的："从小儿大妹妹顽笑着就有杀伐决断……"这话原本是称赞王熙凤能干，但侧面也道出："王熙凤从小就是有着勇猛的男孩样儿的"，是个假小子。而且王熙凤本人，是在自己家逐渐失势的过程中成长的，小时候她就是在京城长大的，所以和有世交的贾家的少爷们都是一块玩大的，比如和贾珍，凤姐儿自己就说："外头的只有一位珍大爷。我们还是论哥哥妹妹，从小儿一处淘气了这么大。"但后来随着他父亲在王家的地位下滑，她全家最终迁回原籍南京。王熙凤对此身世也不会没有感触。"克服自卑，追求优越"本身就是人的天性，而又一直被父母寄予厚望，所以王熙凤从小就想"当女中豪杰，当脂粉队里的英雄，从而能为家族翻身和争光"，这是必然的心理。

但在那个时代，重男轻女的传统观念是根深蒂固的，"身为一个女性"，在各方面都是相当受禁锢的。对此，正如"才自清明志自高"的贾探春，在想颠覆庶出的卑微但又深感无能为力时所发出的慨叹："我但凡是个男人，可以出得去，我必早走了，立一番事业，那时自有我一番道理。偏我是女孩儿家，一句多话也没有我乱说的。"可以说，在那个时代，女性是备受男权压制的，身为女性，未来大都是没有出路的。从这个意义上说，潜意识里"想为家族翻身和争光"的王熙凤是不会认同和接纳自己的女性身份的。

而如上所述，我们每一个人的集体无意识层面本来都潜伏着一个异性原型，顺理成章地，自然而然地，王熙凤在家庭和社会两个方面的影响下，她本能地选择了更多地以男性自居而更少地与女性角色认同。而且王熙凤这一人格特点的突出程度已达到了人人皆知的地步。所以冷子兴评说荣国府时，于一大家子人中特意提到她："谁知自娶了他（贾琏）令夫人之后，倒上下无一人不称颂他夫人的，琏爷倒退了一射之地：说模样又极标致，言谈又爽利，心机又极深细，竟是个男人万不及一的。"连秦氏临死托梦给凤姐时也说道："婶婶，你是个脂粉队里的英雄，连那些束带顶冠的男子也不能过你……"

而从心理健康的角度来说，心理健康的标志是能恰到好处地协调并表现自己天性中的两性特征。即一个人身上应该有二分或三分的异性心理特征才是比较合适的。王熙凤过度地发展了自己的异性原型——阿尼姆斯，所以，她的心理一定程度上是不健康的。

2. 王熙凤的阿尼姆斯原型过度发展导致的典型行为表现

如上所分析，在那个重男轻女的文化大背景下，女性本能地会认为"身为女性我不是完美的"，而王熙凤的心理补偿机制即是建立在对女性身份否认的基础之上的。所以她小时候就是"假小子"，长大了就是个"女中豪杰"。对此，贾珍其实还有称赞凤姐的后半句话："如今出了阁，又在那府里办事，越发历练老成了。我想了这几日，除了大妹妹再无人了。"女中豪杰王熙凤确实很能干，协理宁国府期间，"忙得凤姐茶饭也没工夫吃得，坐卧不能清净。刚到了宁府，荣府的人又跟到宁府，既回到荣府，宁府的人又找到荣府。凤姐见如此，心中倒十分欢喜，并不偷安推托，恐落人褒贬，因此日夜不暇，筹划得十分的整肃。于是合族上下无不称叹者。"事实也确是如此。所以，她自己也很居功自傲："你瞧瞧我忙的，那一处少了我？"因为一味地想和男性一样，因为一味地想当女中豪杰，所以王熙凤特别崇尚像男人一样的刚强、力量和阳刚的一面，由此而成了"阳刚有余、阴柔不足"的女汉子。其行为具体有以下典型表现。

（1）女汉子式的专横霸道

"阳刚有余、阴柔不足"的王熙凤喜欢争强好胜、爱揽事、爱逞能，一味想让别人夸赞自己能干。她不仅以能干来"压倒"事，还要以威势来压倒人，因为自己通常表现为很能干，所以一贯好骄傲自大和目中无人。崇尚力量感的她为人处世常表现出"女汉子般的固执和专横"——凡事横行霸道、肆意妄为，而完全不管不顾他人的死活和感受，这当然会给他人带来伤害。对此，贾琏的跟班兴儿就评论道："如今合家大小除了老太太，太太两个人，没有不恨他的，只不过面子情儿怕他。皆因他一时看的人都不及他，只一味哄着老太太，太太两个人喜欢。他说一是一，说二是二，没人敢拦他。"王熙凤确实是个专横霸道、目中无人、飞扬跋扈的人。

因为"阳刚有余、阴柔不足"，所以总是横行霸道、肆意妄为。比如在"铁槛寺弄权"一节，这件大祸事的起因，主要是源于王熙凤的想逞能，源于她为人上的专横和霸道。当净虚老尼最初说出要求时，本来王熙凤正忙得焦头烂额、废寝忘食，所以便一口回绝了。但奸猾的老尼摸准了凤姐"爱逞强"的性子，所以用了激将法"倒象府里连这点子手段也没有的一般"，凤姐一听，便登时兴起，"你是素日知道我的，从来不信什么是阴司地狱报应的，凭是什么事，我说要行就行。"经王熙凤这一弄权，果然那守备忍气吞声地退了亲，但多情的未来的儿媳——张家的女儿金哥却自尽了，守备之子闻讯后也因为痴情而投河殉情而死！就是因为王熙凤的这一"肆意妄为"，一不小心就搭进了两条人命，祸害了两个家庭。当然平心而论，这也是王熙凤事先没料到的。但问题是，因此事而坐享了三千两银子的凤姐事后不会不知道，但她不仅不思悔改，却因为这次尝到了甜头，而"胆识愈壮，以后有了这样的事，便恣意的作为起来。"

因为"阳刚有余、阴柔不足"，所以她飞扬跋扈，从不把别人放在眼里。"协理宁国府"一节中描述道："合族中虽有许多妯娌……俱不及凤姐举止舒徐，言语慷慨，珍贵宽大，因此也不把众人放在眼里，挥霍指示，任其所为，目若无人。"甚至连正经婆婆邢夫人，王熙凤也没放在眼里，因为邢夫人禀性愚钝，又是失了势的长房，当然不值得她崇尚。对此，仆人都看不惯，所以不断地进谗言"只哄着老太太喜欢了他好就中作威作福，辖治着琏二爷，调唆二太太，把这边的正经太太倒不放在心上。"由此邢夫人也是恨得咬牙切齿，有一次对迎春说起时冷笑道："总是你那好哥哥好嫂子，一对儿赫赫扬扬，琏二爷凤奶奶，两口子遮天盖日，百事周到……"也难怪邢夫人有怨言，在那个时代，凤姐对婆婆的这一作派纯属大逆不道。

因为"阳刚有余、阴柔不足",所以她总是盛气凌人、霸道欺人,尤其是对待弱势群体。赵姨娘和儿子贾环因为不自尊自重,也因为糊涂愚蠢,在荣国府里不受待见。凤姐对他们便作威作福,赵姨娘有一次正因一事教育儿子,凤姐就看不下去了,便越俎代庖,污蔑了赵姨娘一顿:"凭他怎么去,还有太太老爷管他呢,就大口啐他!他现是主子,不好了,横竖有教导他的人,与你什么相干!"贾环是赵姨娘的儿子,人家当然有权利教育他,王熙凤这样对她,明摆着是瞧不起赵姨娘,更没把她放在眼里,甚至是说赵姨娘根本不配教育儿子。而迫于凤姐的威势,赵姨娘也吓得声都不敢出。

女汉子式的王熙凤凡事说一不二,甚至连她的心腹仆人也跟着强势和欺压他人。据兴儿说:"我们共是两班,一班四个,共是八个。这八个人有几个是奶奶的心腹,有几个是爷的心腹。奶奶的心腹我们不敢惹,爷的心腹奶奶的就敢惹。"王熙凤本人一贯的专横和霸道由此可见一斑。

(2) 女汉子式的狠毒无情

如果一个女性的阿尼姆斯原型过度发展,除显得固执、专横外,还会缺乏温情。因为迷恋阿尼姆斯的女性更崇尚理性、蔑视感性。

王熙凤的狠毒无情就是人尽皆知的,还是兴儿的话说得好:"提起我们奶奶来,心里歹毒,口里尖快。""嘴甜心苦,两面三刀,上头一脸笑,脚下使绊子,明是一盆火,暗是一把刀,都占全了。"

首先对待男性,她不仅缺乏温情,而且很有攻击性。其实,按荣格的理论,一个女人的阿尼姆斯决定了她对男性的鉴赏力与判断力,影响她与异性的关系及行为方式等。王熙凤的阿尼姆斯原型过度发展,势必会影响她与男性的关系。比如对待丈夫贾琏就一贯实行带有攻击倾向的严厉监管和控制,所以被贾琏一再污蔑为"夜叉星":"如今连平儿他也不叫我沾一沾了。平儿也是一肚子委屈不敢说。我命里怎么就该犯了'夜叉星'",兴儿也说:"人家是醋罐子,他是醋缸醋瓮。凡丫头们二爷多看一眼,他有本事当着爷打个烂羊头。"所以,到头来被控制过度的贾琏反而出现了强烈的逆反心理——再三背着"阎王老婆"凤姐去不断地下作地"偷腥"。

对待仆人,凤姐也是刻薄不讲情面,缺乏宽容和体谅。刚协理宁国府时,管事的仆人就对众仆人发出警告："那是个有名的烈货,脸酸心硬,一时恼了,不认人的。"果不其然,一个迎送亲客的仆人因为睡迷瞪了所以晚了点卯,凤姐为树立威严,登时拉下脸来,命拖出去,打了二十板子,并革去犯错者一月银米!并扬言道:"明日再有误的,打四十,后日的六十,有要挨打的,只管误!"其实凤姐打骂仆人确是经常的,所以兴儿对尤二姐说:"但凡小的们有造化起来,先娶奶奶时若得了奶奶这样的人,小的们也少挨些打骂,也少提心吊胆的。"王夫人房里丢了玫瑰露,平儿为息事宁人给马虎过去了,但按凤姐的本意,得彻查到底:"依我的主意,把太太屋里的丫头都拿来,虽不便擅加拷打,只叫他们垫着磁瓦子跪在太阳地下,茶饭也别给吃。一日不说跪一日,便是铁打的,一日也管招了。"为此,凤姐平时已结了不少积怨。所以当她病倒时,仆人们不仅不同情却背后嚼舌头说:"倒了一个'巡海夜叉'。"

对侵犯了她利益的人,凤姐更是心狠手辣。先是害死了贾瑞。好色的本家小叔子贾瑞被王熙凤的美貌迷倒了,鬼使神差地,可能也是色令智昏,贾瑞开始打起凤姐的歪主意,王熙凤一面假意逢迎着,一面心里发着狠:"这才是知人知面不知心呢,那里有这样禽兽的人呢。他如果如此,几时叫他死在我的手里,他才知道我的手段!"果然,王熙凤心狠手辣地设了一个局,把贾瑞送上了黄泉路。贾瑞毕竟是王熙凤的本家小叔子,且是他家里的独苗,是家里的唯一希望所在。虽年少轻狂,不该对她起淫心,但总是"罪不该至死"吧。凤姐这事儿做得也太毒辣了些。再就是一手害死了尤二姐。贾琏一味地在外偷腥,与姘妇鲍二家的媳妇事发之后,鲍二家的因为深知凤姐的威势,知道凤姐肯定饶不了她,害怕得上吊死了。贾琏继续胆大妄为,干脆在外偷娶了尤二姐。凤姐知道后,先是按捺下万丈怒火,不动声色地把尤二姐接到自己的眼皮底下以便监管,然后拿出银子纵容尤二姐的原聘张华到官府状告贾琏,接着自己跑到始作俑者——宁府大闹了一场,并讹了一笔数目不菲的银子,最后用"借剑杀人"之法,借侍妾秋桐之手大肆作践二姐,自己只管"坐山观虎斗",王熙凤就这样步步为营,经过一步步颇费心机的算计,最后害得尤二姐不仅丢了肚子里的孩子,还忍恨含辱地吞金而死。而这其中,在纵容尤二姐的原聘张华告状达到目的之后,凤姐觉得他已经没利用价值了,而且开始担心他保不准会将此事告诉别人,或日后再来翻案,那样会对自己不利。于是勒令心腹仆人旺儿想法将张华治死,当然幸亏旺儿良知尚存没听从她,否则王熙凤又无端戕害了一条人命。王熙凤心机之阴险、手段之毒辣无人能比拟。

总之,女性潜意识中的异性品质——阿尼姆斯的过度发展使得王熙凤成了一个不折不扣的女汉子,她"阳刚有余、阴柔不足",她专横霸道,她狠毒无情,正是这一心理深层原因,使得王熙凤坏事做尽、机关算尽,但到头来却落了个悲哀的结局——《红楼梦》中给她的判语是:"机关算尽太聪明,反算了卿卿性命"。

(三)贾珍——不肖子孙的丧伦败行·超我不良·本我放纵

贾珍,宁国府一等神威将军贾代化的长孙,因为父亲贾敬一味好道,正值盛年便不居家,只在都中城外的道观修仙练道,把祖上的世职倒让儿子贾珍袭了,于是贾珍年纪轻轻就是三品爵威烈将军,彼时虽然父亲贾敬还健在,但贾珍事实上已成了宁府的当家人,而且后来又兼任了贾姓家族的族长。平心而论,贾珍有较强的宗族观念,他还是颇能担负起作为宁府当家人以及贾姓宗族族长的责任的。首先,对家族中大事,贾珍每每都有担当,"凡族中事,自有他掌管",如修建省亲别墅大观园时,贾珍不像同样袭着世职的贾赦,只一味在家高卧,而是很多事务几乎都亲自掌管,逐一去筹划和安排。再比如每年除夕大家族复杂的祭祖仪式,因为宗祠在宁府,贾珍又是族长,所以前前后后,里里外外也都是贾珍一手操办的,虽繁琐但贾珍能把整个祭祖仪式安排得井然肃穆,等等。其次,贾珍对家人也是比较讲外在礼仪的,对很早就弃家而一味好道的父亲能做到恭敬顺从,对妻子姬妾能尽夫妇之道,对贾母、王邢二夫人等本家长辈讲究长幼之道,对同辈的弟媳和姊妹们也从来都是礼数周全等。另外,作为族长,贾珍对同族的本家也是尽量体恤和照应的。但就是这样一个讲究表面礼法的贾珍,在人性上却有不为人齿的另一面,每每好做出为满足个人私欲而严重违背道德伦理的行为。此类行为之低劣和邪恶的程度因为太离谱,使得后来的续书作者(据考证,红楼梦后四十回非曹雪芹原著)都不知如何往下写了,对此,作家张爱玲(系资深红迷,对此做过详细考证)称续书人有些"弄不落",所以就力求不再扩大事件,续书部分只好替贾珍设法弥缝,草草地收拾了残局了事。而对贾珍,曹雪芹的原意是:"漫言不肖皆荣出,造衅开端实在宁。"贾珍才是贾府衰败的祸首，才是最不肖的子孙。

下面来看贾珍的不肖行为背后蕴含的心理病理原因。

第一，贾珍的人格结构中超我的发展严重不足。

如前述，弗洛伊德提出，人格由本我、自我和超我三个系统组成。本我在人格结构中处于主导地位，由先天的本能和原始的欲望组成，按"快乐原则"行事；自我由本我派生而来，是人格中理智的、现实的成分，按"现实原则"行事；超我处于人格的顶层，是内化的"自我理想"与"良心"，按"道德原则"行事，以限制本我种种非理性的冲动。

先看在人格结构中超我的作用，超我是人格结构中代表理想的部分，它从"至善原则"出发，力图通过自我去限制和压抑本我的活动。但如果超我发展严重不足，通过自我去限制本我的活动的力量就会不足够，对不道德的、违反社会伦理的本能欲望（本我）约束就弱，意即超我弱势，加上由此导致的自我（个体不再按现实原则行事了，而是一味地被本我控制）也不够强大，"三我"中本我的力量就占了优势。此时三个系统的平衡遭破坏，个体心理处于失衡状态。

反观贾珍的行为，他一再地放纵自己的本能欲望而违背道德伦理，显然是超我发展不足的结果，也是心理失衡的表现。

再从超我的形成和发展来看，它主要是儿童受父母的是非观念和善恶标准同化的结果。是在个体后天的成长过程中通过内化道德规范等社会要求而形成。超我包括自我理想和良心。自我理想是以奖励的方式形成的，是在儿童心目中父母对自己的要求，来自儿童从父母获得奖励和赞赏的经验。当儿童的行为与父母心中的道德观念相吻合，符合父母的美德观念和标准时，父母就会给予奖励，从而形成父母某种自我理想。良心则是儿童接受惩罚性经验的结果，主要包括罪疚感、羞耻感，是通过惩罚的方式形成的。当儿童出现与父母所摒弃的观念相一致的行为时，父母就会给予惩罚，从而使儿童在心灵上受到责备，良心受到阻止。经此过程，人格中的超我就逐渐发展起来了。

很显然，在贾珍的生活情境中父亲的缺位、父权的缺失是很确凿的事实。贾珍的父亲贾敬虽也在意过功名，考取过丙辰科进士，曾经也是祖上世职的世袭者，却一味好道，在都外玄真观修炼，烧丹炼汞，用冷子兴的话来说，他是

"余者一概不在心上""一心想作神仙,把官倒让他(儿子贾珍)袭了""只在都中城外和道士们胡羼"。连过年期间迫于礼教宗法制度回去主持祭祖(因他是贾氏家族中辈分最大的男性长辈),恰逢贾氏宗族互请吃年酒和家宴时,他也是"素不茹酒,也不去请他,于后十七日祖祀已完,他便仍出城去修养。便这几日在家内,亦是净室默处,一概无听无闻,不在话下"。可见,贾敬对家人和家事不管不问,也不再愿意袭世职,最后干脆连家也弃了。虽然贾敬并非在贾珍的儿时就弃了家,但他"一味好道、对家人家事不管不问"的状况肯定也不是一朝一夕的事了。大可以推断,贾珍在整个成长中,贾敬的父权的地位是缺失或大部分缺失的,那么从超我的形成和发展上来看,由于父亲的不管不问,贾珍在人格结构上超我就不可能很好地发展起来,即由于受父母的奖励而形成的道德上的自我理想和由于受父母的惩罚而形成的道德良心两部分就不能很好地发展起来。而现实中的贾珍也确是如此,他的确是无法无天的——他冒天下之大不韪去侵犯儿媳,勾引小姨子,带着子侄辈喝酒赌博等,无所不为!在其行为的约束上哪还有一丁点由道德理想和道德良心引发的羞耻感和自罪感可言?看起来,父亲缺席的这样一个状况,确实导致了应有的后果。还是冷子兴看得明白:"如今敬老爹一概不管。这珍爷那里肯读书,只一味高乐不了,把宁国府竟翻了过来,也没有人敢来管他。"

总之,贾珍在父权缺失的影响下,他的超我的发展是严重不足的,而他的本我是放纵的,由此,贾珍人格的三个系统(本我、自我和超我)的平衡也是遭到破坏的,这是其心理失衡的根源所在,这是由超我发展的过分不足而导致的心理失衡。所以,也可以说,超我发展不足而本我过于放纵的贾珍,在心理上显然是不健康的。

第二,贾珍由于超我发展不足而导致的典型行为表现。

由于超我发展不足,导致了本我放纵,于是,贾珍成了一个丧伦败行的邪恶之徒,且来看他的表现。

贾珍和贾赦还不一样,在贾珍身上违背伦理纲常的行为时有发生。同是作为贵族老爷,贾赦的好色至少还局限在伦理纲常内,而贾珍的好色则常常是大大超出惯常的人伦,邪恶到不可理喻的地步。

首先是私通儿媳。贾珍与儿媳秦可卿的关系,在《红楼梦》中虽都是暗写,但他们乱伦的隐情却昭然若揭。秦氏死时，"彼时合家皆知，无不纳罕，都有些疑心。"而且"秦氏之丫鬟名唤瑞珠者，见秦氏死了，他也触柱而亡。此事可罕，合族人也都称叹"。另一贴身丫鬟宝珠不仅"乃甘心愿为义女，誓任摔丧驾灵之任""在灵前哀哀欲绝"，而且在秦氏葬礼后，执意留在铁槛寺不再肯回家。这些描述都从侧面道尽了这一悬疑，透露这一讯息的描述当然还有许多。比如，秦可卿病倒时，身为公公的贾珍，着实焦心烦恼，其抑郁之色甚至连外人都看得出来："方才冯紫英（神武将军冯唐之子）来看我，他见我有些抑郁之色"，而且贾珍对秦氏，比儿子贾蓉（秦氏的丈夫）还体贴入微，当尤氏说到大夫来诊病一节，贾珍说道："这孩子也糊涂，何必脱脱换换的，倘再着了凉，更添一层病，那还了得。衣裳任凭是什么好的，可又值什么，孩子的身子要紧，就是一天穿一套新的，也不值什么。"为看好儿媳的病，找了一群太医，轮流来看视，更不惜托朋告友寻找好大夫。最后终于托付好友冯紫英给求了一位好大夫，"因为冯紫英我们相好，他好容易求了他来了"。但治病治不得命，儿媳秦可卿还是病死了。儿媳死后贾珍表现出异样和反常的悲痛"恨不能代秦氏之死"。先是哭得泪人一般，"谁不知我这媳妇比儿子还强十倍。如今伸腿去了，可见这长房内绝灭无人了。"说着又哭起来。后来悲痛到力不能支，正值盛年却连拐杖也拄上了。给秦氏治丧时，因为父亲贾敬一味好道，凡事不管，贾珍"亦发恣意奢华起来"。关于如何办理，贾珍拍手道："如何料理，不过尽我所有罢了！"请求凤姐协理宁国府时也说："妹妹爱怎样就怎样，要什么只管拿这个取去，也不必问我。只求别存心替我省钱，只要好看为上……"选棺材时，用的是原义忠亲王老千岁选好的（后因坏了事就不曾拿去）万年不坏的樯木，价值千两银子以上。而且为了儿媳葬礼上好看，不惜花费了一千二百两银子为儿子现捐了个前程——五品龙禁尉。殊不知，这些大手笔的花费对于当时已经是"盛极而衰"的宁国府来说，无疑是雪上加霜。但欲令智昏乃或对秦氏也心怀歉疚的贾珍当然顾不得这些了，所以他一味地肆意妄为。总之，贾珍与儿媳的不伦之情是毫无疑问的。正如赤胆忠心的老仆人焦大酒后乱嚷乱叫的那样："我要往祠堂里哭太爷去。那里承望到如今生下这些畜牲来！每日家偷狗戏鸡，爬灰的爬灰……"

贾珍这一严重违背伦理纲常的行为之所以能够发生，当然是因为他的超我发展严重不足，使得他连良知也部分丧失了。超我就是人格中的良知部分，其中的自我理想部分为道德行为确定标准,规定了自我应该做什么,良心部分则规定自我不该做什么,负责对违反道德标准的行为提出警戒、进行惩罚。而贾珍由于良知缺失,显然在心理和行为上根本不能约束自己"该做什么"和"不该做什么",而且在实施了大逆不道的行为之后,更缺乏对自己应有的自我警戒和自我惩罚。也可以说,贾珍在实施了不符合社会道德意义的行为后,没有适度的道德性焦虑。道德性焦虑是一种因良心不安而产生的焦虑,是自我对罪感、羞耻感、自卑感的体验。它来源于那些与自我理想不相容的行为或想法,由于这些行为和想法与超我相冲突并由此而产生自卑感、罪孽感,遂使个人处在内心的纠葛与精神痛苦之中,这种痛苦与纠葛就会使得当事人终止类似的行为。但以上心理效应如能发生,需要一个人有合适的超我的发展水平才行。贾珍当然没有这样,所以他继续无法无天。

其次是诱奸小姨。贾珍先是和小姨子尤二姐不干不净,所以贾蓉才戏谑二姨娘:"二姨娘,你又来了,我们父亲正想你呢。"所以王熙凤才敢要挟尤二姐说:"说妹妹在家做女孩儿就不干净,又和姐夫有些首尾,'没人要的了你拣了来,还不休了再寻好的'。"但二姐后来做了贾琏的妾,于是无德的贾珍在父亲死后不到两个月,热孝在身,父亲还停灵在铁槛寺期间,便打起了尤三姐的主意,并很快得手,"贾珍便和三姐挨肩擦脸,百般轻薄起来。小丫头子们看不过,也都躲了出去,凭他两个自在取乐,不知作些什么勾当"。此低劣勾当的另一更确切的证据,是贾琏的一段说辞。当尤二姐央求贾琏正经给尤三姐说门亲事时,贾琏道:"前日我曾回过大哥(即指贾珍)的,他只是舍不得。我说'是块肥羊肉,只是烫的慌,玫瑰花儿可爱,刺大扎手。咱们未必降的住,正经拣个人聘了罢。他只意意思思,就丢开手了。"贾珍的败伦之行哪里还能遮掩得住?

而且与儿子贾蓉素有聚麀之消。书中有一点睛之笔,当贾珍、贾蓉从外地赶回家给父亲贾敬奔丧时,路上当贾蓉听见两个姨娘来了时"便和贾珍一笑"。这"一笑",当然意味深长。而贾蓉之所以极力撺掇贾琏纳二姐为妾,本意却是想有更多机会去鬼混二姐,因为"素日因同他姨娘(二姐)有情,只因贾珍在内,不能畅意"。居丧时,父子俩表面为礼法所拘,有人时也在贾敬灵前守着,但"人散后,仍乘空寻他小姨子们厮混"。这些都是父子俩聚麀的确凿证据。尤三姐死后托给二姐的梦说得更明白:"此亦系理数应然,你我生前淫奔不才,使人家丧伦败行,故有此报。""你虽悔过自新,然已将人父子兄弟致于麀聚之乱,天怎容你安生。"

至于那些"专能造言诽谤主人"不得志的奴仆们,造谣他们父子同以风流俊俏的堂侄贾蔷为娈童,就无从考证了。但贾珍最后到底还是为避嫌起见,令父母双亡本跟着自己过活的贾蔷搬出了宁府,自己过活去了。而且贾蔷后来也依然是仗着"上有贾珍溺爱,下有贾蓉匡助",一味胡作非为。

但贾珍在居丧期间却带着子侄辈大肆喝酒赌博却是不折不扣的事实。正因他居丧,"每不得游顽旷荡,又不得观优闻乐作遣"。无聊之下,带领纨绔子弟及本家子侄(包括儿子贾蓉),以"日间以习射为由"大肆喝酒赌博起来。尤其是赌博,最初只是"赌个酒东而已",而后"渐次至钱",后来竟"公然斗叶掷骰,放头开局,夜赌起来。家下人借此各有些进益,巴不得的如此,所以竟成了势了"。

贾珍身为朝廷三品官威烈将军、身为贾姓大家族的族长、身为宁府的大当家,却屡屡做出了以上各类苟且之行,这不能不令人深思。贾珍的超我只局限于表面的礼法遵从,他很讲究遵从表面的君臣、父子、夫妇及长幼之道,所以对儿子贾蓉就很讲究表面的"父子"纲常,贾蓉只不过跑到钟楼里乘个凉,贾珍就要小厮啐到他脸上,还问他:"爷还不怕热,哥儿怎么先乘凉去了?"而过后却带领贾蓉去"各种不学好"起来。有见地的老辈人赖嬷嬷就论道:"那珍大爷管儿子倒也象当日老祖宗的规矩,只是管的到三不着两的。他自己也不管一管自己,这些兄弟侄儿怎么怨的不怕他?"

事实上,贾珍在心理上根本没有建立起真正的道德理想和道德良知,其人格系统中的超我发展是严重不足的,所以他在做了任何不道德的、违反社会伦理的坏事时,不会产生适当的道德性焦虑,即不会产生良心不安感、内疚感、羞耻感、自卑感或罪感等不良体验。而在弗洛伊德看来,良心不过是权威的内化、对良心的恐惧即是对权威惩罚的恐惧。贾珍的世界里恰恰缺少对权威惩罚的恐惧。因为如前所述,在贾珍的生活中,父亲是大部分缺席的,父亲象征的规范、纪律或戒律也是缺失的,在贾珍的世界里,父亲作为一种超我的道德力量已沦为空洞。

综上，我们可以说，贾珍以上的行为即是超我发展不足的表现，也是心理不健康的结果。而贾珍超我的发展不足，是与其父亲的缺位有重要关系的。对此，作者曹雪芹像心理学家一样看得很清楚，所以在《好事终》的曲子里，他严厉地谴责贾敬"箕裘颓堕皆从敬，家事消亡首罪宁"。

（四）薛蟠——娇宠的孩子·人格发展的停滞和固着

薛蟠，《红楼梦》中四大家族贾、王、薛、史中，薛氏家族唯一嫡系正宗的继承人。薛家世代是"领着内帑钱粮，采办杂料"的皇商，到薛蟠这一代，由于父亲早丧，母亲溺爱，薛蟠本人虽挂着户部的虚名，却是"一应经济世事，全然不知，不过赖祖父之旧情分，支领钱粮"而已。薛蟠从小不学无术，不务正业，只管吃喝嫖赌。整日纵情于声色犬马、酒山肉海之间，真真是一位惯于斗鸡走狗、问柳评花的游荡纨绔。而且，不仅如此，他还一味"倚财仗势"而肆意妄为，行为上蛮横霸道，骄奢傲慢。甚至打死人也如同儿戏一般，凡事"自为花上几个臭钱，没有不了的"，所以在金陵薛蟠曾成为一霸，人送外号"呆霸王"。另外，薛蟠还纵欲无度，不仅喜欢玩弄欺凌女性，还喜好男色，屡屡也侵犯男性，荒淫无耻到连做人的基本礼仪和廉耻都失去了。

毋庸置疑，薛蟠的"无良行径"背后肯定有其人格上的内在深层原因，下面即是我们的分析。

1. 薛蟠在人格上存在发展的停滞和固着

弗洛伊德的人格发展阶段理论指出，儿童从出生到成年要经历几个先后有序的发展阶段，每一个阶段都有一个特殊的区域成为力比多兴奋和满足的中心，此区域称为性感区。据此，弗洛伊德把心理性欲划分为口唇期、肛门期、性器期、潜伏期、生殖期等五个阶段。但在这个发展过程中存在着危机，危机之一便是固着。即在前三个阶段，如果力比多的满足过分放纵或过分限制（通常是后者），一个阶段满足太多则力比多在这一阶段不愿意离开；而如果满足太少，挫折和焦虑也伤害了未来的发展，就会导致人格发展的停滞，即"力比多"停滞在人生早期三个阶段（口欲期、肛欲期、性器期）的某一个阶段的某一方面，而没有完全转向后一期的阶段。这种现象叫固着，固着是发展停滞在早期的某一阶段，即人的心理年龄在增长，人格却没有相应地成长，即使到了成年，心理上还处于儿童的水平。

通过仔细研读原著我们发现，薛蟠在人格发展上即是如此，且他的人格发展停滞在了人格发展的第三阶段——性器期。弗洛伊德提出，性器期大约在3～6岁，动欲区是外生殖器。力比多集中投放在生殖器部分，性器官成了儿童获得性满足的重要刺激，表现为这个时期的儿童喜欢抚摸生殖器和显露生殖器以及性幻想。这一阶段，儿童表现出对性的好奇，由此产生一些复杂的心理状况。在这一阶段，儿童的性爱对象也发生了转移。幼儿最初的性爱对象是自己身体的某一部位，此时力比多的兴奋向别人身上转移。由于母亲为幼儿提供了生理上的需要和满足，因而成为儿童的最初的性爱对象。在此基础上，特别是男孩，总想要独占母亲的爱，父亲则成为和自己争夺母亲的爱的一个对手。因而，男孩对父亲产生敌意，形成了恋母仇父的恋母情结。此时女孩的心理发展当然正好相反。最终以男孩向父亲认同，女孩向母亲认同而使心理冲突得以解决。另外，在性器期，由于力比多的满足过分放纵或过分限制很容易发生力比多的停滞，如此则心理矛盾没能解决，以致造成许多行为问题，包括攻击行为和各种性"偏离"等。

很显然，薛蟠的人格发展在这一时期的停滞是由于力比多的满足过分放纵——母亲薛姨妈对他的过分宠溺造成的。对此，书中的描述虽不多，但却处处都是画龙点睛，比如描述他"只是如今这薛公子幼年丧父，寡母又怜他是个独根孤种，未免溺爱纵容，遂至老大无成……"甚至当他老大不小已经成人，只不过因为在外头胡闹过头挨了该挨的打（这次连贾珍都认为："他须得吃个亏才好"）时，一向通情达理、心慈面善的薛姨妈因为溺爱儿子一时竟然糊涂起来："意欲告诉王夫人，遣人寻拿柳湘莲。"亏得女儿宝钗力劝道："如今妈先当件大事告诉众人，倒显得妈偏心溺爱，纵容他生事招人，今儿偶然吃了一次亏，妈就这样兴师动众，倚着亲戚之势欺压常人。"而且，母亲对他的骄纵肯定也不是他父亲死后才如此的，因为薛蟠"五岁上就性情奢侈，言语傲慢"，可见对他的宠溺是一贯如此，已经由来已久了。书中更值得注意的一个描述，是说到他妹妹宝钗时，有一句评论"当日有他父亲在日，酷爱此女，令其读书识字，较之乃兄竟高过十倍。"可见，薛蟠父亲去世得虽然是早了些，但即便是他父亲在世时，薛蟠也是不受父亲待见的。在薛蟠的成长中缺乏父亲悉心的"传、帮、带"也是显然的事情。

薛蟠在性器期,由于母亲的过分溺爱和父亲的不待见(这可能包括不管不问或一味训斥等),使得本来已有"恋母意向"的他,和母亲会过于亲近,加上此时父亲没有合适地介入,母亲也就没能适当地和儿子保持距离,使得母子没有适当分离。再加上父亲不喜欢他,也就不会有语重心长、推心置腹地"传、帮、带"。比如在教育儿子时,可能只一味惩罚、严厉要求等,这样儿子本能地就会有排斥,所以薛蟠根本就不愿意去认同父亲。而向父亲认同,会将父亲的价值标准变为自己的价值标准。在这一认同过程中,男孩的超我经历了最重要的成长。纵观薛蟠的整个行为表现,很显然,薛蟠在心理成长上缺乏这一过程。所以在性器期,家里虽然还有父亲的榜样,但并没发挥榜样的作用。而后随着父亲的早逝,连这一榜样也失去了,所以薛蟠在这一方面的发展上连后来弥补的机会也没有了。由此,导致了薛蟠的人格发展障碍——固着,即当某一阶段的需求满足过度时(或不能得到满足),在发展过程中会固着于某个阶段,并形成与该阶段密切相关的心理特征。心理发展不能以新的更成熟的方式表现出来,而是执着于旧的、幼稚的、不成熟的表现方式。

更确切地说,母亲给了他太多的溺爱,薛蟠的行为被过度地包容、被过度地允许任性胡为,所以他"五岁上就性情奢侈,言语傲慢",又由于各种原因没有适时地对父亲进行认同,薛蟠的心理发展出现了固着,即停滞在了性器期。即这一时期的心理冲突(对母亲的带有性爱色彩的依恋和对父亲的敌意)没能很好地解决,他的心理停滞在了对母亲的依恋上,没有认同父亲(成年男性)的价值观念,导致超我没能很好地形成与发展,也就不能形成与年龄、性别相适应的许多人格特征。他的心理也不再随着年龄而向前发展,他拒绝长大,他永远不会以成年男人的标准要求自己,比如对自己的行为和他人负责任、尽义务等,他就跟个孩子一样,只知道玩自己的,只知道追寻自己的欲望满足,对人当然也有孩子似的善良和心软,但并不持久和深刻,就像个孩子似的无心无肺。总之,他对人、对己、对事也缺乏成人模式的感情。他只想当母亲怀里的那个任性的、胡作非为的,甚至横行霸道的孩子。他永远不是个男人,只是个"爱上混"的男孩。

总之,薛蟠在母亲的宠溺下,心理发展停滞在了性器期,人格上出现了固着,他的恋母情结没有很好地解决。而弗洛伊德指出,对俄狄浦斯情结(恋母情结)足够、积极地解决,是健康人格发展的重要一步。心理冲突的残余,其中包括未解决的对父母的性和攻击的感觉,成人后会继续制造问题。薛蟠后来的问题行为的原因皆出于此。

2. 薛蟠在人格上固着在性器期的典型表现

(1) 横行霸道、攻击性强

弗洛伊德认为,由于在性器期儿童在人格上没有很好地向父亲认同,也就没有很好地解决对父亲的"敌意",这种敌意就会潜藏于潜意识中,导致一些"攻击性"的刺激反应方式盲目出现。

薛蟠的攻击性行为可是有目共睹的,所以人称"呆霸王"。比如他身上至少背负着两条人命。首当其冲是为争买英莲(香菱)一事。贪财的拐子先是把英莲卖给冯公子,又偷卖与薛家,他本想卷了两家的银子逃跑的,结果没走脱,被两家捉住"打了个臭死",于是两家又开始争夺英莲。此时,薛蟠的攻击性便爆发:"便喝着手下人一打,将冯公子打了个稀烂,抬回家去三日死了。"接着便"生拖死拽,把个英莲拖去,如今也不知死活"。尔后"他便没事人一般,只管带了家眷走他的路。他这里自有兄弟奴仆在此料理……"而且,薛蟠的走也不是为打死人一事逃走的,人家全家本已择好日子要进京的,这区区小事哪值得他逃走?因为"人命官司一事,他竟视为儿戏"!事情整个听下来,使人不得不为薛蟠的横行霸道和肆意妄为而"叹服"!另一次是在去南边置货时,途经一小酒店喝酒,因堂倌有些言行不入他的眼,他便开始故意找茬,恰好堂倌换酒迟了些,薛蟠便一时火冒三丈暴跳如雷,跳起来又叫又打,最后拿起酒碗照堂倌打去,一下子又把人打死了。

生活上衣食丰足、随心所欲从没任何约束的薛蟠,按说应该活得心满意足才是,但他在心理上却时时让人感觉到一股攻击欲、一股愤怒和一股戾气。比如与人一语不和,不是急得乱跳,又踢又咬,就是赌身发誓咒骂。在贾家的家塾里,薛蟠也是横行霸道,"今日爱东,明日爱西",任意侵犯良家子弟,但惧于薛蟠的威势,没人敢说半个"不"字。

薛蟠的这股戾气从何而来?当然还是源于在性器期他的力比多过分满足(母爱过多)而导致的人格停滞和固着的结果。他在潜意识上对父亲的敌意一直没能化解，即不能化解为对父亲或成年男性行为标准的认同。这种他意识不到的"敌意"就变成了他外在行为上的好炫耀自己的男子气概和能力，好攻击、挑衅、逞强和冒险并且行为轻率、武断、道德约束力弱等。他一直是母亲怀里的那个一贯称王称霸的小霸王。

（2）肆意玩弄和欺凌女性

弗洛伊德指出，在性器期，儿童在这个时期发展起来的对异性的态度会保持下来，继续影响着他以后成年生活中与异性成员的关系。如上分析，薛蟠性器期的心理冲突（恋母仇父）没能很好地解决，所以薛蟠在心理上是存在恋母情结的，而且他的人格发展出现了停滞和固着，心理也不再随年龄增长向前发展，因此，薛蟠对待异性的态度永远走不到生殖器阶段，即一个成熟男人该持有的对异性的稳定的、负责任的、平等的、成熟的爱。对于异性情感，因为他太沉醉于与母亲的关系了（母亲过于宠溺，母爱过度，他太舒服了），他不再渴望与其他的成年女性建立成熟的异性爱，他除了把女人当玩物来满足自己的欲望之外，他对女人的态度最多也只不过就像一个孩子对母亲一样的随情绪而任性善变和肆意妄为。他就是个没长大的孩子，他对女人从不会有深刻而持久的成人感情。

所以碰到他的女人往往是不幸的。他打死冯渊，把香菱从拐子手中抢走强纳为妾后，香菱的又一轮悲惨命运也就开始了。正如那癞头跣脚的僧人初见士隐抱着英莲（香菱）时，所预言的那样"惯养娇生笑你痴，菱花空对雪澌澌。"香菱此生遇见薛蟠，就像在夏日开花的菱突然遇见了冰雪一样，定遭冰雪摧残。书中对此虽有的是侧写，但也一目了然。果不其然，薛蟠一旦占有了她，便很快对她没什么兴趣了，凤姐说得好："那薛老大也是'吃着碗里看着锅里'的……明堂正道的与他作了妾。过了没半月，也看的马棚风一般了，我倒心里可惜了的。"贾琏虽也"只知淫乐不知作养脂粉"，但毕竟深知薛蟠行径，所以也说"那薛大傻子真玷辱了他"。更意味深长的是，当薛蟠要娶正房太太夏金桂时，连宝玉都为香菱悬着半颗心，香菱自己竟然是欢天喜地的！香菱的"欢天喜地"，一方面当然是由于她天性天真单纯，考虑不到未来的正房太太对她的威胁；但另一方面，也深刻地揭示了，由于薛蟠一贯地并没善待她，只把她当玩物而根本没什么男女情义，所以他对薛蟠也就没什么深刻情感，所以即使他就要属于另一个女人，香菱也没觉得有什么好可惜和留恋的。而更有可能是，香菱本能地已经厌倦了薛蟠的性虐待（这在薛蟠也不是不可能的事），所以对他也更不留恋了。但无论哪一个是主要原因，反正香菱对薛蟠娶亲的反应是：一是兴高采烈地对宝玉称颂这门亲事是"天缘"，是"情人眼里出西施"。二是"日日忙乱着，薛蟠娶过亲，自为得了护身符，自己身上分去责任，到底比这样安宁些……因此他心中盼过门的日子比薛蟠还急十倍。好容易盼得一日娶过了门，他便十分殷勤小心服侍。"而不久，薛蟠就在"河东吼"夏金桂的唆使下，对香菱非打即骂，肆意作践，致使本来身子就怯弱的香菱"加以气怒伤感，内外折挫不堪，竟酿成干血之症，日渐羸瘦作烧，饮食懒进，请医诊视服药亦不效验"。而薛蟠对她"虽是香菱犹在，却亦如不在的一般"，把悉心伺候了他好几年的香菱忘得一干二净。不仅对香菱，薛蟠对其他女人也是如此，在外日日嫖娼狎妓不说，天性是"得陇望蜀""怜新弃旧"的，娶了金桂便弃了香菱，但新鲜劲一过，又急火火不顾廉耻地勾搭上了金桂的丫头宝蟾……我们认为，薛蟠如此低劣的生活做派，其深层原因是：他只是个人格发展停滞在性器期的孩子，他是恋母的，他从不渴望和异性建立深刻持久的感情，他对异性也永远不可能有深刻持久的感情。

（3）各种性偏离

如上所分析，人格发展停滞在性器期，成人后出现的问题行为会包括攻击行为和各种性"偏离"等。薛蟠也是如此。

在薛蟠的不良行径中，突出的还有他各种不顾脸面的性偏离。他轻浮、爱调情。不仅惯于寻花问柳，也大有"龙阳之兴"。刚到京城，最厌读书的薛蟠便巴巴地入了贾家家学，实质为的是"学中广有青年子弟"。果然不多时，这学内就有好几个男孩子"图了薛蟠的银钱吃穿"，被他哄上了手。其中就有后来宝玉朋友秦钟为之起事因而大闹学堂的"香怜"和"玉爱"。见到伶人琪官蒋玉菡，便馋涎欲滴，自己存着不良之心，却怀疑宝玉和蒋玉菡的交往不纯洁，所以正吃着酒席竟不忘出来"捉奸"。见到落魄的潇洒俊朗的世家公子柳湘莲，更是一时心痒难挠、丑态百出。迫不及待地意欲勾引和侵犯柳湘莲，素性爽侠、光明磊落又酷好耍枪舞剑的湘莲哪里吃得这套？一气之下把薛蟠骗到荒郊野外的苇子坑暴打了一顿，打了个半死。这次，连一向风流好色的贾蓉也不怀好意地调侃他："薛大叔天天调情，今儿调到苇子坑里来了。"

性器期对人格的健康发展极为重要，顺利地解决这一时期的矛盾冲突可以促进恰当性别行为的形成。薛蟠没有在心理和行为上认同父亲，一般说来，男孩子在有父亲而父亲并没发挥榜样作用或没有强大父亲的情况下，对母亲的认同代替了对父亲的认同。这是同性恋倾向产生的原因之一。薛蟠的以上问题行为显然与此有关，但薛蟠追求的显然也不是健康的成熟的同性之爱，从他也是"浮萍心性"，也是"见一个爱一个"来看，薛蟠对于同性之爱，他的性兴趣也像性器期的儿童一样只在于生殖器，而不是成熟的感情。

综上，在性器期，薛蟠的心理冲突没有很好地解决，导致他的心理发展永远地滞留在了这一时期。这使他成了一个永远长不大的混孩子和横行霸道的呆霸王。而他的"呆"，也绝不是智力的问题，而是永远不愿成熟、不愿社会化和自愿心理幼稚化的表现。因为儿童就是自我中心的，就是好冲动、情绪化、任性、责任心差、纪律性低、缺乏自我控制的……反正母亲对他是一切无条件包容的，他是被允许任性的、被允许胡来的，薛蟠也就乐得不再长大。

母爱是伟大的，母亲可以造就儿子，但也可以毁灭儿子，纵观呆霸王薛蟠的人生，都是母亲的宠溺惹的祸。

《红楼梦》中的小人当然还有许多，比如贪赃枉法忘恩负义的贾雨村、偷情不止一味淫乐的贾琏、自卑糊涂讨人嫌的赵姨娘、猥琐而凡事不着调的贾环、品性低劣的色鬼贾瑞等。这一些小人的卑劣行为背后皆有其深刻的心理病理原因，在此就不再一一阐释。

《红楼梦》不愧是一部伟大的文学名著，通过以上对其中典型的小人形象的细致心理分析，我们更深切地体会到了作者对人物形象的心理刻画是多么的深刻和独到！这使我们由衷地发出一句感叹：文学艺术大师曹雪芹先生也堪称一位心理学大师。

第四章 《儒林外史》中的小人形象
——科举制度下的牺牲品

一、 科举小人群像的文化心理意义——是作者的心理自疗，是对集体心理失衡的纠偏和补偿

《儒林外史》是我国第一部真正的严格意义上的讽刺文学作品，它不仅奠定了我国讽刺小说的基础，同时，也代表着我国古典讽刺小说的高峰。其主要成就是描述了清中叶"八股取士制度"下的不同类型的知识分子。作者吴敬梓从现实出发，如实地记录了那个时代一群追逐功名富贵的士子们的真实情状。他们或为正埋头于层层八股应试选拔中的迂腐可笑的士子，或为在八股应试中已成功被选拔出的达官猾吏，或为借着这八股之名而招摇撞骗的假名士，或为凭借小有功名而鱼肉乡里的乡绅……总之，大都是经过八股应试制度洗礼和毒害的人；大都是利禄熏心、不学无术、趋炎附势、贪婪成性、道德堕落甚至蛮横狡诈的小人。在此，我们不妨把这群科举制度的牺牲品称作"科举小人"。在《儒林外史》中，作者的基本思想为"反对科举制度、轻视功名富贵"。但后世认为，该书所表现出来的客观意义，已远远超出了作者的主观意图。比如，书中对于"封建统治阶级的伪善及其仆从们的卑躬屈膝的丑态"也刻画得淋漓尽致，这无意中对当时的官僚制度、人伦关系以及社会风尚也作了无情的揭露和讽刺，甚至还有研究者指出，该书对整个封建社会制度都间接地、隐晦地提出了大胆质疑。

不仅如此，我们通过研究发现，《儒林外史》同时还具有深刻的文化心理蕴含和意义。比如书中描写了一群受科举制度毒害而迷失了人的真实本性的小人，他们都是心理学大师荣格所界定的人格面具的膨胀者；书中对所塑造的科举小人群像的讽刺和鞭挞，不仅是作者本人的一种心理自疗手段，与此同时，它更重要的意义在于，对那个时代普遍存在的集体心理的失衡起到了纠偏和补偿的作用等。

以下即是我们对此较为详细的分析。

（一）清代"八股取士"制度的历史由来及弊端

清代"八股取士"的科考制度属于科举制度，是明清时科举的变相模式。吴敬梓所处的时代（他历经清代康、雍、乾三朝），统治阶级采用的选拔人才的制度是"八股取士"的制度，是指科举考试只许在四书五经范围内命题，文体严格限于八股文，应考者不能发挥个人见解。其弊端是显而易见的，也是一直备受当世和后世诟病的。我们认为，此为那个时代的社会意识的重要局限性之一。而且，"八股取士"制度还造成整个社会集体的心理失衡。

始于隋朝、完善于唐朝的科举制度，之所以被后世一直沿用至清朝末年，是因为它一方面有助于统治者不断地从社会各阶层选拔出最优秀的人才，不断地充实和发展统治阶级自己的阶层。而且同时凭借科举制度也使得社会各阶层（平民、地主、士绅与官僚等）能够实现良性的循环往复的社会流动，实现最基本的社会公平，从而一定程度起到维护和巩固封建统治的作用。另一方面，正是由于以科举为"正途"而又以儒家学说为科举考试内容的做法，使得历朝历代广大士人们为应试而浸淫于儒家经典，长期便习得了以儒学为立身行事的标准价值体系，而又随着各阶层由于科举制度而进行的循环往复的社会流动，这种以儒家经典为价值规范的价值体系进而成了科举制度以来的整个封建社会大一统的社会价值体系。从隋唐至明清，应该说科考内容及形式虽也经历了复杂的变化，但统治者们越来越认识到这一选拔人才的制度对于统一和教化人们思想，对于巩固和加强封建统治的重要作用和价值。这也就是隋唐以来整个漫长的封建社会，虽历经朝代更迭和外族统治，但科考制度却一直延续下来的原因。

而且至宋代以后，由于社会发展到了一个新的阶段，思想意识对巩固王朝统治的重要性更是日益突出。政治家们逐步摸索出以《四书》为代表的"程朱理学"是最得力的统治理论。因为程朱理学强调"明天理，灭人欲"，这一价值体系有助于为统治者培养出对王朝最忠诚和最富公心的封建士子。

而至明朝，这种要求显得更为迫切。因为其时资本主义已经萌芽，商业和市场已经有了发展，一些有悖于传统理念的新兴的思想也开始产生，这一定程度上引起了统治者的恐慌。所以,开国皇帝朱元璋从最初建国起,为维护封建统治,巩固中央集权并解决以上"时弊",首先意识到要用"程朱理学"大一统士子们的思想意识,培养出能为封建统治效忠的后备力量。于是明朝把科举考试从内容到形式都加以严格规定,科举考试的基本内容开始还以《五经》《四书》并重,后来只剩下《四书》,而且必须以朱熹集注的儒家经典《四书》作为标准答案,文章必须以八股文为形式。于是就逐渐诞生了"八股取士"的制度。而有清以来,随着资本主义的逐渐兴起,随着统治者意识上出现中国封建社会大厦将倾的末世恐慌,统治者们更是想大力弘扬宋明理学,力图把人们的思想重新纳入官方思想的轨道上。如上所分析,达到这一目的最好的方法当然还是"更进一步强化'八股取士'的制度"。而且自清军入关后,自知是文化落后的民族,也知道汉人是文化先进的民族,在文化上有很大的自卑感,所以对汉文化什么都学,包括"八股取士"制度。由此,"理学至尊"和"八股取士"就顺理成章地被清朝统治者全盘接受。

(二)清代"八股取士"制度造成的集体的心理失偏

1. "八股取士制度下的成功者"是那个时代过度膨胀的人格面具

我们认为,在吴敬梓生活的那个时代,用相关的心理学理论来界定的话,士子们在心理上普遍存在"功名富贵者——八股取士制度下的成功者"这一人格面具的过度膨胀,即为那个时代的读书人集体的心理失衡的根本原因。

所谓人格面具,即指一个人公开展示的一面,其目的在于给人一个好的印象,以得到社会的承认,保证能够与人,甚至不喜欢的人和睦相处,实现个人的目的。人格面具的产生不仅仅是为了适应社会,更是为了寻求社会认同。在吴敬梓生活的时代,读书人大都不惜任何代价想通过八股应试而获取功名富贵,成为主流价值观中的成功者,从而得到世俗社会的承认和认同。这是当时的广大读书人唯一的进身之路,可以说,成为"功名富贵者"即为那个时代的人格面具之一。正如在最早的《儒林外史》刻本(清嘉庆八年1803《卧闲草堂本》)的序中,闲斋老人即概括说:"其书以功名富贵为一篇之骨:有心艳功名富贵而媚人下人者,有依仗功名富贵而骄人傲人者;有假托无意功名富贵自以为高,被人看破耻笑者……"

荣格认为，人格面具在人格中的作用既可能是有利的，也可能是有害的。如果一个人过分地热衷和沉湎于自己扮演的角色，如果他把自己仅仅认同于自己扮演的角色，人格的其他方面就会受到排斥，此即为人格面具的过度膨胀。像这样受人格面具支配的人就会逐渐与自己的天性相疏远而生活在一种紧张的状态中。因为在他过分发达的人格面具和极不发达的人格其他部分之间，存在着尖锐的对立和冲突。此时，人就成了人格面具的牺牲者。对此，光绪时《儒林外史》的序作者天目山樵，经多次研读全书后，从一般文化的角度指出："其书以功名富贵为一篇之骨。功名富贵具甘酸苦辣四味，炮制不如法令人病失心疯，来路不正者能杀人，服食家须用淡水浸透，去其腥秽及他味，至极无味乃可入药。"意指，功名富贵心是可以有，但如果此心过重，能使人"病失心疯"，甚至能"杀人"。可以看出，天目山樵和心理学家们的见解如出一辙。他其实也是在很明确地指出，在那个时代，士子们功名富贵心过重，在心理上普遍存在着这一人格面具的过度膨胀。且这一心理给士子们自身及整个社会都带来了一定危害。

而在那个"八股取士"制度相对来说已经猖狂的时代，广大士子们要获取功名富贵只有一条荣身之路，那就是顺利通过"八股取士"的科考。正如书中的马二先生劝蘧公孙的话："你这就差了，'举业'二字，是从古及今，人人必然要做的……就日日讲究'言寡尤，行寡悔'，那个给你官做？"意思是你再怎么讲究孔子所倡导的"多闻多见，慎言慎行"之类的道德言行，也获取不了任何功名富贵。马二先生虽也大半生痴迷八股，但难得还保留着几分古道热肠的本性和几分真性情，所以他才说了真话。

所以，又可以换句话说，在吴敬梓时代，士人们人人向往戴上"八股取士制度下的成功者"的人格面具，因为他们早已经相当于套上了"功名富贵"的枷锁，正是这一"名缰利锁"使得他们不顾一切，不惜采用任何手段，只求能在八股科考中成为获胜者。在《儒林外史》中，高翰林曾很不屑地评论清高脱俗的杜家，说杜少卿的父亲"又逐日讲那敦孝悌，劝农桑的呆话，这些都是教养题目文章里的辞藻，他竟拿着当了真"。的确，在那个时代，成为八股世界里的胜者，骗取功名富贵才是真事和正事，谁还去讲什么人性修养中的德行和作为！很显然，这一人格面具是过度膨胀的。而且，这还令普天之下的广大读书人趋之若鹜。于是，广大士子们理所当然地、普遍地成了这一人格面具的牺牲者。

2. 人格面具的过度膨胀给士子们带来的集体心理失衡的表现

因为广大士子们过分认同"八股取士制度下的成功者"这一人格面具，于是，他们就普遍成了这一人格面具的牺牲者，并普遍具有了以下集体心理失衡的状态。这一心理失衡的具体的心理表现，是由八股制度本身对于士人们真实人性的压制而导致的。主要表现在以下两方面：

第一，清代"八股取士"应试的内容容易使人丧失本性。

八股文取士，首先从考试内容上来看，主要考《五经》《四书》，以后专重《四书》，只许在《四书》《五经》范围内命题，应试者不仅要依据《四书》《五经》等儒家的经典，而且要遵守一定的注释。统治者为防止广大读书人陷入"妄作主张"的境地——实则是害怕出现"异端邪说"，规定科考中撰写的文章，必须是通过研读经典而努力体会到的圣贤心意来阐述经义，以"代圣贤立言"，并且主要是按照朱熹对《四书》的解释，这相当于答题有标准答案。如此，读书人就不能自由发表自己的个人化的真诚的创新的见解，即纵然有自己的见解也是不能表达的，而要一味地去通过努力研读规定的经典体会圣贤的心意，同时要压抑自己的任何想法。因为不再需要有自己独立的思想，也不可以有自己独立的思想，所以长久以来，士子们就干脆人云亦云，不再对世事形成自己的观点了，而一味地压抑自己的内心真实，以至于形成了这样一种社会怪现象：大批的士子们心中除了几句照本宣科的所谓"圣贤之言"，个个迂腐可笑且糊涂愚妄透顶而毫不自知。

而且，以朱熹为代表的"理学"主张，天理是道德规范的"三纲五常"，强调"存天理，灭人欲"。这样的"天理"当然有助于维护统治者的集权统治，但却严重地束缚了人的思想和生活。这一主张的消极面是很明显的，比如压制、扼杀人的自然欲望和创造性等。而为了达成功名富贵，士人们则需要一味沉浸在朱熹集注的儒家经典中，努力体会圣贤的心意——大旨当然是"存天理，灭人欲"。长此以往，人的真实自我及人的天性能不迷失和遭受压抑吗？而且，灭了"人欲"，"天理"就能独存了吗？正如反抗清朝失败后逃入深山著书立说的王夫之，在攻击"理学"时所批判的那样："天理即在人欲之中，无人欲则天理亦无从发现。"发展了这一学说的戴震也指出："圣人之道，使天下无不达之情，求遂其欲，而天下治。后儒不知情之至于纤微无憾是谓理……"果不其然，且看《儒林外史》中那些整日大谈"天理"的科举小人们，个个利欲熏心，丧魂失魄，是非观念也没有了，崇高理想都抛掉了，人人变得虚伪、堕落、无耻……根本无所谓德行和作为了，哪还谈得上通晓三纲五常所界定的天理？的确，"情之至于纤微无憾是谓理"！"人欲"和"天理"本就是有机统一的。

总之，"八股取士"的应试内容易使人的本性迷失和真我压抑，而同时也容易使人的道德败坏，良知沦丧。

第二，"八股取士"的形式也容易使人丧失本真，走向虚假。

八股应试的形式是应考者必须撰写八股文，对文章格式的要求极为严格，所谓"排比有定式"。考试中的文章，一般需要四组文句，每组两个段落，相互对仗。因共有八个段落，即八股，故称八股文。"该文"规定了一套完整的八股文写作方法，八股文一开头便要用一两句话将题意点明，称为"破题"，接着便是"承题""起讲""入手"，然后用八股文字对比地展开议论，随即"落下"，结束全篇，容不得半句离题话，完全将写作技巧格式化，依格式填写，杜绝了考生发挥个性的任何可能。比如行文中要求整段整段地对仗，难度较大，应考者不能发挥个人见解。八股文全篇的字数也有规定。如顺治二年（1645）规定：每篇限550字。康熙二十年（1681），增为650字。乾隆四十三年（1778），又增至每篇700字，绝不允许随便僭越，字数违者不录。另外，还要讲究书法，书法不佳者也不录。这很大程度上限制了士人自由表达思想，而且为了照顾排比对仗，内容又容易流于敷衍、空疏，严重束缚了学子的思想与才华。事实上，就是在"玩"一种形式僵化、内容空疏无物、千篇一律的文字游戏。所以，八股文的科考形式也禁锢了士人的思想，限制了士子们真实自由地表达思想，而且它根本不考察也考察不出士子们的真才实学。为做好八股文，士子们必须天天习惯于说着冠冕堂皇的空话、套话和假话。所以，在八股的世界里，到处充斥着骗取功名富贵的假文章。因为八股文的严苛形式也和它的科考内容对人的束缚一样，根本不能容许士人尽情抒发内心的真实感受。所以，在长期研习八股的过程中，士子们也大多习惯于虚伪和谎骗。

而且，至清代，"八股取士"制度已经推行了几百年，其弊端也就越来越突出。这首先是因为，经过一些投机者长期的琢磨，单纯的应试技巧已经被研究得相当明了通透，当时社会上甚至出现了专门以此为业的人，比如书中的匡超人之流。所以致使一些投机钻营的士子们更是不再把注意力投入到悉心研读经史和学问上，而是一味地去"演练"其中的应试技巧，致使科考中出现了这样一种荒诞不经的现象：考生只要预先在肚子里装下各种题目的八股几十篇，只要善于钻营应试技巧，即使没有什么经史学问，也完全能够金榜题名。整个社会也出现了一种怪异现象，即教育重心理所当然完全放在了"如何教八股文"与"如何做八股文"上，而经世致用的真才实学却越来越不被世人看中。难怪清代大学者顾炎武在他的《日知录》中愤慨道："八股盛而六经微，十八房兴而二十一史废。"因此，导致了明清时期的士人越来越愚昧无知，普遍存在缺少历史修养、思想麻木、思维僵化、固步自封的倾向。

总之，因为士子们头脑里装的更多是八股的应试技巧，所以他们的学问是虚假的；而八股取士的形式根本也不考察真才实学，所以八股取士制度也是虚假的；而最终士人们靠此获取的任何功名也往往是虚假的。所以，有研究者一针见血地指出，明清两朝的八股科举制选拔的多是无用的庸才。《儒林外史》中就写道：中了举的范进连大文豪苏轼都不知道是谁，举人出身的张静斋不知道"八股取士制度从何而来"的常识，被认为是饱学之士的高翰林连周文王、周公之事都不清楚，并滑天下之大稽地认为《周易》讲的是文王、周公之事……八股取士就是这样一种瞎胡闹的制度，功名富贵的来头就是这样的滑稽。

而就是这样一种本身就带有很大虚假性的人才选拔制度，却在"功名富贵"的诱惑下，令普天之下的广大读书人趋之若鹜。正因为趋之若鹜，所以科举制度毒害的几乎是所有的读书人，整个儒林都因此被"虚假"的氛围所笼罩。

可以说，"八股制度"本身就是弊端重重的，即它对于人性的损害和侵蚀，都集中在一点，那就是：八股制度本身就存在对士人的真实人性压制的倾向。无论其应试内容还是其应试形式，都容易使人的本性迷失和真我压抑，而同时也容易使人走向投机取巧和虚假浮泛，继而容易使人道德败坏，良知沦丧。

综上，因着对"功名富贵"的狂热追寻，过分认同"八股取士中的成功者"这一人格面具，广大士子们不断地压抑和扭曲自己以迎合八股取士的要求，从而成为这一过度膨胀的人格面具的牺牲者。由此，吴敬梓所处的时代出现了这样一种普遍的集体心理失衡的症状,这就是:沉迷于八股中的知识分子阶层越来越迷失了人的真实本性,越来越与真实的自我疏离,而一味地压抑自己的内心真实,使人变得对自己和他人惯会弄虚作假,从而成为极端虚伪的人。一味地本性迷失,使人本性中的道德和良知也逐渐迷失,从而成为道德败坏、良知沦丧的人。

而可悲的是,士人们却大多对自己的人性所遭受的这种侵蚀并不自知。

(三)特定的时代弊病给吴敬梓带来的个别化的心理失衡

以上阐述过,崇尚八股取士制度,即为那个时代的社会意识的重要局限性之一。这种时代意识的走偏,即这种时代弊病,当然会影响到所处其时的每一个人。一般说来,对于时代弊病造成的伤害,作家比一般人更敏感,感受更深,心理波动更大。吴敬梓是同样受着时代弊病压抑的人,而且由于特定的人生经历和个性使然,他更易受这些时代的不足的伤害,且感受会更深刻。

1. 多年"遂志不仕"的个人经历给吴敬梓个人带来的心理创伤

如上所述,八股取士制度的虚假性之一在于,它并不考察士子们的真才实学,所以在那个时代,真正的人才大多不能功成名就。

吴敬梓出身于科举世家,大半生为科举而忙碌,最终却功名不就。他的先代和他的许多宗族都以八股起家,博得很大功名富贵。他的曾祖是顺治朝"探花",官至翰林院侍读;曾祖兄弟五人,有三人都是明代或清代的"进士"。和他祖父同辈的宗族中,有"榜眼",有"进士",有"举人"。与作者吴敬梓的家族全椒吴氏有姻亲关系的金和,在同治八年(1689)苏州群玉斋本的《跋》中曾指出"吴氏固全椒望族,明季以来,累叶科甲,族姓子弟声气之盛,俨然王谢。"而由于"家声科第从来美",金和又言道,吴敬梓本人"尤负隽才,年又最少,迈往不屑之韵,几不可一世"。他的朋友程晋芳也记载"读书才过目,辄能背诵",所以从小就被家族看好,而由于吴敬梓的祖父只是个监生,父亲只是个拔贡,所以从小又被家族寄寓厚望。于是无论是父辈还是吴敬梓本人都对科举之路满怀希望,踌躇满志。从四五岁即开始潜心研读经书,接受父、祖教诲,埋首《四书》《五经》,揣摩八股时文,以求一第。十八岁时就进学成为秀才,但此后却屡试不售。在吴敬梓二十九岁科考时,曾因为"酒后耳热语诵"而发牢骚和讲怪话，险些不被录取。吴敬梓酒醒后为了功名去向当道"匍匐乞收"，大受当权者侮辱，好在最终被录取。当时，当了十几年老秀才的他自己感慨"学书学剑，懊恨古人吾不见。株守残编，落魄诸生十二年。"其中有懊恨，有追悔，也有倦意，但此时的吴敬梓终还是不能忘情于科考。后来的科考中却又屡次失利。三十六岁时又在安徽巡抚赵国麟的举荐下参加博学鸿辞科试，吴敬梓怀着感激的心情参加了学院、抚院、督院的三级考试，后因病未能参加廷试，为此还产生过懊恨情绪。可以说，从四五岁到三十六岁，吴敬梓大半生以科考为生活重心，但在功名之路上却屡屡失意……为此，吴敬梓尝尽了其中的辛酸和苦楚——兀兀穷年、匍匐乞行、受辱、落魄、厌倦、不断地失利、不断地懊恨、继而的满怀希望、继而的心灰意冷……这其中的五味杂陈，只有吴敬梓本人最能体味。

应该说，吴敬梓本来饱览诗书，满腹经纶，他著述甚丰，除在中国文学史上留下这浓墨重彩的一笔——《儒林外史》之外，还曾有诗文集《文木山房集》十二卷行于世，并著有《诗说》七卷，虽后来大都遗佚，现仅存四卷，但都是熔经铸史之作。移家南京后，虽然已近穷困潦倒，但仍被"四方文酒之士，推为盟主"，可见他的才气和文名。吴敬梓当然称得上是"才高八斗"，但他为科考奋斗大半生，到头来却只落得一个"落地秀才"的名号。据此也可断定，那个时代唯一的选拔人才之道——八股取士制度本身的弊端可见一斑！这正如上面所分析的那样，八股取士的制度根本不考察也考察不出士子们的真才实学，它是虚假的，而最终士人们靠此获取的任何功名也都是虚假的。八股科举制选拔的多是无用的庸才，而真正的人才却被埋没。比如《儒林外史》中的八股迷鲁编修针对这一现象就评论道："八股文章若做的好，随你做什么东西，要诗就诗，要赋就赋，都是一鞭一条痕，一捆一掌血；若是八股文章欠讲究，任你做出甚么来都是野狐禅，邪魔歪道。"所以，吴敬梓最后在著述的"楔子"中感叹："功名富贵无凭据，费尽心情，总把流光误。"

就是因为八股取士的这种虚假性，所以吴敬梓一再落第。可以说，他一生孜孜以求，却一生功名难就。这对出身于科考世家、少年即有文名、曾经心高气傲的吴敬梓来说，当然会产生巨大的心理落差。

再加上他"素不习治生"，又"遇贫即施"，经常"偕文士辈往还"，过着

"倾酒歌呼穷日夜"的生活，虽"袭父祖业，有二万余金"，但"不数年"家产就逐渐散尽。在故乡全椒被长着一对"功名富贵"势利眼的世俗族人视为"败家子"，并被"乡里传为子弟戒"。他感觉在故乡全椒一刻也待不下去了！被逼无奈，只好在人近中年三十三岁（那时这已算中年了）时，竟愤而离开故乡全椒，移家南京，作了"秦淮寓客"，死后也是埋骨于异地他乡的南京。这个中原因除了有曾与族中人因为析产夺产带来的隔阂外，除了他家产散尽被非议之外，当然一定还有故乡人以及族中人对他一再落第的白眼、挖苦、讽刺和蔑视。于是，只好在势利的风俗中离乡别井了。

总之，因为独特的个人经历，"八股取士"制度给吴敬梓带来的心理创伤之深是不言而喻的。

2. 个性的不流于俗使得吴敬梓在八股取士的制度下倍感压抑

从现存的多样资料中可以一目了然地看出，吴敬梓在个性上是不流于俗的，他旷达并慷慨率真，他崇尚人格的独立与心灵的自由，所以，在那个时代的八股取士制度的侵害下，他必然是伤痕累累的。

首先，吴敬梓不趋炎附势，待人接物坚守人的初心和本性。他对人不分高下一概怀有真诚和善意，不知"势力"二字为何意，且胸襟豁达，对落魄者每每慷慨仗义，"生性豁达"，好"急朋友之急"，甚至于千金散尽。金和的《跋》中曾写道"所席先业綦厚，先生绝口不问田舍事。性伉爽，急施与，以'芒束'之辞踵相告者，知与不知，皆尽力资之，不二十年，而籝金垂尽矣"。而且，他不媚俗，还一贯好"睨尘俗"，所以并不攀附权贵。还是金和的话，"然姻戚故旧之宦中外者以千百计，先生卒不一往，惟闭户课子，用卖文为生活，而其乐荡荡然，若不知其先富而后贫者。"

其次，他胸襟开阔，兼具愤世嫉俗的情怀。在八股取士制度已风靡全社会之时，在自己的家境已到了"白门三日雨，灶冷囊无钱"的地步，他还在南京积极倡导建立先贤祠，试图弘扬知识分子的传统道德精神来矫补时弊。金和在《跋》中说他"鸠同志诸君，筑先贤祠于雨花山之麓，祀泰伯以下名贤凡二百三十余人，宇宙极宏丽，工费甚巨，先生售所居屋以成之"。不顾世俗的非议，为了倡导自己的理想，追求与八股取士制度相对立的礼乐理想，吴敬梓连仅剩余的住房也售去，真可谓不遗余力。据此大可看出，吴敬梓内心是极不赞同"八股取士"这一人才评价标准的。如此一再"舍财取义",致使晚年生活困顿,要靠卖文和朋友接济度日,甚至到了"囊无一钱守,腹作千雷鸣""以书易米"的地步。最后客死他乡时,"可怜犹剩典衣钱",连棺椁钱也没有留下。吴敬梓作为一介寒士,能有如此的慷慨之行,足可以看出,他是一位敢于冲破世俗、大胆追随自己理想的理想主义者。

再次,吴敬梓在思想上崇尚独立、自由、创新,敢于发前人所未发,对世事人生勇于大胆提出自己的思想和见解。从他的著述看,如金和在《跋》中的评说:"先生著有《诗说》七卷,是书载有说《溱洧》篇数语;他如《南有乔木》为祀汉江神女之词,《凯风》为七子之母不能食贫居贱,与淫风无涉;《爰采唐矣》为戴妫答庄姜《燕燕于飞》而作。皆前贤所未发。"意指吴敬梓总是有自己创新而独立的见解,比如对于《凯风》,就一反近两千年的陈说,认为这是儿子感激母亲哺育反躬自责的诗。尤为突出的是,在《儒林外史》中,他更是着重表达了"看重文行出处、鄙视功名富贵"的高尚情操。这也是此书的主旨,即倡导士子们应轻视功名富贵,看重学问和品行,追求一种道德和才华互补兼济,做官、退隐皆有人生大准则的襟怀冲淡的人生态度和境界。如书中的正面人物虞育德、庄绍光、杜少卿和迟衡山等。这一眼光和识见已经远远超越了那个时代。而且,在那个"人人醉心八股一心谋求功名"的时代背景下,这是相当难能可贵的。

但如此不流于俗、如此个性慷慨率真的吴敬梓,却也是大半生以来,为备八股科考,不知有多少宝贵时光要埋首于研读朱熹集注的儒家经典和八股时文,而这些经典主张"存天理,灭人欲",这些八股时文力求"使人的本性迷失和真我压抑";而为求得一第,吴敬梓不知有多少次在一边压抑着内心的真实感受,一边说着冠冕堂皇的空话、套话和假话,从而杜撰出那些形式僵化、内容空疏无物、千篇一律的八股文。如此,在这其中,崇尚人格独立与心灵自由的吴敬梓,内心是积聚了相当的愤懑和不满的。而只有在酒后,才敢于宣泄一下自己真实的想法和内心的忧愤,但这也给他招惹过祸端。如上所提到的雍正七年(1729),二十九岁的吴敬梓在滁州参加科考时,就于"酒后耳热语诮",发了不少牢骚,讲了一些怪话,当然也是他的酒后真言。不料,当时就有人指出"文章大好人大怪",主张不录取他。个性桀骜不驯的吴敬梓最后还被迫委屈自己,不顾斥责而去"匍匐乞收"。

所以，八股取士制度本身的弊病给吴敬梓带来的心理伤害是可想而知的。在世俗人，为迎合八股取士获得功名富贵，越来越迷失了人的真实本性，越来越与真实的自我疏离，并同时不断地压抑和扭曲自己以迎合八股取士的要求，即士人们大都成了"功名富贵的人格面具的牺牲者"。但时代弊病给不流于俗的吴敬梓带来的心理失衡，却是另一种表现形式，即在谋求功名的过程中，吴敬梓内心是积聚了相当的愤懑和不满的。所以，坚守人的初心和本性的他在迎合八股科考时是倍感压抑的，而这种压抑又无处宣泄，这给吴敬梓带来深深的个人苦闷，是一种"众人皆醉我独醒"的忧伤、愤懑和孤独的情怀。这从他所写的诗句中便能窥见一二，如《文木先生传》中有"独嫉时文士如仇"的感慨，王又曾《书吴征君文木山房诗集后》中又有"如何父师训，专储制举才"的悲愤疑问。

总之，独特的经历和个性使然，时代弊病给吴敬梓带来了不同于世俗人的心理失衡，是另一种表现形式的心理失衡，同时也是比常人更大的心理失衡。

（四）科举小人的塑造对吴敬梓个人的心理治疗意义

如上所述，在八股取士制度猖獗的大时代背景下，大半生以科考为重心但却屡屡失败的举子生活也使得吴敬梓心力交瘁，为科举耗尽大半辈子心血，人到中年了，也没挣得世俗文化中的功名富贵。在这一漫长的科考历程中，尝尽了科举制度的弊端给他个人带来的苦痛，而且也阅尽了科举之路上的人情万象和世情百态。据考证，书中所写人物大都是有原型的。金和在《儒林外史·跋》中曾指出，"书中之庄征君者程绵庄，马纯上者冯萃中，迟衡山者樊南仲，武正字者程文也。平少保之为年羹尧，凤四老爹之为甘凤池，牛布衣之为朱草衣，权勿用之为是镜，萧云仙之姓江，赵医生之姓宋，随岑庵之姓杨，杨执中之姓汤，汤总兵之姓杨，匡超人之姓汪……全书载笔，言皆有物，绝无凿空而谈者，若以雍乾间诸家文集细绎而参稽之，往往十得八九。"阅尽了儒林中污浊的万千乱象之后的吴敬梓，对八股取士制度渐渐感到心灰意冷。这使得吴敬梓从最初对"八股取士"的热衷而开始到怀疑，进而到憎恶以致最后彻底失去了信心。而这种情绪在现实中当然得不到宣泄。另外，在大半生的科考历程中，追求个性解放和人性自由的吴敬梓，其真我和本我始终是遭受压抑的，而这种苦闷和压抑也无处宣泄。于是具有文学天分的他自然而然地开始了文学创作。因为在这个通过文字创造的想象的世界里，他可以尽情地宣泄心中郁积的各种负向、压抑的能量，比如对八股取士制度的蔑视、批判和讽刺等。金和的"跋"中对吴敬梓之所以创作《儒林外史》的原因阐述得就相当准确，"盖先生遂志不仕，所阅于世事者久，而所忧于人心者深，彰阐之权，无假于万一，始于是书焉发之……"

如前所述，心理学家们更是普遍认为艺术创作从总体上看是各种压抑的情绪情感的多样形式的宣泄，通过宣泄，作家们很好地调节了自己的心理失衡。对此，其中的精神分析学派阐述得更为具体，被压抑了的潜意识会产生强烈的情绪体验，要通过正常渠道宣泄，否则会变成神经症状。并认为艺术创作活动就是一种很好的宣泄渠道，创作活动可以以伪装的面目和身份表达被压抑的愿望。（参见《心灵对话》绪论）

《儒林外史》的创作即是如此。吴敬梓在创作中极写儒林中的各式科举小人，几乎一一进行了讽刺和鞭挞，是由于被压抑的情绪情感所致。藉此，吴敬梓一定程度上宣泄了内心被压抑的强烈的愤懑和不满。且来看看他对笔下科举小人们（这包括那些正在经历着八股应试制度毒害或已经经过八股应试制度洗礼的小人）的无情的讽刺和鞭挞吧：

农家子弟匡超人，没接触八股以前，本来是个朴实敦厚、讲究孝道的勤勉少年。外出做小买卖落魄流落杭州时，遇上了善良的八股迷马二先生，赠他银子并劝他读书上进。匡超人回家后开始用功读八股文，做人的本质也就开始慢慢腐化。比如对赏识并提携过自己的李知县很快就忘恩负义，避难杭州后，和假名士们厮混在一起，大肆玩弄欺世盗名的"代人应考、包揽讼词"等勾当；惯会投机取巧的他，又利用与马二先生的关系，成了五省著名的八股文的"选家"。但趋炎附势的他很快就歧视了恩人马二先生。为继续向上爬，他抛弃结发妻子攀龙附凤，致使妻子郁郁而死，帮助过他的潘三入了狱，他甚至也没有去探望一下，便霎时与其断绝了关系。有着"监生"功名的严致和，读过书的他，却极度地心理不健康，比如他家财万贯却吝啬成性，临死还因为灯盏里多点了一根灯草，迟迟不肯断气。而且还冷酷无情，在妻子病重奄奄一息时，首先想到的是尽快把爱妾扶正，所以就在妻子行将咽气之际，他与新妇举行了大礼，做出来的事与人之常情都有违背，何以谈得上知书识礼？其哥严致中也有着"贡生"功名，也是个十足的道德败坏的无赖小人。他横行乡里，欺压弱者；用尽心机，四处讹诈；弟弟死后，又借着"礼义"名分，恃强谋夺寡妇弟媳的财产，十足的一个不折不扣的恶棍。

科举制度还选拔了一批贪官污吏。曾在科场中"发过的"这一批士子们，普遍地表现为精神道德方面的虚伪、败坏与腐朽。王惠新中举人时，就表现为骄人傲人，盛气凌人；当官后，衙门内整天是一片戥子声、算盘声、板子声；他擅长敲诈勒索，敛集财富，而且惯会玩弄权术和使用严苛酷刑，使百姓闻之丧胆。知县汤奉，标榜自己为政清廉，却"一岁之中，钱粮耗羡，花、布、牛、驴、渔、船、田、房税不下万金"；为了"升迁就在指日"，对朝廷各项法令严加执行，竟借故将一回教老师父活活枷死，连上司都觉得"你汤老爷也忒孟浪了些"！举人出身的张静斋，其精神世界却是极为荒蛮的。多年的举子生活不仅没增加他的半点斯文，竟使他成了一个恶霸。他还善于勾通官府，巧取豪夺。一次，为了霸占寺庙的田产，他竟然下作地唆使一群流氓，诬陷和尚与妇女通奸，让和尚不明不白地吃了官司。八股取士制度选拔的人才就是这样一群良知泯灭、人性迷失、惯会敲骨吸髓、贪婪成性的达官猾吏。是科举制度造就了这样一批社会蛀虫。

科举制度还造就了一批虚伪的假名士，他们是科举派生的所谓"名士"。他们在科举的竞争中并不得志，也不打算苦熬下去，他们大多才不高明，也并无贤行。功名爬不上去，谋富贵不可能，受人敬重不可得，于是他们开始投机取巧，学着诌几句滥调的诗来附庸风雅；以刻诗集、结诗社等形式混充名士，不惜靠奔走帮闲，扯谎行骗来谋取利益。他们正是闲斋老人所言的"假托无意功名富贵，自以为高，被人看破耻笑者"。如被二娄公子招揽来的权勿用和杨执中，杨执中无真才实学却又冒称高雅，自私狭隘而且品格境界低俗。权勿用四处行骗，奸霸尼姑，在莺脰湖名士宴会上被"一条链子锁去"。蘧公孙是世家子弟，一心想出名，却又吃不得八股举业的苦，偶得藏于官内的秘籍《高青邱集诗话》，便刻印出来，并把自己的名字位居第二，一夜间成了少年名士。后来他又巴结马二先生，想在马二先生出的八股选本上空挂虚名"以附骥尾"，他就是一个无真才实学而又妄想出人头地的纨绔子弟。至于大有文人名士派头的杜慎卿之流，表面看起来清高绝俗，实际上却灵魂卑俗，他嘴上大骂"小弟性情，是和妇人隔着三间屋就闻见他的臭气"，背地里却求媒婆为他寻找"标致"的姑娘做妾；表面说着"小弟最厌的人，开口就是纱帽"，实际上不久就"加了贡，进京乡试"去了。医生赵雪斋、开头巾店的景兰江、盐务巡商支剑锋之流，虽也读过书，但并无真才实学，他们也一味去附庸风雅，吟诗作赋，自称名士，妄图靠"诗酒风流"的生活方式去趋炎附势和招摇撞骗。在这些假名士身上，体现了另一类型封建文士们的生活真实。说到底，这都是整个社会疯狂推崇八股举业而酿出的恶果。

讽刺和鞭挞了这么多科举小人，是否就发泄了对于八股取士制度的愤懑和不满了呢？正如弗洛伊德认为的那样，文学作品通过创造了一个想象的世界宣泄了作者被文明和社会禁忌所压抑的各种失衡的情绪，变相地满足了在现实中不能够实现的愿望；文学创作一定程度上起到了心理补偿和恢复心理平衡的作用，即心理治疗的作用。

我们认为，吴敬梓在创作中的那些被现实压抑的情绪情感的"不自觉"的宣泄，无疑很好地调节了他的身心，一定程度上也就维护了他的心理平衡。

（五）科举小人的塑造对于集体心理失衡的纠偏

上文论述过，清代社会意识的走偏当然表现在许多方面，其中的科举制为害最深，影响最广，使许多知识分子堕入追求利禄的圈套，成为愚昧无知、卑鄙无耻的市侩。在具体的社会心理上突出表现为：使沉迷于其中的士人越来越迷失了人的真实本性，越来越与真实的自我疏离，并同时不断地压抑和扭曲自己以迎合八股取士的要求，继而满足自己追寻富贵功名的需要。荣格指出，一个时代就像一个人，它的意识观有自己的局限，所以需要补偿性的调整。《儒林外史》中科举小人的塑造就起到了为这一时代集体心理纠偏的作用。

1. 科举小人的塑造使读者知觉了自身的暗影，从而引起警觉并有效处置这些暗影

此为《儒林外史》具有醒世作用的一面。

如上所述，由于士子们乃至整个社会过分认同"八股取士中的成功者"这

一人格面具，广大士子们不断地压抑和扭曲自己以迎合八股取士的要求，成为这一过度膨胀的人格面具的牺牲者。由此，沉迷于八股中的知识分子阶层越来越迷失了人的真实本性，继而，也使人本性中的道德和良知逐渐迷失，从而成为道德败坏、良知沦丧的人。这当然同时也表现为人性中的暗影原型普遍得以放任。

如前所述，荣格指出，暗影是人的最原始的一面，是人身上固有的、而自己不想要的东西，是那些永远都不愿在自己身上看到的原始的、本能的、动物性的、不光彩的一面，是人性中最坏的一面，比如邪恶、有罪、道德败坏的冲动、攻击、破坏、嫉妒、欺骗、谎言、仇恨、怀疑、抱怨……每个人都有他的暗影，在社会和文明的作用下，我们总是在努力地压抑着它们不让它表露，但如果暗影总是受到压制而孤立于意识之外，那么它就可能永远得不到纠正，还可能在不知不觉中突然爆发，而过度放任暗影则会助长人的攻击性和原始冲动，从而造成与社会的冲突和自身的病态。

所以荣格又指出，应该使暗影意识化，因为任何被意识到的暗影将很难控制我们于无形。如果我们认识到自己的暗影，敢于正视自己的暗影，不仅会对自己内心深处的问题有足够的警觉，并有可能有效处置这些暗影，那么，暗影中那些淹没和腐蚀我们的力量将不复存在，我们也将能把握自己的自由。我们不仅不会被自己的暗影所控制，而且也不会把自己的暗影投射到他人身上。

如上所述，在吴敬梓时代，在一个"通过八股取士制度疯狂追名逐利"的时代大背景下，沉迷于其中的士子们内心人性的暗影势必会更为彰显和触目。果不其然，整个社会风气普遍地败坏，士人们的心理越来越扭曲和堕落，整个儒林已经乌烟瘴气、一片狼藉，几乎被人性的阴暗面所覆盖。吴敬梓在《儒林外史》中就是从这一现实出发，淋漓尽致地揭露了这一普遍的时代心理弊病。

可以说，《儒林外史》中的一些人物形象尤其是小人形象就是我们心理上一些暗影的象征。比如匡超人性格上的好欺骗、忘恩负义和绝情，严贡生的贪婪、无赖和见利忘义，严监生对妻子的薄情寡义，胡屠户的势利、尖酸刻薄，太守王惠的残酷、贪婪和骄矜傲慢，汤县令的贪腐和草菅人命，张静斋的良知沦丧和恶霸行径，杨执中的自私狭隘和好占便宜，权勿用内心的男盗女娼，杜慎卿的好色，景兰江、牛浦郎、蘧公孙等的欺世盗名……这些描述无一不向读者昭示了人人内心深处皆有之的阴暗面。

所以,同治年间惺园退士撰写关于《儒林外史》的序时,引述这样一句话:"慎勿读《儒林外史》,读之乃觉身世酬应之间,无往而非《儒林外史》!"闲斋老人也说:"篇中所载之人,不可枚举,而其人性情心术,一一活现纸上。读之者无论是何人品,无不可取以自镜。"

我们认为,通过阅读《儒林外史》,读者可以从中反观到人性中潜藏的原始的、本能的、动物性的一面,从而使得这些暗影被意识化,可以使这些被意识到的暗影不再控制后来的广大士子们于无形。金和在"跋"中感慨道:"故余尝谓:读先生是书而不愧且悔,读纪文达公《阅微草堂笔记》而不惧且戒者,与不读书同。"既然读后能使世人"又愧又悔",那他们对自己内心深处的此类问题就会有足够的警觉,并可能有效地处置这些暗影。

对于这一心理效应,早有文评家加以了阐述,如惺园退士所书:"余惟是书善善恶恶,不背圣训。先师不云:'见贤思齐焉,见不贤而内自省也'。"光绪十四年(1888)东武惜红生在增补齐省堂本的"序"中也有言:"更足俾阅者借资考镜,如暮鼓晨钟,发人猛省。昔贤有云:'善可以劝,恶可以惩'。"光绪十一年(1885)天目山樵在闲斋老人写的"序"后写道:"是书特为名士下针砭……读者宜处处回光返照,有则改之,无则加勉,勿负著书者一肚皮眼泪,则批书者之所望也。"

总之,《儒林外史》中的人物形象大都能在现实中找到原型,作者吴敬梓就是从现实出发,如实地记录了那个时代一群追逐功名富贵的士子们的真实心理情状。而且其中所塑造的系列科举小人,正是那个时代士子们的内心暗影的集中展现,读后能使人知觉和警惕这类暗影,如此,当然可以说,《儒林外史》具有醒世和警世的作用。金和在"跋"中也一再说到这一作用,"彰阐之权,无假于万一,始于是书焉发之,以当木铎之振,非苟焉愤世嫉俗而已。"他早把《儒林外史》的作用类比为用"木铎"来醒世。

2. 通过鞭挞科举小人,倡导文行出处,对集体的心理失衡起到了纠偏和补偿的作用

此即为《儒林外史》救世作用的一面。

如上所述,八股取士制度的风行,使得吴敬梓所处的时代出现了普遍的时

代心理弊病，吴敬梓是同样受着八股取士制度压抑的人，却由于个人经历和不流于俗的个性使然，导致了他另一种表现形式的更大的心理失衡。所以，具有文学天赋的他开始在《儒林外史》的创作中，凭借鞭挞和讽刺一系列科举小人来宣泄他满腔的难耐的愤懑，从而一定程度上维护了他的心理平衡。

　　心理学家指出，文学创作从总体上来看是作家的无意识情绪的抒发和宣泄，在宣泄的过程中，作家无疑要细致地面对自己的痛苦和忧伤，即面对自己个别化的生存困境。由此可以说，通过文学创作，作家把那些无意识的对自己的生存困境的焦虑和困惑意识化了，这当然有助于作家更有效地找到解决自己现实中所面临的生存问题的出路，而同时也解决了由于困境而造成的个别化心理失衡。

　　也正是在鞭挞和讽刺科举小人、批判侵蚀和损害人性的科举制度、宣泄被压抑的愤懑的情绪情感的过程中，吴敬梓慢慢找到了解决自己现实中所面临的人生问题的出路，同时也为整个社会意识的片面发展找到了补偿性的调整途径，那就是"看重文行出处"！

　　所以在《儒林外史》中，他在宣泄情绪、反对科举制度的同时，更是着重表达了"看重文行出处、鄙视功名富贵"的高尚情操。这也是此书的另一重要主旨，即倡导士子们应轻视功名富贵，看重学问和品行，追求一种道德和才华互补兼济，无论选择做官还是选择退隐皆有人生大准则和襟怀冲淡的人生态度和境界。于是作者在书中还塑造了为数不多的一类真儒名贤，如杜少卿、虞育德、庄绍光、迟衡山以及"楔子"中出现的王冕和小说即将结束时出场的"四客"等。这也是书中与科举小人相对照的一类形象，也是被闲斋老人褒奖为"终乃辞却功名富贵，品地最上一层，为中流砥柱"的一类人。正是科举小人的卑俗和低下，才映衬出这类人物形象的品格高洁。他们在污浊的儒林中可谓鹤立鸡群，他们坚守人的初心、本性和真性情，崇尚人格的独立与心灵的自由，品行文章一流，鄙视功名富贵，且轻财好士，具有六朝名士的真风流，追求一种"道德和才华互补兼济"的旷达的人生境界。从他们身上，吴敬梓寻找到了自己的精神原型，当然这也是在宣泄压抑的情绪，鞭挞科举小人的过程中实现的。

　　而这也正是当时整个时代所缺乏的。如吴敬梓在该书开初的"楔子"中一再感叹的那样"百代兴亡朝复暮,江风吹倒前朝树""人生富贵功名,是身外之物;但世人一见了功名,便舍着性命去求他。及至到手之后,味同嚼蜡。自古及今,那一个是看得破的?"确实,在儒林中,正是因为士子们过于看重功名富贵,才去醉心和着迷于八股世界,才在弊端重重的八股科考中迷失了人的本性和真情,最后才成了"功名富贵的人格面具的牺牲者"。而要纠正这一时代弊病,按照荣格的理论,正如个人的意识态度的片面性可以由无意识的反应所纠正一样,艺术代表着民族和时代生活中的自我调节的活动,艺术的社会意义正在于此——它不停地致力于陶冶时代的灵魂,魔术般地召唤出这个时代最缺乏的形式,能够在人们心中唤起强烈的共鸣。事实上,文学确实能对世道人心有所补益。吴敬梓的《儒林外史》即做到了这一点,他以批判的态度直面现实的弊端,并提出了解决这一时代弊病的唯一出路——看重"文行出处"。这正是当时整个社会所缺乏,整个时代精神所背离了的人类生活的基本要素,所以《儒林外史》起到纠正时代弊病、恢复社会心理平衡、有机地补偿和调节社会生活的作用。

惺园退士如此评论这一作用:"《儒林外史》一书,摹绘世故人情,真如铸鼎象物,魑魅魍魉毕现尺幅;而复以数贤人砥柱中流,振兴世教。"光绪十一年(1885)当涂黄富民在为该书作的"序"中也论道:"知言哉!然不善读者但取其中滑稽语以为笑乐,殊不解作者嫉世救世之苦衷。"胡适在《吴敬梓评传》中说得更为通俗和易懂:"不给你官做,便是专制君主困死人才的唯一的妙法。要想抵制这种恶毒的牢笼,只有一个法子:就是提倡一种新的社会心理,叫人知道举业的丑态,知道官的丑态;叫人觉得'人'比'官'格外可贵,人格比富贵格外可贵。社会上养成这种心理,就不怕皇帝'不给你官做'的毒手段了。而一部《儒林外史》的用意只是要想养成这种社会心理罢了。"

是的,《儒林外史》的作用正在于此。

至此,我们可以说,《儒林外史》通过塑造科举小人的形象,其直接目的一为醒世,一为救世,的确实现了其补救世道人心的作用,而同时,也达成了其深刻的文化心理意义——对那个时代普遍存在的集体心理失衡起到了纠偏和补偿的作用。

而且,《儒林外史》中的小人们虽是那个时代八股取士制度下儒林中的牺牲品，但由于人性对功名利禄和荣华富贵的追逐从来都是普遍的，所以吴敬梓在书中对普遍的人性丑恶面的极力描摹和大胆揭露，也是对千古人性的书写。由此，《儒林外史》在今天的我们（广大读者）读来，亦起到一种警示的作用。可以说，只知道和认识了社会美好的一面，只知道和认识了人生中美好的一面，并不算真正懂得社会和人生。通过近一段时间的细心研读，我们发自内心地感受到，读了《儒林外史》，认识了形形色色的小人，这能使我们窥见我们心理底层的另一面——暗影，能使我们窥见人生的底子（本质）。如此，我们才能算真正地认识到了人的本质、生活的本质以及社会人生的本质。

所以，《儒林外史》的这一"对世道人心的警示作用"还将继续……

二、《儒林外史》中小人形象的心理病理学解读

《儒林外史》中塑造了一群受科举制度毒害的儒林中小人。吴敬梓在著述中对这些小人进行了无情的讽刺和鞭挞。无疑，他们都是科举制度的牺牲品，他们把一生都押在了对功名富贵的追寻上，他们利欲熏心、沽名钓誉、弄虚作假、阴险毒辣，甚至堕落无耻……他们全都迷失了人的本性，丧失了人性对真、善、美的追求！按理，他们都是读过书并熟谙纲常伦理的属知识分子阶层的人，但现实是，他们玩起卑劣的小人行径来却丝毫不逊于任何恶俗之人。原因何在，以下即是我们对此的解读。

（一）人格面具的膨胀是科举小人们小人行径的深层心理原因

上文经过详细地分析已经得出，在吴敬梓生活的那个时代，用相关的心理学理论来界定的话，士人们普遍成了"过度膨胀的人格面具的牺牲者"，人人都曾想争做"八股科考中的成功者"那个角色，所以不惜压抑和扭曲自己以迎合八股取士的要求，继而满足自己追寻富贵功名的需要。由此，在过分认同"八股科考中的成功者——功名富贵者"这一人格面具的过程中，士子们把人格面具当成了自己，把自己当成人格面具的附属品，于是人就出现了异化，甚至陷入病态。

关于人格面具以及人格面具膨胀所带来的心理失衡的有关心理学理论，在前面的有关章节中（见第二篇中第一章《史记》中的小人形象的心理病理学解

读之李斯篇）已有详细阐述，此处就不再赘述。简单来说，如果一个人过度使用和认同自己的某个人格面具，将自己与这个人格面具合二为一则是有害的，他的人格的其他方面就会因此而受到排斥，结果会导致人格面具的过度膨胀，使人疏远自己的本性，出现异化。因为按照荣格的观点，任何妨碍心灵趋向不断整合和统一性进程的因素都将导致心理失衡。而过于膨胀的人格面具具有欺骗性，能使人陷入人格的混乱和分解，此时人格的各个部分就可能出现尖锐的对立和冲突，从而引发心理疾病。

如上文所述，在《儒林外史》中，士子们的集体心理失衡的深层原因当然是人格面具的过度膨胀，但其心理失衡的具体心理表现，则具体是由八股制度本身对于士人们真实人性的压抑而导致的。上文已总结，集体心理失衡的具体心理表现为：沉迷于八股中的知识分子阶层越来越迷失了人的真实本性，越来越与真实的自我疏离，而一味地压抑自己的内心真实，使人变得对自己和他人惯会弄虚作假，从而成为极端虚伪的人。一味地本性迷失，也使人本性中的道德和良知逐渐迷失，从而成为道德败坏、良知沦丧的人。此即为那个时代的读书人集体的心理失衡状态。

的确，士人们在膨胀的"八股科考中的成功者"的人格面具的支配下，需要精心和长期地研习八股，而如前所分析的那样，八股制度本身就存在压抑士人的真实人性的倾向。无论其应试内容还是其应试形式，都容易使人的本性迷失和真我压抑，而同时也容易使人走向投机取巧和虚假浮泛。为了使自己在科考竞争中获益，他们的真实自我和完整自我已经习惯于被极度压抑，他们已经习惯于对自己和他人一味弄虚作假，已经习惯于极端虚伪，已经习惯于丢弃人的本性和初心，甚至是其中的道德和良知。

可以说，《儒林外史》中那群因为受"功名富贵"的驱使，从而甘愿遭受八股取士制度毒害的小人们，之所以有一系列不良的小人行径，其根本原因在于他们是一群心理不健康的人。

（二）集体心理失衡的科举小人们具体的心理和行为表现

士人们在过分认同"八股科考中的成功者——功名富贵"这一人格面具的过程中，学会了习惯性地弄虚作假，因为虚假的八股制度要求人压抑真实的自我，去做假学问、说假话、办假事、做假人，如此，士子们最后大都习惯了伪装和哄骗，而大都忘记了作为人的本性和初心。在吴敬梓的描述中，我们看到，由于众多小人的兴风作浪，整个儒林已经污浊不堪。

下面我们即来看一下，这些堪称知识分子阶层的科举小人们，在过分膨胀的人格面具的支配下，多年遭受八股的熏染和毒害，是怎样迷失人的本性，是怎样与真实的自我疏离，是怎样习于虚伪和谎骗，以及道德和良知是怎样沦丧的。

贡生严致中，虽已是忝列衣冠做了贡生的人，却表现得十足像个流氓无赖小人。邻里养到一百多斤的猪错走到他家，他便关起来不给，说是自家的，并勒令几个无赖儿子把上门讨猪的邻居打折了腿；另一个邻居本写好字据想借他钱，但因为听说他心黑不想借了，去拿回借约时，却遭到严贡生一家讹利钱和强行抢夺。被邻居告到县衙后，严大却"三十六计走为上策"一溜烟跑了，完全不顾脸面。亲戚们揭露他，当年"出贡竖旗杆"时，不顾脸面地强拉人出贺礼，过后办酒席，又欠下厨子钱，又欠下屠户的钱，好几年后也不肯还，让人天天上门吵。儿子新婚坐船还家，为防止船伙计讨那几分喜钱，严贡生不惜挖空心思导演了一出令人作呕的把"云片糕硬说成值几百两银子的药"的丑剧。严贡生身为乡绅，不仅不为乡里乡亲做些好事，做出来的事却是连起码的体统也不成。对待至亲也是如此，其弟严监生为人悭吝懦弱，受了严大一辈子的气。严大遇上官司，是严二委曲求全给花了十几两银子摆平的，事后严大却假意责怪严二老实无能，而并不领情。且在严监生整个的生病和病危期间，严大打着科考的借口，连面也没露一下。等严贡生再归家之际，严监生新扶正的妾赶紧送上礼物，一见丰厚的礼物，严贡生顿时喜笑颜开，根本没在意这时弟弟刚亡故还未发丧。而且为了攀附权贵，竟等不及其弟开丧，就带上儿子去省里招亲去了。等招亲回来，不巧严监生唯一的儿子突然夭折，这一下子又给严贡生提供了富贵之道。在利益面前，他已完全不顾廉耻，硬是领着二儿子霸占了寡妇弟媳的七分家私，只留下三分供弟媳度日。在那个讲究孝悌的时代，严贡生的所作所为如此薄情寡义不可谓不出格。严大还经常运用其巧簧之舌，信口雌黄地到处吹嘘与达官贵人们的深情厚谊，借以抬高自己。其实这些他嘴里的"达官贵人"，有的连他都不认识，更谈不上看重、款待和提携他了。严大只是一味不知羞耻、惯会自欺欺人罢了。

　　书中像严大这样的虚假地借着与权贵的关系来招摇撞骗的士子，当然还有不少。牛玉圃就是一个典型。他读过书但科举蹭蹬，只好冒充名士奔走于权贵之间混吃混喝，靠的就是"吹嘘和哄骗"的伎俩。逢人便吹："我不瞒你说，我八桥的官也不知相与过多少，那个不要我到他衙门里去？"他深知暴发户万雪斋想附庸风雅，所以他吹嘘道："只为我的名声太大了，一到京，住在承恩寺，就有许多人来求，也有送斗方来的，也有送扇子来的，也有送册页来的，都要我写字、作诗，还有那分了题、限了韵来要求教的。"万雪斋当然又想攀附权贵，所以牛玉圃继续吹道："国公府里徐二公子不知怎样就知道小弟到了，一回两回打发管家来请，他那管家都是锦衣卫指挥，五品的前程，到我下处来了几次，我只得到他家盘桓了几天。临行再三不肯放，我说是雪翁有要紧事等着，才勉强辞了来。二公子也仰慕雪翁，尊作诗稿是他亲笔看的"。但事实是，牛玉圃是个跟妓院的乌龟也能称兄道弟的毫无廉耻的人。他嘴里"与权贵的那些结交"全是信口扯谎，是为自己制造声势而已。一口一个李二公，"他们在官场中，自然是闻我的名的。"一口一个徽州程明卿，"这是我二十年拜盟的朋友。"言之凿凿，说的跟真事一样，殊不知，牛玉圃在说这话以前，这些人他甚至连听也没听过。"撒谎和欺骗"已成为牛玉圃的本质人格特征。

　　书中匡超人的忘恩负义也是知识分子堕落的一个表现。匡超人本是贫寒子弟，当年流落异乡身无分文连家也回不了时，古道热肠的八股文选家马二先生慷慨赠了他十两银子，并启发他年纪轻轻要刻苦读书。回乡后匡超人开始发奋苦读以求举业。深更半夜的琅琅读书声被知县李本瑛偶尔听到，又了解到他的极尽孝道，所以，李知县着意提携他，提拔他考上了秀才。可当李知县被错参了坏事，匡超人为保全自己便拔腿逃往杭州，对李知县连声问候也没有。在杭州一无所有的匡超人，在有些地痞气但生性豪侠的潘三爷的大力帮助下，逐渐脱了贫、娶了媳妇成了家、置了房舍、生了孩子，终于有了一个稳当的安身之处，可以说潘三爷对他是有大恩的。不久，匡超人在秀才岁考中取了一等第一，贡入太学肄业。彼时那个曾帮助过他的李知县也被平反，升为京官，匡超人为了向上爬，就跟着去了京城，为巴结权贵，他忘恩负义，不惜抛弃贫贱中甘愿与他相守的妻子，娶了恩师的外甥女，后来妻子在家乡郁郁而死他也毫不自责。

不料，潘三此时犯事进了大狱，忘恩负义的匡超人怕影响自己的名声和前程，竟同潘三爷断绝了关系，甚至看也不肯去看一下。对恩人马二先生也是如此，再回杭州的匡超人因为听到马二先生不甚得志，便再也没有去拜访过马二先生，等自己当上八股文名选家后，还经常在外公开嘲笑和诽谤他的恩人。发迹后的匡超人，其堕落腐化表现在多方面，但"忘恩负义"是他最首要的堕落。

儒林中还有一群是在科举中真正算"发过"的人，但他们在为人和为官上，却都丧失了人之初心。王惠即为典型的一例。他多年研习八股，中举人、中进士，做到南昌府太守，最后位至南赣道。但他为人骄人傲人，做官贪婪冷酷。新中举人时，遇大雨滞留在山东汶上县周进的学馆，王惠对当时已满头白发却还是老童生的周进，表示出了极大的傲慢和鄙视。大摇大摆坐在周进学馆里，兀自大吃着自己的鸡鸭鱼肉，连让也不让一下周进。而周进在旁边就着老菜叶吃着一碗白米饭。第二天早晨，天晴后王惠扬长而去，却留下"撒了一地的鸡骨头、鸭翅膀、鱼刺、瓜子壳"，让"周进昏头昏脑扫了一早晨"。王惠哪像个读书识礼的样子？连做人的起码本性都失掉了。当和他一起谋求功名的荀玫母亲去世时，荀玫要报丁忧，而王惠却让荀玫瞒报，说"现今考科、道在即，你、我的资格都是有指望的。若是报明了丁忧家去，再迟三年，如何了得？"在王惠心中，为了功名富贵，是可以连伦理纲常中的"孝"也不管不顾的。看起来，王惠钻研的那些讲究"忠孝为本"的八股教义，到头来却起了反作用。王惠后来继续发达做了南昌太守，上任的第一天，就开始谋划着敛财以达富贵。首先他故意拖延着与前任蘧太守的交接，直到蘧公子奉送上两千两银子后，他才"满心欢喜"。接着他不访民情不察政事，只问蘧公子"地方人情可有什么出产？词讼里可也略有些通融？"接任后即去打了一把头号的库戥，把原来蘧太守衙门里的"吟诗声、下棋声、唱曲声"，换成了一片"戥子声、算盘声、板子声。"而且，王惠对待百姓严苛冷酷，惯用头号的板子打人，"这些衙役百姓，一个个被他打得魂飞魄散，合城的人无一个不知道太守的利害，睡梦里也是怕的"。却因此不仅敛财成功，升迁也顺利，不久获得了"江西第一能员"的称号，被升任为南赣道。这一类在科举中发过的小人当然还有许多，高要县的县令汤奉不仅不秉持公心为民做主，而且还一面标榜清廉，一面能一年内敛财八千银子。中过举出过仕的张静斋，成了恶霸流氓，对上他没脸没皮拍马逢迎，对下他心狠手辣用卑鄙手段搜刮和掠夺……八股取士制度培养和选拔出的人才，竟都是这样贪婪无度、良知丧失的败类。

而这一切都是由于在功名富贵的驱使下而长期研读八股的结果，如前文中详细分析的那样，因为八股制度本身就存在对于士人的真实人性的压抑的倾向。无论其应试内容还是其应试形式，都容易使人的本性迷失和真我压抑，而同时也容易使人走向投机取巧和虚假浮泛，继而容易使人道德败坏，良知沦丧。

所以，清初大学者顾炎武在《日知录》中义正词严地批判八股取士："败坏天下之人才，而至于士不成士，官不成官，兵不成兵，将不成将""八股之害，甚于焚书，败坏人才有甚于咸阳之郊所坑者"。

在八股取士制度的毒害下，整个知识分子阶层制造了"为功名富贵不惜弄虚作假甚至抛弃道德良心"的堕落风气，这也影响了其他社会阶层，比如市井中的各类小人。书中牛浦郎的冒名顶替和招摇撞骗即为典型的一例。牛浦郎本是市井贫家少年，受虚靡的社会风气的影响，也开始梦想功名富贵，在做小生意之余，开始读起那些读不懂的八股文来。一个偶然的机会，他得到了秀才牛布衣的诗稿遗作。天性就好投机取巧的他，从中领悟到：只要假装会做些诗冒充名士，就能结交到达官贵人。于是他不顾廉耻地开始在江湖上冒名顶替"牛布衣"，大着胆子打着牛布衣的名士旗号替人作诗作文，来轻松地赚取生活资本。而且还到处冒牛布衣的名号招摇撞骗，以此来达到结交权贵、出人头地以及被人高看一眼的目的。从南京一直骗到仪征、扬州和安东县。不仅如此，他还一味地好说大话，好吹牛，为抬高自己，子虚乌有的事到他嘴里就跟真的一样。并且，他还忘恩负义，轻易随便地停妻再娶。更可气的是，即使到最后一桩桩骗局被人揭穿也毫无愧色。牛浦郎的道德败坏已达极致。类似的被整个社会风气毒害的市井之人还有众多，比如妓院的头牌姑娘聘娘也梦想靠攀附权贵"做太太"，腥腥的王太太因做太太不成而"丧心病狂"，杀猪的胡屠户更是又势利又丑恶，女婿范进没中举时，要么就数落"我自倒运，把个女儿嫁与你这现世宝穷鬼"，要么就骂道，"像你这尖嘴猴腮，也该撒泡尿自己照照；不三不四，就想天鹅屁吃！"待女婿中举后，却一反常态，到处说他早就知道他的女婿是文曲星下凡，对范进开始毕恭毕敬起来，"屠户见女婿衣裳后襟滚皱了许多，一路低着头替他扯了几十回。"胡屠户的丑恶嘴脸可见一斑。

《儒林外史》中的小人形象还有许多,他们的小人行径也表现得五花八门。简略地说,如梅三相公的势力和恬不知耻、陈四老爷的纵欲和卷包逃、严监生的悭吝和薄情寡义、权勿用的为人低劣、蘧公孙的沽名钓誉,还有那些借风雅之名互相吹捧虚张声势到处骗吃混喝的假名士……不一而足。

总之,整个儒林的士子们乃至整个社会中人,都在"功名富贵"的过度膨胀的人格面具下失去了人之本真,丧失了人性中本有的真诚与笃实,而走向了虚浮和堕落。可以说,他们在心理上都是病态的人,只是全都没有意识到而已。

《儒林外史》是我国古典文学中一部集文学价值和思想价值于一体的伟大作品。鲁迅先生指出"迨吴敬梓《儒林外史》出,乃秉持公心,指摘时弊,机锋所向,由在士林"。的确,伟大的现实主义作家吴敬梓在《儒林外史》中塑造了这样一群士人——他们一心为追求"功名富贵"而抛掉了人之初心、丧失了礼义廉耻,甚至是泯灭了人性。另外,前面我们已总结过,小人的核心人格特质是"喻于利",即见利忘义、唯利是图、利欲熏心等。所以,这群士人正是典型的如孔子所言的"喻于利"的小人。在《儒林外史》中,吴敬梓开创性地运用辛辣讽刺的笔触,写尽了儒林中小人们的百种姿态和千般情状。所以,从这个意义上说,《儒林外史》还堪称是一部关于小人的百科全书。

参 考 文 献

[1] （瑞士）荣格. 心理学与文学 [M]. 冯川，苏克，译. 南京：译林出版社，2011.

[2] （瑞士）荣格. 现代灵魂的自我拯救 [M]. 北京：工人出版社，1987.

[3] （奥）弗洛伊德. 弗洛伊德论美文选 [M]. 张唤民，陈伟奇，译. 北京：知识出版社，1987.

[4] 高等学校文科教材. 心理学简史 [M]. 兰州：甘肃人民出版社，1985.

[5] （美）马斯洛. 自我实现的人 [M]. 北京：三联书店，1986.

[6] （瑞士）荣格. 神话—原型批判 [M]. 西安：陕西师范大学出版社，1987.

[7] （奥）弗洛伊德. 精神分析引论 [M]. 高觉敷，译. 北京：商务印书馆，1984.

[8] 霍夫曼. 弗洛伊德主义与文学思想 [M]. 北京：三联书店，1987.

[9] （瑞士）荣格. 人·艺术和文学中的精神 [M]. 北京：华夏出版社，1989.

[10] 罗洛·梅. 爱与意志 [M]. 冯川，译. 北京：国际文化出版公司，1987.

[11] 冯川编译. 荣格文集 [M]. 北京：改革出版社，1997.

[12] （中国）杨眉，（瑞典）欧嘉瑞. 人际沟通分析学 [M]. 北京：中国人民大学出版社，2013.

[13] 弗兰克尔. 活出意义来 [M]. 赵可式，译. 北京：三联书店，1991.

[14] 冯川. 罗洛·梅文集 [M]. 北京：中国言实出版社，1996.

[15] A. 阿德勒. 自卑与超越 [M]. 黄光国，译. 北京：作家出版社，1986.

[16] 霍尔. 弗洛伊德心理学入门 [M]. 陈维正，译. 北京：商务印书馆，1985.

[17] 霍尔，等. 荣格心理学入门 [M]. 冯川，译. 北京：三联书店，1987.

[18] 郭本禹. 弗兰克的意义治疗 [J]. 中国临床心理学杂志，1997（5）.

[19] 王登峰，谢东. 心理治疗的理论与技术 [M]. 北京：时代文化出版公司，1993.

[20] 埃里希·弗洛姆. 占有还是生存 [M]. 关山，译. 北京：三联书店，1992.

[21] 埃里希·弗洛姆. 逃避自由 [M]. 陈学明，译. 北京：工人出版社，1987.

[22] 埃里克森. 同一性：青少年与危机 [M]. 孙铭之，译. 杭州：浙江教育出版社，1998.

[23] 冯川. 文学与心理学 [M]. 成都：四川人民出版社，2003.

[24] 杨眉. 健康人格心理学 [M]. 北京：首都经济贸易大学出版社，2004.

[25] 杨广学. 心理治疗体系研究 [M]. 长春：吉林人民出版社，2003.

[26] 叶浩生. 西方心理学的历史与体系 [M]. 北京：人民教育出版社，1998.

[27] （美）马斯洛等著. 林方主编. 人的潜能与价值 [M]. 北京：华夏出版社，1987.

[28] 傅安球. 实用心理异常诊断矫治手册 [M]. 上海：上海教育出版社，2011.

[29] 美国精神医学学会. 精神障碍诊断与统计手册 [M]. 张道龙，等译. 北京：北京大学医学

出版社，2014.

[30] 车文博. 弗洛伊德文集 [M]. 长春：长春出版社，1998.

[31] （加拿大）弗莱. 文学的疗效 [J]. 王静安，译. 参见《通俗文学评论》，1998（2）.

[32] 钱谷融，鲁枢元. 文学心理学 [M]. 上海：华东师范大学出版社，1987.

[33] （德）黑格尔. 美学第一卷 [M]. 北京：商务印书馆，1979.

[34] 苏琪. 艺术心理学基础教程 [M]. 济南：山东大学出版社，1996.

[35] 朱光潜. 文艺心理学 [M]. 上海：复旦大学出版社，2005.

[36] 张传邦. 文艺心理学 [M]. 北京：中国社会科学出版社，2006.

[37] （日）厨川白村. 苦闷的象征 [M]. 鲁迅，译. 北京：人民文学出版社，1988.

[38] 吕俊华. 艺术创作与变态心理 [M]. 北京：三联书店，1987.

[39] 鲁枢元. 文艺心理阐释 [M]. 上海：上海文艺出版社，1988.

[40] （美）里恩·艾德尔. 文学与心理学 [M]. 北京：北京大学出版社，1982.

[41] （苏）高尔基. 论文学 [M]. 北京：人民教育出版社，1978.

[42] 童庆炳，程正民. 文艺心理学教程 [M]. 北京：高等教育出版社，2001.

[43] 鲁枢元. 创作心理研究 [M]. 郑州：黄河文艺出版社，1985.

[44] 铁谷融，鲁枢元. 文学心理学 [M]. 上海：华东师范大学出版社，2003.

[45] 朱光潜. 悲剧心理学 [M]. 北京：人民文学出版社，1983.

[46] 金元浦. 文艺心理学 [M]. 中国人民大学出版社，2003.

[47] 过常宝. 中国文学史（先秦至唐五代）[M]. 成都：四川人民出版社，2003.

[48] 老愚. 坏人是不会改好的：季羡林人生隽语 [M]. 北京：新星出版社，2013.

[49] 余秋雨. 山居笔记 [M]. 上海：文汇出版社，2011.

[50] 林猷. 曹雪芹家族（全3册）[M]. 北京：人民武警出版社，2008.

[51] 吴小如，等. 汉魏六朝诗鉴赏辞典 [M]. 上海：上海辞书出版社，1992.

[52] 周汝昌. 泣血红楼曹雪芹传 [M]. 北京：作家出版社，2014.

[53] 张爱玲. 红楼梦魇 [M]. 北京：十月文艺出版社，2012.

[54] 曾祖荫，等选注. 中国历代小说序跋选注 [M]. 上海：长江文艺出版社，1982.

[55] （清）曹雪芹. 红楼梦（上）（下）[M]. 北京：人民文学出版社，2006.

[56] （明）罗贯中. 三国演义（上）（下）[M]. 北京：人民文学出版社，2006.

[57] （汉）司马迁. 史记 [M]. 韩兆琦，评注. 长沙：岳麓书社，2011.

[58] （清）吴敬梓. 儒林外史（插图本）[M]. 南京：江苏古籍出版社，2012.

[59] 胡适.《胡适文存》第四卷 [M]. 北京：外文出版社，2013.

[60] 刘艳丽. 浅谈清代妇女的社会地位 [J]. 商品与质量杂志，2012（S6）：122–123.

[61] 景圣琪. 试析《红楼梦》的女性意识［J］. 人民论坛, 2010（20）: 244-245.

[62] 郭松义. 清代的社会变动和妇女的思想行为——写在《清代妇女史》前面的话//纪念许大龄先生诞辰八十五周年学术论文集［M］. 北京: 北京大学出版社, 2013.

[63] 萧功秦. 从科举制度的废除看近代以来的文化断裂［J］. 战略与管理, 1996（04）: 11-17.

[64] 周芹. 浅析《儒林外史》之文行出处［J］. 东京文学, 2010（10）.

[65] 孟繁仁, 郭维忠. 罗贯中故乡考察散记［J］. 明清小说研究, 1993（02）: 171-178.

[66] 胥惠民. 20世纪曹雪芹研究概述［J］. 河南教育学院学报（哲社版）, 2004（01）.

[67] 全春花. 元朝"四等人制"概论［J］. 世纪桥, 2008（12）: 70-71.

[68] 蓝勇. 中国历史地理学［M］. 北京: 高等教育出版社, 2002.

[69] 屈文军. 论中国历史上的北方民族政权: 以辽、西夏、金、元四朝为重点［J］. 西北民族研究, 2006（02）: 32-44.

[70] 孟华锋. 浅谈《论语》中的君子和小人［J］. 青年文学家, 2009（21）.

[71] 宋继栋. 《三国演义》中的"小人"形象分析［J］. 大众文艺: 理论, 2009（07）: 144-145.

[72] 张忠, 陈家麟. 道德健康与心理健康——兼议心理健康教育功能、价值、目标的拓展［J］. 教育理论与实践, 2007（11）: 53-56.

[73] 于春海, 杨昊. 《易经》中的"小人"观［J］. 延边大学学报（社会科学版）, 2012（12）: 53-57.

[74] 孙希国. 《论语》中"君子儒"与"小人儒"考辨［J］. 辽宁行政学院学报, 2012（01）: 150-152.

[75] 孙冠臣. 《论语》中的"君子""小人"［J］. 齐鲁学刊, 2006（05）: 10-13.

[76] 周国正. 孔子对君子与小人的界定——从《论语》"未有小人而仁者也"的解读说起［J］. 北京大学学报（哲学社会科学版）, 2011, 48（02）: 115-121.

[77] 贾得杰. "扭曲的人格·丑陋的灵魂"——浅谈《史记》中的"小人"形象［J］. 文学教育, 2010（04）: 30.

[78] 孔子原著. 论语全集［M］. 张铭一, 注译. 北京: 海潮出版社, 2009.

[79] 吴组缃. 《儒林外史》的思想与艺术［M］. 人民文学, 1954.

[80] 杨萍. 清代女性词中女性意识的觉醒［J］. 东北师大学报, 2005（06）: 76-82.

[81] 文迪义. 《红楼梦》: 女性意识觉醒之丰碑［J］. 山花月刊, 2013（22）.

[82] 李春祥. 试谈曹学的酝酿与形成——从脂砚批语到胡适《红楼梦考证》［J］. 河南大学学报（哲学社会科学版）, 1994（02）: 45-52、113.

[83] 鲁迅. 呐喊 [M]. 南京：江苏科学技术出版社，2011.

[84] 陈静瑜. 齐家治国·女德为要：《女诫》学习心得（《女四书》之一、女子一生必读的良箴）[M]. 北京：中国华侨出版社，2012.

[85] 黄西慧，宋广文. 心灵对话·文学艺术与心理治疗关系解读 [M]. 呼和浩特：内蒙古人民出版社，2012.

[86] 宋广文，何文广，王新波. 做好社会人——社会心理学教你做人 [M]. 广州：华南理工大学出版社，2011.

[87] 露易丝·海. 生命的重建 [M]. 徐克菇，译. 北京：中国宇航出版社，2008.

[88]（美）马斯洛. 动机与人格 [M]. 马良成，译. 西安：陕西师范大学出版社，2010.

[89] 宋广文，黄西慧. 张爱玲创作心理的精神分析学解读 [J]. 心理世界，2006（5）.

[90]（清）吴楚材，吴调候编选. 古文观止 [M]. 惠海涛，译著. 北京：线装书局，2016.

主要网址与网上资料：

1. http：//www.360doc.com/content/15/0904/10/3328689_496786770.shtml.

2. http：//www.sbkk88.com/mingzhu/baihuashiji/.

3. http：//www.fox2008.cn/ebook/mjjdgdmz/b009.htm.

4. http：//www.1-123.com/Article/L/luo/luoguanzhong/117545.html.

5. http：//www.360doc.com/content/15/0306/11/6206853_453031086.shtml.

6. http：//ishare.iask.sina.com.cn/f/37011520.html.

7. http：//baike.baidu.com/.

8. http：//image.baidu.com/.

9. http：//www.gushiwen.org/GuShiWen_f9b892e47f.aspx.

10. http：//blog.sina.com/.

11. http：//www.docin.com/.

12. http：//paike.baidu.c.

13. http：//www.fox2008.c.

14. http：//www.xici.net/.

15. http：//www.360doc.co.

后　记

泱泱中华五千年文明，祖先给我们留下了无数宝贵优秀的文化经典和文学名著，研读这些文化遗产，一次次因其博大精深而震撼。单是其中的经典文学名著，单是名著中形形色色的"小人"形象，就蕴含着无数深厚的文化心理含义。以上我们所做的解读还只是一个角度的浅薄的探究，更丰富的含义的揭示还需要我们后续的不懈努力。

近三年来，每每坐下来，翻开这些名著，静下来，悉心研读每一个章节，每每便沉浸其中，和书中众多人物形象，同呼吸共命运，和他们的内心进行深切的交流、对话，同感共情，体会他们的悲辛与喜乐、爱恨与情仇、光荣与梦想、成功与幻灭……沉浸，再沉浸……尔后，虚静致幻，便好像有一条通道，引领我们进入了另一个语境世界，那些灵感、顿悟、想法、见地、判断连同语言……皆汩汩如泉水般涌出！但这都不是我们的功劳，这些想法只是经由我们、通过我们而面呈于读者！真心感谢这些博大精深的古典名著所蕴藏的心理学内涵，是这给了我们启迪，给了我们灵感。

文学与心理学的不解之缘，由来已久！

近三年来，为写作本书，为解读其中的"小人"形象，我们已沉湎于这些古典名著中，良久，良久……至今天告一段落，该挥挥手暂作别时，却久久不忍离去！

中国古典名著的光辉，亘古闪耀！